Sólo una cosa no hay

Sólo una cosa no hay

Luis Manuel Ruiz

ALFAGUARA

© 2000, Luis Manuel Ruiz
© De esta edición:
2000, Grupo Santillana de Ediciones, S. A.
Torrelaguna, 60. 28043 Madrid
Teléfono 91 744 90 60
Telefax 91 744 92 24
www.alfaguara.com

• Aguilar, Altea, Taurus, Alfaguara S. A.
Beazley 3860. 1437 Buenos Aires
• Aguilar, Altea, Taurus, Alfaguara S. A. de C. V.
Avda. Universidad, 767, Col. del Valle,
México, D.F. C. P. 03100
• Distribuidora y Editora Aguilar, Altea,
Taurus, Alfaguara, S. A.
Calle 80 Nº 10-23
Santafé de Bogotá, Colombia

ISBN: 84-204-7868-7
Depósito legal: M. 22.767-2000
Impreso en España - Printed in Spain

Diseño:
Proyecto de Enric Satué
© Cubierta:
Juan Millás Sánchez

«Sólo una cosa no hay. Es el olvido.»

JORGE LUIS BORGES, *Everness*

Para conocer una ciudad, pensó, es preciso vaciarla antes. De otro modo la ciudad se confunde en la retina con su metabolismo, se disuelve en la alternancia rutinaria de coches y rostros, de persianas que parpadean, de autobuses con estómagos llenos, de todo aquello con lo que erróneamente se la identifica pero de lo que no es más que una resignada depositaria. Para entender una ciudad, concluyó, como para sondear una amistad, es preciso el silencio: a veces sentimos que no comprendemos verdaderamente a alguien sino cuando lo sabemos ausente. Por eso la ciudad que tenía delante, la ciudad que la envolvía como una cáscara, el cóncavo abanico de edificios dieciochescos que orbitaba a su alrededor multiplicándose en balaustradas, zócalos, frontones, tejados, era mucho más perfecta y transparente que todas las borrosas ciudades que había recorrido hasta entonces, ciudades oscurecidas por su tráfico, ciudades desmentidas por los habitantes y las tiendas, ciudades enterradas bajo el turismo y los mapas. Aquella ciudad, el esqueleto azul y gris que le atascaba los ojos, estaba vacía, y eso convertía su sinceridad en incontrovertible: tenía la violenta franqueza de un insulto. Casi podía sentir que las avenidas y los paseos eran prolongaciones de sus propias extremidades, que las aceras de los barrios circundantes le pertenecían como sus obedientes dotaciones de dientes y de uñas. Sospechó que la ciudad deshabitada era un símbolo, una sugerencia, un emblema que aludía oblicuamente a algún tipo de verdad que había perdido o que había quedado rezagada en algún oscuro paraje de esa memoria que no vuelve. Amó la ciudad, por su misterio, el misterio hueco que respiran los espejos, las palabras en otros idiomas, las noches que preceden a ciertos acontecimientos; la temió, porque la fascinación de lo misterioso conduce siempre, inevitablemente, al miedo: los monstruos nos horrorizan porque son magnéticos. Toda aquella alquimia de sensaciones confusas fue apresurándole las vísceras, empujando su sangre oleada a oleada hasta el tambor exhausto del corazón: le pareció que a cada latido, una vez que la sangre volvía a ser desechada de la bolsa de músculos, otra marea caliente y callada se derramaba por la ciudad, con la lenta alevosía de la luz de la noche. No tuvo duda de que la ciudad vacía era un atributo de ella misma tan intransferible como los ojos verdes o la torpeza para planchar camisas, y que en aquel justo instante un tipo subterráneo de energía que no podía nombrar y que nacía a la altura de su clavícula la estaba irrigando y la conectaba a ella, como a través de una red minuciosa y ubicua de raíces sin contornos. Entonces comenzó a avanzar, y fue igual que rasgar los sucesivos velos de un recuerdo, y llegaron, en un orden inexorable, casi axiomático, un bulevar, un reloj amarillo, una plaza con la estatua de un ángel.

1. Los encuentros con Mamá Luisa

Los encuentros con Mamá Luisa eran siempre ese ajedrez a ciegas salpicado de amagos y emboscadas, esa partida sin reglas con la que se entretenía cruelmente en someter a las visitas como para sondear sus arrestos. Uno no podía nunca pronosticar de dónde iban a llegar las preguntas o los comentarios de Mamá Luisa, que parecía complacerse con toda la alevosía del mundo en reventar conversaciones disparando en el punto exacto esa palabra inoportuna, esa evocación fuera de lugar o aquello que todo el mundo tenía en la cabeza pero que prefería decorosamente dejar correr para pasar por lo menos una tarde tranquila. Seguramente esas maniobras subterráneas asustaron a Alicia lo suficiente como para que luego de la muerte de Pablo y de la niña decidiese intercalar un paréntesis en sus relaciones con Mamá Luisa y dejase transcurrir dos o tres meses antes de volver a visitar el oscuro pisito de la calle Francos en que ella se marchitaba lentamente, parasitada por la diabetes y los catarros. De vez en cuando, en las escasas burbujas de paz o cordura que le dejaba el desconsuelo, Alicia había asentido a las súplicas de Esteban por teléfono: no era justo que después de perder un hijo y una nieta dentro del chasis arremangado de un Ford Orion ella, su nuera, la dejara pudrirse con su vejez y sus penas sin intentar, aunque fuese por pura compasión, tenderle una pasarela, sentarse a su lado con la sonrisa puesta y los músculos de las mejillas endurecidos, aceptar el café, soportar los enjambres de palabras que volaban como avispas de los labios de la vieja, esas palabras huidizas y crueles que hablaban de la niñez de Pablo, de los ojos grises que heredó de su padre, de la predilección por los tocinos de cielo que también compartía la pobre Rosita, que en gloria esté. Pero los laberintos de Mamá Luisa eran tan enrevesados como difíciles de cartografiar, y cuando Alicia, ya colocada en el sillón estampado de flores sin color, frente al pelotón de fotografías desde el que observaban en filas hijos, nueras y nietos supervivientes, se había resignado a las quemaduras en los párpados y esa espiral de ceniza en el estómago que eran el resultado inevitable de dirigir la memoria en ciertas direcciones, Mamá Luisa sorteaba sus nombres, aislaba higiénicamente las parcelas de su pasado contaminadas por la existencia de los muertos, y toda la tarde pasaba con mucha tranquilidad entre falsos proyectos para el verano y recetas de tartas de fresa. Esteban solía asistir agazapado tras el humo del Fortuna a la samaritana paciencia de Alicia y su modo de apretar las manos, hasta que las uñas le desfondaban las palmas, en el momento en que Mamá Luisa, no se sabe si abusando de las prerrogativas que le otorgaba la senilidad, la castigaba con los típicos apóstrofes que rápidamente él trataba de amortiguar corrigiendo el rumbo de la conversación. A veces, es cierto, Esteban sentía remordimientos de obligar a Alicia a esos encuentros que más que otorgar la dosis necesaria de olvido servían para restregar postillas, las suyas incluidas, y sospechaba que Alicia, que últimamente bordeaba los precipicios de la depresión, necesitaba más el silencio que su madre, a la que la edad había confinado en una sordera a las desgracias felizmente impenetrable. Conociendo a Alicia no resultaba difícil aventurar cuál era el estado en que debían de haberla dejado las muertes al unísono de Pablo y de la niña, ni costaba adivinar el espectro tenebroso de sus noches, visitadas seguramente por la presencia alternativa de la desesperanza y los insomnios.

Esteban la había amado, siempre. Esa silueta delgada y elástica, de pechos nítidos, la cofia de pelo lacio que siempre interrumpía una mirada que llegaba desde dos profundidades verdes y las uñas brotando indecisas de los picos de los dedos, la mano sosteniendo la regadera sobre las conibras del salón cada verano más lindas, el modo de acariciar el pelo de Rosita o de hablarle de Humpty Dumpty o la Reina de Corazones —o sí, el rostro volcado sobre esa edición de Lewis Carroll infestada de grabados que Pablo le regaló por el aniversario—, toda esa amalgama de felices coincidencias que la convertían en la amante idónea propiciada por las lecturas cortazarianas de Esteban —incluidos los discos de Charlie Parker debidamente revueltos en la estantería, junto a las botellas— le habían hecho envidiar de tal modo la suerte de su hermano cuando se cruzó en una manifestación con aquella tímida estudiante de Biblioteconomía una mañana de niebla: desde entonces un vínculo secreto, una suerte de corriente subrepticia lo ligaba a su cuñada, a la mujer de rodillas jóvenes a la que corrió a abrazar el día de noviembre en que en el cementerio, ametrallada por el chaparrón y los pésames, ella se había derrumbado en una escombrera de sollozos. Habría sido miserable reconocer por parte de Esteban que la desaparición de su hermano le dejaba el camino libre hacia Alicia, pero aunque no formulase ese pensamiento en cláusulas explícitas, sentía que un obstáculo entre ambos había sido despejado, que su voz estaba más cerca o su tacto era más nítido, y quizá por eso (por mucho que quisiera abortar esperanzas sucias) la telefoneaba tres veces en semana, revisaba con ella los jueves o viernes las librerías y las tiendas de discos para concluir en café o tónica, coincidía con su visita en casa de mamá. Y siempre era el cabello de rampas castañas de Alicia ocluyendo su frente, los ojos sustraídos por unos minutos a esa memoria llena de trampas y recovecos mal aireados, el cuerpo que, cerrando los ojos, Esteban imaginaba flexible y caliente, respirando acompasadamente sobre una almohada donde faltaría una cabeza, donde ya jamás, nunca se posaría esa cabeza.

—No la encuentro demasiado mal —le dijo Alicia entrando en el ascensor: Mamá Luisa se había quedado dormida frente a la telenovela.

—No, la verdad es que no —Esteban pulsó la letra B—. Últimamente se la ve más sosegada. No sé, quizá vaya olvidando. Es necesario que olvide.

—Tu madre tiene demasiado bien la cabeza para olvidarse tan pronto de nada —Alicia hablaba con una seguridad taxativa—. Creo que es otra maniobra, otra de sus muchas maniobras. No sé, tu madre me desconcierta.

El cielo era plano y neutro: llovería. Caminaron hasta una tienda de artículos religiosos, un busto de Cristo se desangraba en el escaparate.

—¿Te llevo a alguna parte? —preguntó Alicia—. Tengo ahí el coche.

—No, voy al relojero —Esteban se subió el cuello del anorak—. Es el jodido reloj de papá, no ha funcionado dos días seguidos desde que él se murió.

—¿El de bolsillo? —Alicia rió.

A Rosita no le gustaban los ascensores. Le asustaba ese ataúd con interruptores y espejos en el que debía de encontrar un borroso anticipo del cajoncito blanco de caoba en que terminaron por encerrarla. Alicia abrió mecánicamente la puerta, entró, pulsó el botón con el cuatro despintado. Mientras una circulación de azulejos blancos recorría de arriba abajo la pared opuesta al espejo, volvió a ver el rostro ablandado de Rosita en el vestíbulo del piso, con el gorro de lana amordazándole las trenzas. Le había dicho adiós y se había puesto de puntillas para colocarle ese beso en la mejilla, ese beso puntiagudo que era indistinto a todos los

otros, a cualquiera del resto que Rosita le había
ido concediendo a lo largo de ocho breves años
antes de marcharse al colegio, a casa de Cintia, a
ver a la abuela, al cine: era el mismo beso, la misma ardilla húmeda en la mejilla y el olor a lavanda
y leotardos recién lavados de Rosita. Cómo podía
adivinar Alicia que ese beso no se repetiría, que
quedaría suspendido como el rostro sin madurar
de Rosita en el vestíbulo del piso con el gorro de lana, fundiéndose horrorosamente a ese otro rostro
que también era el de Rosita pero no era Rosita,
esa cosa blanca y embadurnada con las facciones
corregidas, esa torpe muñeca en posición horizontal que desde la sala del tanatorio, circundada por
un hedor sofocante de lirios y crisantemos, presi-
día la comitiva de familiares reunidos. Esa otra Rosita, esa máscara carcomida y rota, ese doble sin
voz congelado en un sueño irrompible era el que
visitaba las pesadillas de Alicia hasta que el horror
o la asfixia la devolvían a la alcoba, al vaso de agua,
al despertador llorando y dos, tres cigarrillos. Rosa
y Pablo volvían a ella cada noche, embarcados en
sus féretros, rebajados a dos maniquíes de cera y
talco con los rostros neutralizados por la muerte,
desposeídos de sus dueños, condenados a ejercer
eternamente el papel de centinelas en el sueño sin
treguas de la esposa y la madre, de la superviviente que perseguiría ausencias desde entonces por los
cuartos vacíos del piso de Reyes Católicos.

Salió del ascensor, saludó con sequedad a
un anciano que cerraba una puerta, se detuvo ante
la placa grabada con letras de monumento roma-

no: *Carmen Barroso. Psicóloga.* En el recibidor se
entretuvo en hojear dos o tres revistas, acabó un
cigarrillo. Solía gustarle el estudio de Mamen por
los colores de las paredes, esas espumosas tonali-
dades pastel que la remontaban difusamente a un
verano en Florencia —había frescos de aquel color— y que Pablo, después de habérselo repetido
muchas veces, se había decidido a probar en casa
antes de que aquello viniera a truncar todas las decisiones. Todavía ahora se preguntaba si de veras
había amado a Pablo; se preguntaba si estaba ena-
morada de él, si era un sentimiento de cuño legal
lo que la había ligado a él durante aquellos nueve
años en que una ficción de intimidad les había hecho compartir palabras cariñosas, dos apartamen-
tos, vacaciones, esa cosa inteligente y tierna que era
Rosita. Quizá siempre había esperado algo más de
la persona con la que emprender un futuro, quizá
algo más de proximidad o de confianza, y no esa
sensación poco limpia en ocasiones de constituir
un epítome o extrarradio de la vida del otro, de
quedar relegada al epílogo de las lecturas, de las películas, de las conversaciones de política y Rosita
y el trabajo, siempre el trabajo: Pablo había cumplido tan religiosamente su labor de corrector de
pruebas para la editorial Almadraba y sus filiales
en toda Europa, sin importar que esa profesionali-
dad menoscabase otras atenciones. La muerte de
Pablo no era ahí dentro como la de Rosita, no era
esa negativa de muros compactos a aceptar un imposible, no era el sacrilegio y la flagrante violación
de las reglas de juego que hacían como inútil pro-

seguir la partida; más bien era la seguridad vulnerada, el techo en pedazos, la intemperie. Rescatada del naufragio, Alicia había quedado reducida a un animal desnudo y sordo que no recuerda el camino de vuelta a casa; y en alguna ocasión, aunque cegase esa posibilidad cada vez que se insinuaba cerrando los ojos o poniendo un disco, el otro lado resultaba magnético y hermoso como una playa vacía. Llamada a ratos por un sueño de bordes de terciopelo pensaba en las llaves del gas o la caja de tranquilizantes que en la mesilla de la alcoba casi ocultaba el rostro de su marido: habría sido tan simple disolver los aquelarres que la atormentaban cada madrugada en el fondo de esa piscina de mercurio, en esa oquedad última que era tan sólo apagar las luces. Pero algún tipo de impulso indefinido la sustraía al salto, una fuerza como el derecho al pataleo seguía haciendo batir el corazón y alimentando los bronquios, por no hablar de los amigos, Esteban (pobre Esteban, tan descaradamente atento), Joaquín y Marisa, los Acevedo, Mamen desde luego, y cómo no sus hermosas conibras, tan necesitadas de cuidados, que había que regar sin falta tres veces al día.

Cuando entró en el estudio Mamen terminaba de hablar por teléfono, y volvía a hacer rotar el bolígrafo entre los dedos como siempre que escuchaba a sus pacientes. Paciente: la palabra resultó curiosa a Alicia más que alarmarla. En ninguna de las ocasiones en que había visitado aquel despacho vuelto hacia la calle Torneo y las ruinas de la Exposición Universal, aquel interregno suave ocupado por reproducciones de Kandinsky y Matisse, pudo pensar que algún día sería admitida en su espacio como otra cosa que una amiga. Confiaba en la solvencia de Mamen para desenredar la madeja que le tenía atascadas las manos y le impedía desenvolverse, y no sólo por su flamante título encarecido por masters en Milán y Boston, sino justamente porque Mamen había sido desde mucho antes un oído, cervezas compartidas, el coqueto apartamento de ceniceros modernos donde llevar a Rosita la noche en que Pablo había propuesto cine o restaurante chino. A pesar de la edad y los casi diez años de diferencia, Mamen siempre fue la persona que mejor había comprendido sus extravíos, ese equilibrio irresoluble entre amar a Pablo o no amarlo, la oportunidad que Rosita había supuesto de hallar un cauce por donde desviar sus reprimidas ansias maritales. A sus treinta y nueve años largos, Mamen era una mujer terminada, de aspiraciones resueltas, dotada de una clarividencia ácida que le había ordenado sacrificar un matrimonio de poco espacio y algunos protocolos bobos por la consumación de una carrera que la había convertido en una de las más cotizadas psicólogas de Sevilla. Alicia reparó en que la luz perezosa que entraba por la ventana arrancaba de su cabello reflejos colorados.

—Has vuelto a teñirte.

—Sí —Mamen se sacudió el pelo, la bisutería chasqueó en sus muñecas—. Es henna, los químicos me ponen el pelo que da asco. Eso sí, tiene que tirarse una cuatro horas con la plasta en la cabeza.

Más que encarar los problemas a bocajarro preferían que la conversación les fuese conduciendo lentamente hacia donde apuntaban las palabras, dejando intermedios para decoración o la película de anoche, resbalando con cuidado para no hacerse daño, hasta desembocar por fin en aquello que era así de todos modos, por mucho querer hacerse el sordo o dar la espalda, era de todas formas Rosita muerta y Pablo muerto y Rosita retocada dentro de un cajón de caoba blanca sobre el que no le quedaban lágrimas para seguir llorando.

—¿Cómo estás?

—¿Tú qué crees? —la voz de Alicia no tenía luz—. Sigo sin creérmelo, Mamen.

—Todavía es pronto —había una delicadeza musical en el tono de Mamen—. Pero ¿cómo sigues?

—No sé. De día, entre una cosa y otra, el trabajo, Esteban, los vecinos, me acuerdo poco. Ya no lloro demasiado, de verdad, Mamen. De noche es peor.

—¿Las pesadillas?

—Sí —una rueda de alfileres recorrió la espalda de Alicia—. No mejoran. Siguen ahí, los dos, en el ataúd. Y se pudren. Se están pudriendo.

—Bueno —Mamen quería como deshacer esas imágenes—. ¿No has notado ninguna mejoría?

—¿Lo preguntas por lo de la hipnosis? —la mano de Alicia se agitó del mismo modo que si quisiera alejar un mal olor—. No, todo sigue igual. Te dije que no le tenía mucha confianza.

—Lo que tú digas me trae al fresco, porque para algo la psicóloga soy yo. Bien, de todos modos reconozco que la hipnosis no es una panacea, pero podría haber servido para despejarte algo.

—Pues ya ves que no. Cinco sesiones intensivas y nada.

—¿Te sigues tomando los tranquilizantes?

—Sí.

—¿Y qué tal?

—Bah —Alicia sacó la lengua—. No creo que sirvan de mucho. Duermo algo más, eso sí.

La mano de Mamen registraba frases en una libreta.

—Te subiré la dosis —dijo—. Tómate otra media. Sé que te sonará a tontería, pero tienes que hacerte a la idea de que te queda toda una vida por delante.

—No me digas.

—Imagínate que acabas de llegar a una ciudad nueva y no conoces a nadie. Tienes que hacer amigos. Sobre todo, tómatelo con calma, mujer. ¿Y Esteban?

—Esteban está bien —Alicia respondió desde una media sonrisa.

El problema no consistía en aceptar que estaban muertos, es decir, que habían pasado a cumplir esa forma canónica e irrebasable de la ausencia, para eso bastaba con pasearse por el piso y ver los armarios intactos, los mazos de papeles perfectamente alineados a ambos lados del escritorio; lo torturante, lo insoportable era que estuviesen muertos y siguiesen ahí adentro, esperando, dando patadas, entorpeciendo su memoria como para castigarla por la descortesía de haber quedado viva. Por qué, Pablo, por qué, Rosita, por qué, bastante era tener que seguir respirando y tomar cucharas para conducirlas a la boca; por qué, Rosita, esa máscara inverosímil sin gesto y no el gorro y las trenzas en el vestíbulo y la repetición del mismo beso como una abeja y ese olor a lavanda lejano, lejano pero no.

Aquellas manos eran dos animales momificados. Esteban miró las manos sostener el reloj, miró la pausada caricia de los dedos centrales sobre la esfera, el pulgar patinar por la caja de estaño empañada por el tiempo.

—Este reloj ya lo he tenido aquí —observó el hombre.

—Sí —dijo Esteban—. Se lo trajo mi hermano.

—Dígame su nombre.

Cuando el hombre se levantó del mostrador Esteban comprobó que su cuerpo se amplificaba hasta que la angostura de la tienda lo convertía en un gigante atezado y escuálido. La relojería era una estrecha cueva con vocación de trastero excavada en la plaza del Pan, a espaldas de la iglesia del Salvador, por la que había que circular con cuidado de no atropellar divanes o paraguas. Al fondo, detrás del señor Berruel, que ahora registraba un fichero, había una vitrina castigada por el polvo y las rayaduras en cuyo interior formaban ringlas de relojes, juguetes vetustos y borrosos que se entreveraban, alcanzado el rincón, con pequeñas herramientas que parecían versiones rebajadas de tenazas, palancas y destornilladores. Pablo siempre había tenido confianza ciega en aquel relojero, seguramente porque sanó el Rólex con incrustaciones que le regalaron por su boda, desahuciado de modo unánime en todos los otros establecimientos de Sevilla, haciendo gala de una precisión y brevedad que debieron sugerirle a Pablo intervenciones sobrenaturales.

—Aquí está —dijo el gigante mirando una ficha—. Pablo Labastida me dijo, ¿verdad?

—Sí, Pablo Labastida.

Había un oscuro ritual de sucesión en el gesto de llevar el reloj de papá a arreglar, como una ceremonia indirecta a través de la cual Esteban se apropiaba de la herencia de la familia, transmitida de su padre a su hermano, ahora de su hermano a él. Era como si toda la savia de los Labastida, como si el circuito enmarañado de sus vidas estuviera recogido en aquella cosa redonda y sucia que se remontaba a algún turbio bisabuelo. Nunca había querido que Pablo muriese, de veras, ni siquiera porque estuviera enamorado de Alicia y desease hasta la desesperación dormirse contra su espalda desnuda; sí, de acuerdo, alguna vez le visitó la fantasía de una ausencia repentina sin marcha atrás, Pablo destinado a Canadá, Pablo que lee a Joseph Conrad y le da por repetir la travesía del Nostromo, pero jamás, jamás esa inmolación, jamás sangre y Alicia derrumbada sorteando pesadillas entre transilium y transilium. No, ése no era el precio del reloj de papá.

—Es un Lancashire Watch —apreció el señor Berruel, repartiendo su único ojo entre el reloj y la ficha—. 1910, máquina de latón, platina plena, con el volante entre las platinas, cuerda mediante corona. Estos relojes han salido muy malos.

—Es un recuerdo de familia.

—Me parece muy bien —el señor Berruel sopesaba el aparato—. Pero es poco exacto, está mal diseñado y cuesta repararlo, aparte de que el precio era excesivo. Según mi ficha, ha tenido ya problemas con las clavijas del áncora.

—Sí, no sé.

Al otro lado de la plaza, junto al escaparate cubierto de novias, había una tienda de antigüedades que a Esteban le gustaba pararse a mirar: se extraviaba en los bargueños y las consolas, estudiaba apreciativo los ubicuos bodegones con cadáveres de perdices, jarrones, algún mueble cuajado de damasquinados. Aquella tarde, después de dejar el taller del señor Berruel, Esteban encendió un cigarrillo frente a una Santa Lucía ennegrecida encerrada en un marco con grutescos. Por supuesto que él no tenía ninguna responsabilidad en la muerte de Pablo, aunque la pasión o el recelo hubieran suplicado oblicuamente alguna vez ese desenlace: en ocasiones, encerrado en su habitación, sustrayéndose a una música o un libro, se había descubierto tan hastiado del papel de segundón, del buen Esteban tan dócil como inútil que cuidará tan atentamente a mamá una vez viuda mientras Pablo, glorificado por su carrera e incursiones en países extranjeros, fundaría su familia con Alicia, fabricaría nietecitos para entretener a mamá los domingos. La vida de Esteban debía caber aplicadamente en el molde que se le había preparado, el guante debía corresponder puntualmente a la mano que debe llenarlo. La muerte de Pablo aniquilaba ese camino, y por eso Esteban se complacía en secreto de la decepción de mamá, de la sorpresa de todos, del extravío de la pobre Alicia que debería aprender a ver en él otra cosa que al suave Esteban domesticado por los imperativos familiares, que al precario cachorro Esteban torturado por un amor oculto para el que sus palabras no acababan de encontrar salida. Porque él deseaba infiltrarse en sus noches, inficionar su vida, contaminar de besos ese cuerpo anguloso y aquiescente que la mano de Pablo no volvería a tocar, que no volvería a rozar con los dedos porque jamás podrían librarse del musgo y los hongos, de toda aquella vegetación envenenada que lo aprisionaba ahí abajo, en esa noche vacía de ahí abajo.

A poco de llegar a casa, mientras terminaba apenas de colocar la trenca en la percha, apareció Nuria con un pack de seis Cruzcampos y dos latas de berberechos. Después de desgranar sus fantasmas ante la mirada afilada de Mamen, a Alicia no le quedaban ánimos para demasiada conversación, pero para Nuria era distinto: acababa de volver de trabajar, luego de todo el santo día encerrada con dos personas más en una asfixiante capilla gótica de cien metros cuadrados, harta de trepar como un mono por andamios y monturas para corregir retablos o desprender, con todo el cuidado que exige el Ministerio de Cultura, a todos esos santos recomidos de sus hornacinas correspondientes. Después de un largo día de madera, disolventes y bocadillos de salami, Nuria necesitaba una cerveza casi tanto como una buena ducha, aunque tampoco pudiera quejarse: era el primer trabajo realmente importante que tenía desde que abrió el estudio de restauración con otros dos compañeros de la facultad, y se jugaban un montón de buenos encargos emplastando y cerrando los postillones de todos aquellos mártires amarillentos. La capilla de Nuestra Señora de la Sangre, que ocupaba un angosto solar en una esquina de la Puerta de Jerez, entre una sucursal bancaria y una farmacia con rótulos de neón, sufría un amenazador deterioro desde hacía cuarenta años, resultado de las desavenencias entre el gobierno de la Diócesis y el Ayuntamiento; cada cual se había dedicado, en el plazo de las últimas décadas, a delegar recíprocamente en el contrario la responsabilidad de acometer la restauración de la iglesia y sobre todo del fondo que contenía varias piezas de imaginería sacra de escuela sevillana y cordobesa, casi todas del siglo XVII: San Fernando, San Bartolomé, Santa Lucía, y una especie de africano barbudo con cayado y sandalias cuya iconografía Nuria no acababa de precisar. Aunque el estado de los santos y las vidrieras, martirizados por las perforaciones y las caries, aconsejara apremiantemente una intervención, la pobre talla de la Virgen de la Sangre, que daba nombre a la capilla, necesitaba más que ninguna otra una operación de urgencia; el bloque de madera observaba tristemente al feligrés desde el fondo del altar, con el manto reducido a un rosario de parches y astillas y la mano convertida, a la altura de las falanges, en un abanico de muñones truncos. Hubo que esperar a que una poderosa Caja de Ahorros de la capital pusiera al servicio de la conservación del patrimonio un talón surcado por una respetable cantidad de ceros para zanjar los desencuentros.

—Es un buen curro, y van a pagarnos bien —reconocía Nuria registrando los discos—. Pero no veas qué trabajo, Alicia, estoy de santos hasta aquí. Qué lindísimas tienes las conibras, Alicia.

—Sí, mi trabajo me cuesta.

—Qué plumas, parecen pollitos de peluche. Lou Reed, buena cosa.

Cuando Pablo y la niña todavía no se habían mudado a otra parte, la relación entre Alicia y Nuria se limitaba al ascensor, al supermercado de abajo y conversaciones dietéticas que podían desembocar en algunas cervezas o un café en el modesto pisito de la tercera planta cuyas paredes se dividían ecuánimemente René Magritte y Jimi Hendrix. Antes, refrenada por el matrimonio, Alicia no se había atrevido a asomarse a esa vida llena de ruidos y colores que era un poco su vida sin Pablo y sin la rutina, la de una Alicia irresponsable y contenta liberada de los pesados imperativos de la familia: ahora los acontecimientos la habían aproximado extrañamente en la dirección de Nuria, la habían descargado de todas esas obligaciones que le obstaculizaban el ejercicio adolescente de la libertad. Pero su libertad era una libertad sucia, contaminada por un pasado que la desfiguraba y la reducía a un torpe ripio de sí misma. La voz retardada de Lou Reed increpaba a un travesti vicioso mientras Alicia extraía un cigarrillo del paquete de Ducados y se lo cruzaba en los labios: aquél era el modo que tenía Nuria de ofrecer su hombro, acuclillada en la alfombra repasando los créditos del disco con una colilla en los dedos, poniendo un botellín en la mesa y detallando sus desventuras de la mañana. Nuria tenía una energía demasiado brillante y voluble como para malgastarla lamentando desgracias, ya fuesen propias o ajenas, y prefería pasar por encima afirmando la necesidad animal de seguir respirando, de seguir perpetuándose en los berberechos y la cerveza.

—¿Qué es eso?

—Otra vez los gilipollas de arriba. Dan con la punta de una escoba, creo.

El golpe se repetía cada cinco segundos apagando la vocecita de Lou Reed, que, empujado por la batería, reiteraba tesoneramente el mismo estribillo: *Babe, you're so vicious.* Era un cañonazo hueco que sacudía en cada andanada los flecos de la lámpara china.

—Pero valiente cabrón —a Nuria se le veían los colmillos—. No me dirás que la música está alta.

—No. Lo hacen por el mero gusto de joder, máxime cuando puedo oír sus voces a las cua-

tro de la mañana como si los tuviera en el salón.
Baja un poquito, de todas formas.

Nuria interpretó las groseras advertencias
del vecino como una cortapisa intolerable de su libre albedrío, y propuso, jugueteando con el último
botellín, bajar a su casa para seguir escuchando otra
cosa. Alicia negó sin decir nada, con un gesto de las
manos a través del cual parecía buscar misteriosamente deshacerse de algún objeto o de alguna presencia, algún olor que se le hubiera quedado adheri-
do en los huecos de los dedos, y comenzó a recoger
los platos y las botellas con esa diligencia retardada
de quien da por concluida una reunión. Pero Nuria
no era una contrincante fácil. A la cuarta invitación
Alicia, desesperada, se fumó un cigarro y asintió bo-
vinamente.

—Ven —la melena de Nuria comenzaba
a resumirse en una cola—. Además, verás la talla de
que te he hablado. Es muy linda, pero está la pobre que da penita.

El estudio que compartía con sus dos compañeros, un apretado apartamento en el barrio de
Santa Cruz, permitía ocuparse de un número más
o menos aceptable de piezas a un mismo tiempo,
pero de vez en cuando las estrecheces aconsejaban
llevarse el trabajo a casa. Nuria había derribado dos
paredes y robado el espacio de un par de cuartos
para convertir el salón en un anárquico taller que
ofrecía un aspecto fronterizo entre el laboratorio
y la carpintería. Lo primero que percibió Alicia al
cruzar el vestíbulo fue el lacerante olor a amoníaco,
aleado con alguna otra fragancia extraña y dulce

que le humedeció la lengua. Luego vio la mesa de ebanista situada al fondo, junto al balcón, donde se arrumbaba una montaña de tacos de madera y virutas, el horno de bordes renegridos que mordía la pared y del que brotaba un laborioso intestino de mampostería en dirección a la terraza; garlopas, cepillos, escoplos rodaban alegremente por el piso, junto con algún casco de cerveza vacío y sustancias medio cubiertas por papeles de aluminio. Cuando Nuria cruzó el salón para enchufar el equipo de música, previa elección del *Morrison Hotel,* señaló a Alicia una silueta que se ocultaba tímidamente en una esquina, sobre una estera de pliegos de periódico, justo al lado de un complicado artilugio con motor y pistola que se debatía entre el fumigador y el lanzallamas. Era una Virgen rota; el tiempo le había rascado la túnica hasta arrancarle los colores, la había dejado manca y tuerta, tatuándole en el rostro una conmovedora expresión de súplica que la convertía en una especie de huérfana lisiada. Nuria enseñó un plano lleno de ángulos y líneas sobre el que un rotulador fosforescente se había entretenido en marcar cruces, muchas cruces. Aceptando la copa que le tendían —vino peleón era lo único que quedaba en la nevera—, Alicia miró el papel. Era el plano de una iglesia.

—Nuestra Señora de la Sangre —dijo Nuria—. Habrás pasado montón de veces por delante.

—Sí, pero nunca he entrado.

—Ni tú ni nadie en muchos años. Está cerrada al público. Prácticamente ruinosa. Las cruces del plano son las tallas que hay que reparar.

—Ésta es bonita —dijo Alicia agachándo-
se para contemplar la cara de la huérfana: un bo-
cado brutal y negro rompía la frente a la altura del
ojo izquierdo.

—Sí, pero mira cómo está —Nuria suspi-
ró—. Por ahí tengo las radiografías; en las dos res-
tauraciones anteriores le metieron cuatro clavos para
que no se le cayera la cabeza, y yo estoy pensándo-
me colocarle un pernio en la mano. Sí, ésta me va
a tomar mi trabajo. Ya le he dado un baño de con-
solidantes para ver si la madera aguanta, y ahora
la estoy tratando con gases. Termitas, carcoma: in-
quilinos molestos que hay que desalojar. Por eso la
peste. ¿Te lleno la copa?

El cansancio había terminado por arruinar
la voluntad de Alicia y le hacía dejarse arrastrar fle-
xiblemente por las decisiones ajenas, sin proponer
alternativas. De todo cuanto tenía, era lo más parecido que podía conseguir a un olvido: una tierra de
nadie donde las palabras no se encaramasen al oído,
donde hasta el más anodino de los actos no fuese
interferido y como electrocutado por una descarga
que surgía de algún lugar del fondo, de algún sótano profundo y sórdido que no podía cegar. Pero en
el mismo instante de tomar con los dedos la copa
de Nuria sintió que de algún modo estaba colocándose una banda sobre los párpados, desatendiendo
el mandato insoportable de purgar su memoria, haciendo fullería para sortear cobardemente lo que tenía, lo que estaba condenada a soportar. Se calzó la
mejor sonrisa que encontró, dejó la copa junto al
fumigador y dio dos besos a Nuria.

—¿Te vas?

—Sí.

En el centro del hiato de silencio Jim Morrison esperaba al sol: *I'm waiting for the sun.*

—¿Cómo estás?

Alicia sonrió.

—Bien, tonta.

La mano de Nuria trataba de zafarse de una gomilla roja que le atrapaba los dedos con sus tentáculos.

—¿De verdad? No seas tonta, porque lo que necesites.

Alicia asintió con docilidad. Era tan fácil asentir, simplemente inclinar la cabeza, declararse de acuerdo: no recordar, poner presa a esa avalancha de recuerdos estropeados por cuya culpa estaba desatendiendo la obligación impostergable de vivir. Decir sí era lo más fácil del mundo, decir cualquier cosa siempre es tan fácil; la lengua es la parte más elástica de nosotros.

—Lo que necesite —Alicia se dejó besar apresuradamente—. Hasta mañana.

Subió de dos en dos los escalones que le conducían a su planta, mientras la mano izquierda revolvía el bolsillo de la rebeca y se arañaba con las llaves y el mechero. Antes de abrir la puerta respiró y se colocó un cigarrillo en los labios. Le exasperaba el imperativo autoimpuesto de martirizarse como para calmar una mala conciencia, le desesperaba obligarse a sufrir como para hallarse a la altura del amor que le habían dedicado los muertos; pero a la vez una sordera perfecta, esa que tanto deseaba y por la que hubiera claudicado en muchas aspiraciones, le parecía la clase más miserable de traición, como incumplir el papel designado en la coreografía de la tragedia ahora que los otros habían rematado sus actuaciones y dejado la escena. Aspiraba la primera bocanada de humo cuando vio cómo la puerta del vecino se abría agazapadamente y dos ojos se dibujaban en la ranura. A continuación la puerta se abría de par en par y una criatura encogida y rugosa sonreía con holgura desde el rectángulo del quicio.

—Buenas noches, Lourdes.

—Buenas noches, hija. No te vayas, espera un momentito.

En el intervalo de un breve minuto, la criatura desaparecía y volvía a aparecer en el rellano con una olla empaquetada en papel de aluminio. La sonrisa seguía deformando el rostro de arcilla seca.

—Ten, hija. Anda, cógelo.

—Pero, Lourdes, me pone usted en cada compromiso.

—No seas tonta, niña —los dos ojos azules eran el único vestigio de energía que conservaba aquella cara surcada de acequias—. Tienes que comer, que te estás quedando en los huesos, y yo sé que no tienes tiempo para meterte en la cocina. Es un poquito de menestra, verás qué bien te sienta.

—Gracias, Lourdes.

Gracias, por supuesto que gracias, siempre gracias aceptando que los otros cumplieran el trabajo de vivir por ella, aceptando que la aliviaran de esas obligaciones pequeñas y prosaicas a las que se reducía casi con ironía el hecho de existir. Los labios de la señora Acevedo escalaban la mejilla de Alicia y le soltaban el beso en ese centro entre la sien y la mandíbula donde todos los besos sonaban como burbujas. Para aquel matrimonio de jubilados lentamente resignados al tedio y los domingos, cuidar de Alicia se había convertido en un servicio irrecusable al que les obligaban por igual la compasión y el curioso parecido de Alicia con una hija que perdieron hacía algunos años después del amargo trámite de la leucemia. A menudo Lourdes abusaba de la llave que Alicia le había confiado para que regara los ficus de la terraza y daba un repaso al baño o se encargaba de desalojar el lavavajillas, por no hablar de los ceniceros que todas las tardes, al volver del trabajo, Alicia encontraba vacíos y relucientes. También don Blas se ofrecía atentamente a rectificar el desagüe de la lavadora o asegurar el enchufe del brasero, por el módico precio de alguna de las novelas de detectives que Pablo alineaba en la biblioteca, entre la Larousse y los clásicos castellanos: le gustaba Agatha Christie, pero Simenon le resultaba demasiado desordenado. Las novelas policíacas debían constar de un asesinato, un círculo cerrado de sospechosos, un inspector a salvo de todo recelo: ni más ni menos.

—Es que es francés —dictaminaba—. Los franceses se van mucho por las ramas.

El televisor no contenía nada de valor: una película de explosiones, una cabeza de espaldas que

confesaba una violación. Alicia regó las conibras
y las depositó junto al balcón, para que el amanecer las dorara con la luz debida: verdaderamente
estaban hermosísimas, con todas sus plumas blancas
y amarillas y ese aire a osezno lamiendo jugueto-
namente terrones de azúcar. Si por lo menos hubiese un hueco, se decía mientras ingresaba en el
pijama y llenaba el vaso de agua, si por lo menos
una abertura a través de la que saltar o en donde
descargar como en un basurero esas presencias es-
pesas, esos ectoplasmas vahídos, los conjurados in-
visibles que ahora la aguardarían en las patas de la
cama, esperando a que tragase los calmantes y colocase la cabeza en la almohada, a que alargara el
brazo para apretar el interruptor y una oscuridad
de aristas azules borrara el dormitorio: entonces,
luego de un breve interludio de voces y figuras amputadas, volvería la caza, la huida y la caza, y la asfixia y las bocanadas y de nuevo el interruptor, el
vaso de agua, cigarrillos.

2. El viento coleteaba oscuramente

El viento coleteaba oscuramente por los callejones hasta desembocar en el gran espacio horizontal que Alicia observaba paralizada, sin atreverse a accionar los pies. Esperaba junto a una farola de torpe trazo modernista, sosteniendo una flor o una cuchara. Ante sus ojos se extendía infinitamente el bulevar, una larga lengua de asfalto flanqueada por las espaldas planas de los edificios; era de noche, pero las constelaciones que tatuaban el firmamento no eran como esas que estaba habituada a contemplar los veranos. A lo lejos, en el horizonte, el aullido de algún perro se entreveraba con los silbidos del vendaval. Cuando comenzó a andar descubrió que podía recorrer la avenida en pocas zancadas, porque en aquella ciudad los pasos resultaban más largos; miró a izquierda y derecha: los edificios eran en realidad enormes decorados con soportales pintados. Se repetían por todas partes hileras de ventanas grises, el mismo cuadrilátero dividido por travesaños se multiplicaba en las superficies de madera que cerraban las calles. Alicia tuvo sofoco, creyó apretando la cuchara que el mundo no contenía otra cosa que aquella extensión ilimitada de ventanas sin rostro. Pero en el centro de la avenida, rematando un frontón helénico, vigilaba un reloj, un reloj vasto y amarillo como el ojo de un lagarto, con las manecillas congeladas en un ángulo obtuso: eran las cuatro. Sólo entonces advirtió Alicia que había más gente en la avenida de aquella ciudad que era igual que el vestigio de un holocausto, que la reliquia inútil de una humanidad borrada por una catástrofe. Había espaldas en puntos imprecisos del bulevar, junto a las farolas modernistas, cara a la pared, huyendo hacia el rincón en que empezaban a crecer más avenidas. A veces las espaldas hablaban, en voz baja, disolviendo las palabras en un crepitar sin contornos. Alicia quería detenerlas, enseñarles su flor, preguntar por dónde se volvía a casa, pero los rebaños de espaldas se dispersaban, y cada una elegía un camino distinto para desaparecer. Entristecida, Alicia se sentaba en la acera, deshojaba la cuchara, se sonaba los mocos en el vestidito de raso azul que le cosió mamá. Entonces una música empañada la llamaba desde arriba y, dando zapatazos de alegría, descubría que había una ventana encendida, que sobre el fondo del cuadrado amarillo dos sombras bailaban. La sombra masculina ceñía a la femenina por el talle y la conducía con exquisita violencia de lado a lado del cuadrilátero; la inclinaba hasta parecer que rozaría el suelo, estrechaba su rostro de perfil troquelado sobre la garganta de su compañera para que ella se deshiciera en suspiros y carcajadas. Aquellas siluetas, pensó Alicia, eran tan jóvenes y tan hermosas, y bailaban tan bien el tango. Chupando su flor, que era una piruleta, Alicia alcanzó el final de la avenida: terminaba en un gran palacio pintado en un bastidor, donde se desnudaban las Musas. Aquella ciudad era como una maqueta de escala desorbitada, como un gran anfiteatro de muñecas. A su izquierda, otro rígido bulevar chocaba contra una barrera de columnas; a la derecha, se abría borrosamente una placita. Cuando Alicia ya se disponía a caminar hacia la plaza, advirtió que la observaban: sí, un señor con bigote la miraba fijamente desde la otra acera. Los rasgos eran apocados y pobres, la alarma agrandaba sus feos ojos de camaleón. Alicia quiso ofrecerle su piruleta que también era un helado, pero el hombre sacudió los hombros y le señaló el final del bulevar. «¡Váyase, márchese de aquí!» El hombre parecía disgustado, o triste, alguna desgracia escabrosa despuntaba en su rostro amarillo. «¿Cómo ha llegado aquí?», le preguntó el desconocido. «Pablo y Rosita están muertos», le respondió Alicia chupando su helado. «¡Váyase!», repitió el hombre, hasta que sus ojos espantaron a Alicia, «¡váyase enseguida!». Pero ella no sabía por dónde salir, así que se quedó junto a la ventana en que danzaba la pareja, hasta que se durmió.

Los ojos de Mamen eran dos bocas oscuras que conducían a alguna parte distante y profunda; esos ojos observaban a Alicia desde el otro lado del escritorio con el almanaque de Matisse y ese montón de bolígrafos indistintos que Mamen se distraía en hacer girar entre los dedos mientras escuchaba. Llevaba más de una semana presagiándose, pero aquel martes los nublados habían reventado en una tormenta que empapaba las aceras.

—Tú dirás —dijo Mamen con curiosidad.

—Ha pasado algo nuevo, Mamen, algo ha cambiado.

—¿Los sueños?

—Sí, Mamen, pero es extrañísimo.

No estaba previsto que Alicia volviese a la consulta hasta dentro de dos semanas, en que podrían comprobar la incidencia del tratamiento sobre sus castigados insomnios. Por eso le extrañó tantísimo a Mamen descubrir su voz en el teléfono reclamando ansiosamente una entrevista aquella misma mañana; el tono de Alicia era indefinible desde el otro lado de la línea: lo deformaba un híbrido incongruente de terror y esperanza. Cuando llegó al estudio no se detuvo siquiera en deshacerse del impermeable, se estrujó en el asiento y sacó el paquete de Ducados dejando que el paraguas arriase pacientemente la moqueta de color beige.

—Me estás asustando —Mamen se dedicó un Nobel—. ¿Me quieres decir qué coño pasa de una vez?

—Todo empezó hace una semana —la lluvia había apisonado el flequillo de Alicia sobre la frente—. Hasta entonces habían sido los sueños típicos, Pablo, la niña, ya sabes. Una noche, no soñé absolutamente nada. Ya aquello me pareció raro.

—No es nada raro.

—Sí, Mamen, es raro, en mí es raro. Además, fue un sopor profundo, como si estuviese encerrada en una cueva. Me da la impresión de haber descendido a un sueño de tal profundidad que allí ni caben imágenes.

—Bueno —la mano de Mamen tomaba un atajo.

—Sí, bueno —Alicia buscaba con desesperación un cenicero—. El caso es que la noche siguiente sí soñé. Y fue el sueño más raro que he tenido en mi vida.

Ante la mirada suspicaz de Mamen, Alicia describió una ciudad hecha de edificios pintados que se dividía en avenidas recorridas por hombres de espaldas. El urbanismo de aquellas calles había dejado una especie de vestigio en su interior, como si hubiera desovado en su mente: sospechaba que la ciudad contenía un secreto, poseía una significación, era símbolo de algo de la misma manera abstracta que una melodía puede sustituir a la alegría o una flecha blanca fuerza a tomar un camino. Una vez del lado de acá, sentada sobre la cama apurando el paquete de tabaco (eso es lo curioso de los sueños, que siempre estamos obligados a interpretarlos bajo el filtro de la memoria despintada que han dejado en la vigilia) intentó ir reconstruyendo paso a paso las fases de su excursión: el recuerdo compartía cantidades simétricas de magnetismo y repulsión. Esos bulevares teatrales estaban impregnados de aquella antigua fascinación de la infancia que hallaba en todas las cosas y los sucesos una epifanía; en cierto sentido, la ciudad de sus sueños era un retroceso violento a la edad de la inocencia. Pero por otra parte, esa misma inocencia velaba una trampa: toda ilusión es venenosa, porque basta su cumplimiento para conducirnos a la aniquilación. La noche de estrellas desconocidas, los cuerpos sin rasgos, las sombras tan anónimamente bellas que cumplían su danza apuntaban tangencialmente a algo, a una incógnita circundada de espinas cuya sola entrevisión aterraba a Alicia y la hacía retroceder. Esperaba ahí dentro, quizá, el núcleo atroz de la verdad, el ojo sin párpado, la máscara rota.

—¿Cómo es la ciudad? —Mamen la miraba con la frente aborrascada—. ¿Qué dices que había?

—Yo siempre pensé de chica que debía de haber ciudades así en la luna, ciudades de barrios plateados, ciudades cenicientas castigadas por los sirocos. La ciudad es como una ópera, como un decorado. No sé.

—De modo que un reloj —la mano de Mamen inauguraba otro Nobel—. Un reloj amarillo en medio de una avenida.

—Sí, una avenida que terminaba en un palacio con estatuas griegas. Y aquella plaza a la derecha.

Rodeada por el humo del cigarrillo, Mamen se reclinó en el asiento hasta que su rostro fue una cosa gris e imprecisa. El bolígrafo ya no bailaba en sus manos: los dedos tamborileaban inquietos en el filo del escritorio, entre la jarra de lápices y las llaves del coche.

—No sé qué decirte, Alicia —Mamen volvió a echarse en la mesa, y Alicia volvió a precipitarse en las grutas sin color de sus ojos—. Debo reconocer que sí, que es raro. No sé, prueba con otro medio calmante. La verdad es que la cosa es para intrigar. A lo mejor deberíamos volver con las sesiones de hipnosis.

—No, ya se demostró que no servían para nada.

—Bueno, medio calmante más y llámame dentro de una semana para ver si el sueño se repite. Ahora perdóname, pero he pospuesto tres visitas para atenderte.

—Claro, Mamen, disculpa.

—No seas tonta.

Armada de su paraguas, Alicia regresaba a la puerta del despacho, mascullando una despedida.

—Alicia —Mamen le hablaba de espaldas, volcada sobre la tormenta que borraba la calle Torneo—. ¿Viste algo más?

—No, que yo recuerde. Ya te llamaré.

Seguía lloviendo.

Al menos las excursiones por la ciudad de madera trajeron el alivio anexo de solapar a Rosita y a Pablo, que no volvieron a aparecer, ni vivos ni muertos, en ninguna de sus noches. Desplazados por aquel nuevo misterio parecieron disolverse en la memoria cargada de venenos que los propiciaba, y Alicia pudo preguntarse alguna vez si de veras había sucedido algo, no sólo si era cierto que su marido y su hija habían sido expulsados del mundo por la conjunción sádica de una autopista y un coche a velocidad indebida, sino incluso si alguna vez habían existido esos rostros vacíos que multiplicaban las fotos sobre los aparadores, o esas voces de ecos amortiguados que seguían repitiéndose en ciertas esquinas del piso. Pero sí, era inútil negarlo, era estúpido abandonarse a la esperanza de la liberación, de una vida recuperada en toda su amplitud, de un pasado suave e higiénico como sábanas recién puestas. Ahora tenía la ciudad de su sueño, pero los fantasmas aguardaban en los rincones dispuestos a cobrarse la deuda, a regresar para interponerse en esa rutina cíclica que Alicia quería salvar a base de reproducciones sistemáticas de los mismos gestos. Era una trampa tan endeble como fácil la de entregarse a la confianza de que ningún escombro volvería a atascar sus paseos por las tardes deteniéndose en escaparates de libros y lencería, las conversaciones con Nuria o Esteban, el plumaje nuboso de sus conibras, los gratos encuentros con Harvey Keitel en el cine o algún videoclub, la labor interminable de colocar y fichar volúmenes todas las mañanas de ocho y media a dos en la Biblioteca General Universitaria.

Al menos estaba la ciudad: había encontrado una tregua en ese descenso que madrugada tras madrugada, después del agua y las pastillas, la devolvía a aquella avenida preliminar que el reloj amarillo dividía en dos tramos y en una de cuyas ventanas las sombras que amaba proseguían su eterno tango. Al final estaba el palacio con las Musas, luego a la izquierda un alto pabellón con columnas que cuando observó más de cerca descubrió grabado con prolijas personalidades mitológicas:

gorgonas, erinias, sirenas. Tras el pabellón se abría la cúpula de un observatorio, con el caño del telescopio tendido hacia las estrellas, tras el observatorio una torre de capirotes de pizarra. En aquella zona las calles se estrechaban y se hacían más cortas, y los muros jugaban al laberinto, fabricando la ficción del camino sin salida para luego improvisar, casi a la hora de dar la vuelta, el pasaje que conectaba con un museo de armaduras, con un teatro en semicírculo en cuyo proscenio habían sido abandonados máscaras y coturnos, con galerías de espejos que rompían y adulteraban su imagen, con escaparates hacinados de violines y clavicordios, u órganos con sus abanicos de tubos desplegados a la luz sin volumen de las constelaciones. A través de arterias entretejidas alcanzaba pérgolas y ministerios, pajarerías rebosantes de jaulas, cuarteles donde húsares mecánicos se paseaban sobre corceles de cartón con guirnaldas en las bridas. Y continuaba esa alegría pueril de ir creándolo todo a medida que lo tocaba, como si las rondas y los viarios se abriesen ante ella sólo por el expreso hecho de que sus pies los buscaban. A veces cónclaves de espaldas reunidas se producían a un par de manzanas, poco antes de que ella se aproximase para espantarlas como palomas; le pareció reconocer en alguna ocasión, también, a visitantes de su misma clase, gentes dotadas de pecho y rostro que recorrían la ciudad igual que una exposición y que se detenían a admirar los peristilos y las balaustradas. Cierta noche vio, de lejos, a muchachas con cofia que conducían carritos de niño por rampas y escalinatas, y domos con patios descubiertos en que se reunían corros de maniquíes. Otra noche alcanzó una plaza, una plaza plana y desnuda circundada de pabellones, que el vacío y el silencio hacían vasta como el insomnio. Justo en el centro de aquella plaza cuadrada había una estatua, un hermoso ángel de bronce con un pie lisiado. Alicia tuvo la impresión, aquella noche, de haber profanado un secreto, de haber rasgado el primero de los sellos que protegían el misterio de la ciudad soñada. Los astros resbalaban por las alas cobrizas del ángel, poniendo alfileres plateados en sus plumas. Volvió a aquella plaza muchas veces, y siempre se repitió ese ubicuo sentimiento de sacralidad desvelada, esa presencia numinosa que comparten la liturgia y el sacrilegio. Entonces, del fondo, de los pabellones infinitamente al fondo, llegó corriendo aquel hombre, aquel hombre rebajado suplicándole que se marchase: el eco de sus zapatos era la única voz depositada en el aire de la remota ciudad de madera.

La sacó de la cama el timbre de la puerta a punto de ser achicharrado por la vehemencia de un dedo demasiado impaciente; con tiempo apenas para calzarse el batín de Pablo descorrió los cerrojos y descubrió que Marisa y Joaquín ocupaban el rellano con las sonrisas simétricas de costumbre. Dejaron una plasta amorfa en la cocina sobre cuya procedencia Alicia se abstuvo prudentemente de indagar, pero que Marisa, con la garganta surcada por un nuevo collar de Madagascar o Angola, presentó como cierta clase eficacísima de carne vegetal, aunque esos dos nombres unidos pudieran resultar un binomio un poquito absurdo y hasta tonto, verdad, pero sí, era carne vegetal, es decir, pulpa de no se sabía qué fruto desecado y machacado hasta componer un lejano pariente del filete ruso, infinitamente más sano, por supuesto, que ese comistrajo rebañado de vete a saber tú qué basura.

—Alicia, qué conibras. Las tienes lindísimas. ¿Cómo te aguantan? A mí se me murieron enseguida.

—El secreto está en regarlas cuatro veces al día. Ni más ni menos.

Por lo general, a Alicia solía divertirle el furor vegetariano de Marisa, que resumía todas las bondades dietéticas y medicinales de la naturaleza en el versátil potencial de unas cuantas verduras cuyos nombres repetía como pronunciando ensalmos; le divertía la manía por las hierbas de Marisa siempre y cuando, claro, no entrase en colisión con su libre albedrío alimenticio. Mientras miraba el torrente negro de su pelo, aprisionado por tres o cuatro horquillas, Alicia recordó la complicada maniobra de curación que había diseñado para purificarla de sus fantasmas; a Alicia le fascinaba su pelo, ese calamar anárquico y oscuro, que la luz indirecta volvía de un azul submarino. Después de escuchar con los ojos muy quietos las descripciones de sus insomnios y pesadillas, Marisa había prescrito una prolija serie de cuidados para Alicia y amenazaba intermitentemente sus almuerzos con baterías de legumbres, infusiones, tortillas de dudoso color verde y sopas igualmente insólitas. Todo eso acompañado, de camino, por un poquito de vida bucólica, nubes, arroyos, pajarillos, y no la cenicienta claustrofobia de la ciudad, que no puede sentar bien a nadie: Marisa había decidido aquella mañana que hacía un domingo estupendo, y que era un día que ni pintado para pasarlo en el campo. Rascándose el cuero cabelludo para comprobar que necesitaba una urgente sesión de champú, Alicia objetó que había llovido demasiado: todo sería barro y charcos. Con habilidad de duelista, Marisa contraatacó con la finca en la sierra que contaba con su socorrida chimenea y el huertecito que se podían entretener en arreglar. Pero a Alicia la vida campesina no le resultaba tan idílica, aparte de que no tenía jodida gana de ponerse de fango hasta los tobillos, y negó y dio las gracias por la carne vegetal hasta que Marisa y Joaquín, algo apagados, desaparecieron en el ascensor. A los pocos segundos, antes de que terminase de llenar la cafetera, la voz de chicharra del portero automático volvió a sobresaltar a Alicia; resignada a soportar la última tentativa de Marisa, descolgó el auricular.

—Sí.

—Alicia, soy yo, Esteban. ¿Me abres?

Esteban llegaba con el periódico debajo del brazo y las apreciaciones de rigor sobre la beatitud del tiempo: por lo menos aquel paréntesis de sol les salvaría de morir ahogados. Depositó un cartucho empapado de aceite sobre la mesa de la cocina, que a Alicia le bastó desenvolver para encontrar una suculenta espiral de churros recién hechos.

—Mastica con moderación, te vas a asfixiar. Vaya, cómo lucen tus conibras.

—¿Has visto? Hoy están contentas, hace mucho sol. Las pobrecitas están hasta las plumas de tanta lluvia.

El día anterior se había desentendido del horario estipulado para la visita a Mamá Luisa, para la obligada profanación de cadáveres y esa arqueología de sensaciones oxidadas que siempre la devolvían a casa con deseos de tomar un atajo hacia la disolución y el sueño. Aceptaba como un castigo la visita de cada sábado, el silencio torturado en que suspendía los comentarios de la vieja, hostigada por alguna maldad pesada y distante que se complacía en perforarla con sus estiletes, en flagelarle el alma hasta cerrarle los ojos con los párpados cargados de preguntas: qué ganaba con soportar todo aquello. Si al principio había condescendido a acompañarla en su soledad llena de muertos por arrimar una balsa o tender la mano, cada vez estaba más resuelta a dejarla consumirse en esa amargura ensuciada de rabia en que se ahogaba, en que se revolvía como una lagartija desde el día ancestral en que Pablo la canjeó por una mujer más suave y liviana. No, no había ido a visitar a Mamá Luisa aquel sábado: los nuevos paisajes de sus sueños le proporcionaban pausas bastante desahogadas para descansar de Pablo y la niña, y no quería echar a perder esos escasos recreos con más recuerdos al rojo vivo. Bastante era tener que esquivarlos el resto de la jornada.

—¿Por qué no fuiste? —Esteban dividía un churro, apagaba la cafetera—. La vieja preguntó por ti.

—No sé, Esteban —no, no debía ceder terreno—. Conviene que vaya acostumbrándose a verme menos.

—¿Verte menos? —él se revolvió—. ¿Qué quieres decir, Alicia?

—Nada, no es nada, tonto. Las tazas tómalas del lavavajillas, ahí estarán todas sucias —decididamente, el pelo de Alicia estaba a la altura del mejor Scotch-Brite—. Tengo otras cosas en la cabeza. Sí, cosas.

—No sé cómo puedes beberte este café, es pura achicoria envasada al vacío. ¿Qué cosas?

—Cosas —dibujos de ofidios comenzaban a circular en las trastiendas de los ojos de ella—. Escucha, Esteban.

El silencio se hizo voluminoso, como si estuviera cargado de revelaciones: era ese silencio tupido que cubre los hiatos entre las grandes palabras, entre las súplicas y los insultos. Esteban supo que debía olvidar las tazas y apoyarse en la mesa, con los brazos cruzados, quizá un cigarrillo.

—Tampoco me mires así, no voy a soltarte que he asesinado a alguien.

—Me quitas un peso de encima —Esteban desvirgó un nuevo paquete de Fortuna—. ¿Y bien?

—Son sueños, Esteban —también Alicia iniciaba un Ducados—. Hace una semana que sueño con una ciudad.

—¿Con qué ciudad?

—No sé qué ciudad, no es ninguna ciudad, es una ciudad así, en abstracto. Es como una ciudad con casas de muñecas, casas pintadas, falsas, es una ciudad de decorado. Bueno, el sueño no tendría nada de especial si no se repitiese noche tras noche, sin falta, y siempre igual. ¿Entiendes? La ciudad es la misma una noche y otra. Siempre comienzo al final de un bulevar en cuyo centro hay un reloj amarillo y una pareja bailando tangos.

—¿Hay gente en esa ciudad?

—No, apenas. Gente de espaldas, maniquíes.

A Esteban le decepcionaban los sueños tan académicos de Alicia.

—Tus sueños, guapa, son sueños de museo. Magritte, Delvaux, De Chirico. Un puro artificio surrealista.

—Vete a la mierda. No soporto más estos pelos. Ven, te seguiré contando mientras me ducho.

Decorosamente vuelto hacia el pasillo, ultimando el cigarrillo para sustituirlo por el siguiente, Esteban oía el crepitar de la ropa de Alicia al despegarse de su cuerpo, derrumbándose hecha ovillos sobre el bidé o las baldosas. Luego era el rumor diagonal del agua cayendo y estrellándose contra la bañera, la espalda desnuda de ella irrumpiendo en esa cortina de flecos calientes, en ese picoteo delicioso que resbalaría hacia las corvas, que lamería tibiamente los conos de sus pechos y esa garganta última entre los muslos. Esteban suspiró. La mampara desfiguraba la anatomía de Alicia hasta disolverla en un conjunto de borrones pálidos.

—Pero bueno, dime —Esteban quería aupar la voz sobre el ronquido monocorde del grifo—. ¿Esa ciudad es tan especial?

—Sí lo es, Esteban. Ahí dentro hay algo, no sé cómo explicarte. La ciudad me da una sensación, una mezcla de tristeza, horror y fascinación.

—¿Por qué?

—No lo sé, no hay nada objetivo, esa sensación no viene de ninguna parte. ¿A ti no te pasa que tus sueños son como excusas, como productos secundarios de un sentimiento que los dirige?

—Sí, es lo que decía Coleridge —la silueta de la mampara se frotaba algo que debía quedar a la altura de los muslos—: Primero está el vértigo, el miedo, y luego se fabrican el precipicio y la caída libre.

Encerrada en el albornoz y con el rostro rayado por un montón de hilachas negras, Alicia condujo a Esteban hasta el estudio: Pablo y ella habían convenido ese título indefinido para aquel laberíntico depósito de libros, discos, postales amarillentas, afiches sin desenrollar y diskettes caóticamente apilados a ambos lados del monitor del PC. La luz de la lámpara de papel resbalaba sobre las estanterías, acariciando a medias los nombres dorados de Michael Crichton y Vázquez Montalbán, o desviándose hacia el gesto sardónico de Groucho Marx, historiado con la inevitable frase: *Señora, perdone que no me levante.* La profesión de Pablo fo-

mentaba aquel acopio heterogéneo de material ti-
pográfico, donde se asociaban con gran turbación
del atónito visitante los clásicos grecolatinos con las
últimas brillanteces de Barbara Cartland, por no
hablar de las jugosas monografías sobre reencar-
nación, astrología y quiromancia avaladas por autoridades de apellidos tan sonoros como inverosímiles. Alicia le alcanzaba un grueso volumen de la
enormidad de un atlas, con un bosque en la sobre-
cubierta y un aplicado título inglés: *The European
engraving in the Eighteenth Century.* La página
ciento cuarenta y ocho estaba ocupada por una
serie de extravagantes arquitecturas geométricas;
cubos, esferas, pirámides que tenían el aire faraóni-
co de monumentos extraterrestres. Esteban revisó
los pies de las ilustraciones: Étienne-Louis Boullée,
Cenotafio de Newton, 1784; Claude Nicolas Le-
doux, ciudad de Arc-et-Senans, Casa del Director
de Aguas, Taller de los Leñadores.

—¿Éstas son las cosas que aparecen en tus
sueños? Son horrorosas.

—No, no aparecen —la mano de Alicia pa-
tinaba por la superficie satinada de las hojas—.
Pero la sensación es la misma. ¿Qué te dicen esos
edificios?

—No sé —era como un gran cementerio
de formas, como una playa cubierta de poliedros
varados—. Inutilidad.

Algunas páginas más adelante figuraban las
famosas prisiones de Piranesi, confusos intestinos
recorridos por zócalos y escalinatas enrevesados y
lúgubres. Sí, ciertamente dibujos así tenían la den-

sidad asfixiante de las pesadillas. Esteban hojeó el volumen hasta que Alicia, enfundada en vaqueros y un jersey con rombos, lo llamó desde el salón. Llevaba un cuaderno en la mano, la misma en que brillaba el cigarrillo recién emprendido.

—He hecho un plano. Mira.

El papel contenía un desmañado ajedrez garrapateado con topónimos. Flechas y asteriscos emplazaban sobre aquel galimatías de líneas un reloj amarillo, un observatorio, casas de espejos, una academia militar. Abajo, al sur (porque debía ser el sur), había un cuadrado vacío, y en el centro un punto. Debajo una nerviosa caligrafía había inscrito: *Ángel*.

—¿Y esto qué es? ¿Un ángel?

—Eso es lo mejor de todo —ella se dejó engullir por el sofá de cuero negro—. Esa plaza, Esteban, es sorprendente. No me preguntes por qué, pero ahí hay algo. Ese ángel, tan lindo, allí solo, en mitad de esa plaza enorme que es de echarse a llorar.

—¿Cómo es?

—Un ángel, con dos alas y todo eso. Tiene un nombre en el pedestal, pero no me acuerdo. Es cojo.

—¿Cojo?

—Tiene el pie doblado por el tobillo, así —Alicia retorció su bota derecha para ilustrar muy gráficamente la luxación.

Sentado en el brazo del sofá, Esteban tomó un nuevo cigarrillo. Tenía delante el cuaderno, en otras de cuyas páginas Alicia había tratado de retratar, con menos destreza que buena intención, algunas de esas extrañas arquitecturas de las que le había estado hablando con su enfermizo deslumbramiento. No sabía a qué atribuir la nueva obsesión, no sabía si darle el beneplácito de la confianza y coincidir con ella en que verdaderamente era muy raro tanto urbanismo onírico o si reducir todo aquel desvarío a mera maniobra de despiste, como la cortina de humo que la salvaría de encarar el tema de las visitas a Mamá Luisa y, sobre todo, el de la sucesión de Pablo. No, desde luego que no tenía prisa por plantearle la alternativa, pero quizá con aquel recurso de la ciudad de los sueños ella intentaba aplicar el remedio antes de que la herida sangrase, ir lavándose las manos pausada pero confiadamente del orbe de Pablo y sus ramificaciones. Por otro lado, quedaba una última posibilidad, aunque Esteban prefería obviarla por su cariz siniestro.

—¿Has hablado con Mamen?

—¿Qué quieres decir? —Alicia sacó las uñas.

—No quiero decir nada, simplemente si le has contado esto a Mamen.

—Sí, se lo he contado, señor psiquiatra, pobrecita Alicia que se nos vuelve majara —la voz era agria.

—¿Le has contado todo?

—Se lo he contado todo, señor, ciudad, bulevar, bailarines de tango, placitas, espaldas, persecuciones —algo frenó a Alicia en seco—. No, no todo. Se me olvidó el hombre.

—¿Qué hombre?

—Hay también un hombre —ella parecía apartar las telarañas de sus recuerdos con la mano—. Un hombre con bigote que me persigue. Me dice que me vaya de allí, que huya. No estoy loca, Esteban.

Qué importaba que estuviese loca si seguía habitando en el interior de esa funda tibia de ojos verdes que era Alicia recién salida de la ducha, qué importaba que fuese la ciudad de muñecas o los cadáveres marchitos de Pablo y Rosa salvo porque, es cierto, acompañada de esas figuras con sudario estaba más cerca de Esteban que la recogía, de Esteban que le ofrecía el regazo y comenzaba a dejar resbalar los dedos por su cofia castaña y a confiarle palabras, palabras de consuelo primero, palabras de coraje luego para terminar en esas otras palabras, las palabras axiales, las palabras que había que decir sincronizando las miradas y como aflojando ese lastre asfixiante de la boca del estómago.

La libertad, qué moneda mellada, qué bolsillo vacío, qué lapicero recién afilado sin un mal pliego donde estrenar; de qué sirve esa gran palabra recamada si está hueca y rota, si no contiene nada, si da lo mismo ejercer la libertad que el cine, que una conversación, que un mal programa de televisión a las dos de la madrugada. La libertad, pensaba Alicia circulando frente a los escaparates, es un don indeseable, porque cuando te cae encima y se derrama pegajosamente entre tus uñas y tus párpados no te resta más que el sonambulismo,

que la indiferencia, la inercia y el atasco de quien
se muere de hambre frente a una pizza recién hecha porque no sabe qué porción empezar a comer.
La libertad de Alicia era esa pulcra agenda vacía
que le habían regalado Pablo y Rosa, el calendario
sin una mala anotación sobre el que estaba obligada a escribir, aunque sólo fuese en la tarea ficti-
cia de convencerse de que seguía existiendo. Por eso
daba lo mismo té o café, novela o película, carne
o pescado, Sevilla o Betis: aquella tarde, que ya
empezaba a resbalar suavemente hacia una oscuridad picoteada de farolas, había elegido un paseo
como podría haber tomado cualquier otra alternativa. Pablo le había contagiado esa necesidad higiénica del paseo que consistía en un extravío más
o menos tolerado por los barrios del centro, deteniéndose en las tiendas, mirando las librerías, sa-
tisfaciendo el capricho ocasional de un húsar de
plomo, postales, algún libro sobre cortesanas del
Renacimiento. También debía a Pablo la costumbre de registrar exhaustivamente las librerías de
viejo, de desfilar con las manos en los bolsillos del
abrigo y quizá una colilla en los labios por interminables pelotones de volúmenes alineados, en alguno de cuyos títulos se ocultaba, a lo mejor, la
sobremesa de las próximas semanas o la media
hora antes de apagar la luz de la mesilla, o ese pequeño tesoro de encuadernación maltrecha que
daba gusto colocar en la estantería de la salita después de un poco de pegamento por aquel precio tan
simpático. De modo que cuando Alicia penetró
en la librería de la calle Feria y comenzó a nau-

fragar entre las obras completas de los Álvarez Quintero y los inevitables informes ovni o vida después de la muerte, se limitaba a obedecer la rutina vagabunda que aprendió con su marido y a la que solían abandonarse los viernes o los sábados en que la niña devoraba galletas en casa de su abuela. Aquella librería tenía mucho de basurero, y no sólo por el generoso acopio de polvo de los libros, ni por la deplorable fisonomía de muchos cuadernos de Lafuente Estefanía que parecían redimidos de algún contenedor, sino sobre todo por las pilas de enseres oxidados que cubrían suciamente el suelo, entreverados con marcos de madera hechos astillas, fascículos amarillentos, alguna carpeta con litografías. El anciano del mostrador, una variante venerable del trapero o del comerciante de chatarras, intentó un signo neutral de complicidad elevando las cejas luego de que Alicia lo reconociese con otro gesto simétrico de la mano: era el mismo viejo con que Pablo solía demorarse en conversaciones infinitas sobre las virtudes y deméritos de las nuevas encuadernaciones o los folletines de antes. Aquélla había sido la librería hasta la que, cierta noche alejada, Pablo la llevó de la mano para entregarle la maravillosa edición de Carroll con grabados, poblada por una suave tipografía que la hizo pensar en lavanda, en siestas, en el verano.

—Buenas tardes, señorita.

Seducida por una borrosa curiosidad, Alicia se agachó y revisó las carpetas: sus manos abrieron una revenida marea de fotos del siglo pasado, anuncios de lejía de los años cuarenta, mapas arranca-

dos de enciclopedias francesas, carteles. El aburrimiento la habría hecho arrumbar definitivamente
tanto papel viejo en la misma esquina de la que lo
había rescatado de no haber sido porque tras un
retrato retocado de Concha Piquer apareció una
lámina que prendió una bengala en algún rincón
de su memoria: era una avenida, un largo bulevar
dieciochesco que recorrían como hormiguitas pa-
seantes vestidos con casacas. No, no era el mismo
bulevar, pero se le aproximaba de una forma tan
extraña, tan subrepticia, como vinculado a ese otro
bulevar por un inapresable parecido de familia. El
pie aclaraba que se trataba del Graben de Viena en
1781, sin que cupieran mayores misterios: había sido arrancado de una biografía ilustrada de Mozart.
De todas formas, el dibujo la magnetizó de tal modo que decidió llevárselo; lo sacó de la carpeta, justo con la torpeza necesaria para derramar todo el
contenido en el suelo. El fastidio subsiguiente quedó rápidamente disuelto por una oleada de estupefacción, de locura: cerró los ojos, los volvió a abrir,
sin que lograse reprimir el redoble doloroso que le
martilleaba el corazón. Sobre la pila de fascículos y
los marcos rotos, había un grabado con una plaza cuadrada, con un ángel en el centro, una frágil
criatura andrógina de pie torcido.

3. Le esperaba sentada en el velador de mármol

Le esperaba sentada en el velador de mármol, agitando mecánicamente un café demasiado negro. Su aspecto no delataba nada alarmante, de modo que Esteban, que no había parado de correr desde que bajó del autobús, se detuvo un momento a respirar. Para empezar, Alicia le había llamado a la academia, vulnerando una prohibición que sólo disculpaba en casos realmente extremos, es decir, defunciones, lotería y todo eso; el secretario le interrumpió la aburrida traducción de Cicerón que llevaba a empujones con sus doce alumnos para nombrar confusamente a una tal Alicia y una cosa importante. Temiendo una desgracia imprecisa centrada en su madre o un hospital, Esteban tomó el teléfono con torpeza. Ella no quiso dar explicaciones, simplemente le pidió que se encontrasen en el Coimbra en cuanto terminase las clases. Aunque luego regresó al aula e intentó centrarse en aquel *quo mortuo me ad pontificem Scaevolam,* etcétera, no logró quitarse de la cabeza a Alicia y los derroteros cada vez más escabrosos y siniestros que estaban tomando últimamente sus neurosis: Mamen debería meterla un poco en cintura o a saber en qué escollos iban a terminar por arrojarla esas amargas zozobras nocturnas. Esteban colocó de un gol-

pe la carpeta rebosante de César, Salustio y Cicerón sobre el círculo de mármol y se sentó a jadear;
Alicia le asió el brazo con esa mano suya llena de
dedos.

—¿Vienes corriendo?

—Sí —bufó él—. Ya puede ser importante, porque de lo contrario. Pídeme algo, anda.

Alicia encargó dos anises y desembaló un
paquete de Ducados. La lenta ceremonia de extraer
el cigarrillo, hincarlo en la boca, arrimar la lumbre, hacía tabalear a Esteban con las uñas sobre la
mesa; luego de la primera bocanada disparó:

—¿Qué pasa?

Ella le alcanzó un cilindro de papel sujeto
por una goma, que Esteban sostuvo sin saber qué
hacer.

—¿Qué es esto? ¿Me regalas un póster?

—Míralo.

Al principio, cuando sus ojos chocaron con
la superficie austeramente geométrica de la plaza y
los tres muros tatuados de ventanas que la ence-
rraban, Esteban se limitó a vigilar a Alicia de soslayo, más interesado por la expresión de su rostro
que por el contenido de la lámina; después reparó
en el ángel y arqueó las cejas y, por último, al advertir que la pierna de aquella cosa hermafrodita
doblaba noventa grados a la altura del tobillo re-
presentando muy cabalmente la lesión que Alicia
le había descrito el domingo anterior, comenzó a
barajar posibilidades y a descartar alternativas con
una sonrisa de bondadosa estupidez plantada en los
labios. Estaba la broma, pero Alicia no le habría

interrumpido la clase para algo así, o lo esperaba por su bien; estaban la rendición y el arrepentimiento subsecuente, es decir, Alicia que entiende que la fantasía de la ciudad y el ángel no va a ninguna parte y le confiesa que todo es una elucubración basada en el grabado que vete a saber tú de dónde ha sacado: pero su mirada desmentía esa interpretación. Por último, estaba la casualidad. Exacto, la casualidad, nada más que eso, como cuando uno se acuerda de una película que vio hace mucho tiempo y tiene ganas de ver otra vez y pone el televisor y, coño, la película, comprar palomitas y descolgar el teléfono. Una casualidad, como parar dos veces al mismo taxista, como morirse el día del cumpleaños, qué sabía él.

—Qué casualidad, verdad —intentaba Esteban en un tono poco convincente—. Un ángel como el de tu sueño.

—De casualidad nada —Alicia era tajante—. *Es* la plaza de mi sueño. Es exactamente ésa, tal y como la ves ahí, salvo por un detalle mínimo.

—No me digas. ¿Cuál?

El índice puntiagudo de Alicia viajó hasta el pedestal del ángel y señaló un leoncito que se ovillaba junto a su pie izquierdo.

—En mi sueño no hay un león, sino un toro, o una vaca, algo con cuernos. Aparte, el nombre que figura en el pedestal es parecido a ese que viene bajo el grabado, pero no es ése. Y sí, también hay una letra hebrea, pero tampoco es ésa.

Esteban leyó: *Samael.* Tenía nombre de ángel, desde luego; en alguna parte había oído que el sufijo -*el* significaba «espíritu de Dios» o algo por el estilo y que por eso Miguel, Gabriel, Rafael, etcétera. En cuanto a la letra, sí, era hebrea, o eso parecía, aunque podría haber sido también aramea o cananea o sacada de Dios sabía qué alfabeto semítico: su ignorancia en lenguas orientales era rigurosamente completa. La ilustración no estaba firmada; unas notas imprecisas, en un margen, hacían alusión a una remota imprenta francesa y citaban la fuente original. Esteban recitó el título latino con toda la elegancia rapsódica que le habían conferido cinco cursos de Filología Clásica y una cierta intimidad con Catulo y Virgilio: *Mysterium Topographicum, seu arcanae caliginosae eximiaeque urbis Babelis Novae descriptio.*

—¿Y bien? —él dejó el grabado en la mesa y encendió un cigarrillo.

—Te dije que en esa ciudad había algo, Esteban —Alicia estaba como resuelta a algún tipo de estrategia que Esteban era todavía incapaz de penetrar—. Esto significa que ese sueño no es *mi* sueño. O al menos, que no es sólo mío.

—Venga ya, Alicia. ¿Dónde quieres llegar?

—Donde me lleven —no había rastro de flaqueza en sus pupilas—. No sé cómo he entrado en esa ciudad, pero el caso es que estoy ahí y vuelvo a ella noche tras noche. Y no soy la única que vuelve. Ese grabado demuestra que la ciudad ha sido visitada por más personas.

Sí, una coincidencia, curiosa pero nada más. Verdaderamente curiosa de todos modos, pero llevar la cosa a aquel extremo era sacarla de quicio, todo por una pura coincidencia. No era posible admitir la existencia de una ciudad edificada ahí dentro, en el sueño, como quien levanta un chalé en una loma. Y además, aceptar que existiese un sueño unánime, como si en algún punto de su geografía el sueño fuese común y compartido y cada cual accediese a él descendiendo desde la escotilla particular de su almohada: un sueño ecuménico y absoluto que pudiesen visitar todos los durmientes.

—Voy a dar con la obra de la que han sacado ese dibujo —anunció Alicia—. No creo que me sea difícil.

—¿Ah, no? —Esteban reía, sin jodidas ganas de hacerlo—. ¿Por dónde empezarás, por el Museo Británico o por la Biblioteca Nacional de París?

—Está en la biblioteca de la universidad —espetó ella con sequedad—. Lo sé por el nombre del autor.

—Achille Feltrinelli —leyó Esteban—. ¿Tú conoces a este tipo?

—No, no soy Umberto Eco —el anís abrasó suavemente la garganta de Alicia—. Me acuerdo por el apellido, Feltrinelli. Llevamos dos años recatalogando los fondos de la biblioteca para la notación informática, y ese nombre me llamó la atención. Feltrinelli es una editorial de Milán con la que Pablo solía trabajar.

La mención del fantasma colocó una barrera de cristal entre ambos, y por unos momentos cada uno naufragó en recuerdos privados, en imágenes y palabras a las que a ninguno de los dos debía apetecerles demasiado regresar, porque rápidamente se asieron al grabado como a una balsa.

—De modo que la plaza es idéntica —dijo absurdamente Esteban.

—Te necesitaré —respondió Alicia, jugueteando con otro cigarrillo—. Necesitaré que me traduzcas ese libro. Copiaré algunos fragmentos y me los traducirás.

El silencio regresó a la mesa, espesando la atmósfera en que sus miradas se entregaban a un duelo sin concesiones, forcejeando cada una por humillar a la opuesta y tenderla sobre el mármol rayado, el cenicero, las manos blanquecinas que sostenían vasos. Ese pulso ocular duró hasta que el mechero abrasó el Ducados de Alicia con un chasquido amarillo.

—Esto va en serio, Esteban —dijo, con la nariz atascada de humo—. De modo que tengo que preguntarte si estás conmigo.

Cómo iba a negarse, a dar la vuelta, a devolver la mano al bolsillo ahora que ella necesitaba tenerla sobre el hombro desde donde, quizá, podría escapar hacia la melena castaña, hacia el valle impoluto que marcaban sus omóplatos. Estaría con ella, por supuesto, y no por el ángel ni la ciudad ni toda esa parafernalia atrabiliaria, por supuesto, y le prestaría su ayuda hipotecando cada acto y recurso, en la espera de presentarle la factura cuando todo aquel asunto se hubiera consumado o quedara diluido en una nueva obsesión o un nuevo extravío por quién sabía qué remotos parajes del sueño o la vigilia. Quizá examinada fríamente su estrategia hubiera merecido reprensión o una silenciosa repugnancia, pero los vericuetos de la pasión no siempre son limpios, no tienen por qué serlo. Sí, claro que sí estaba con ella, a su lado, el camaleón agazapado que espera su mosca.

—Claro que estoy contigo, tonta —dijo Esteban, y le tomó la mano.

Trataba de conseguir una tortilla más o menos equilibrada removiendo metódicamente la sartén cuando el chirrido del portero automático le hizo abandonar la hornilla, tomar el auricular, reconocer la voz de vocales espaciosas que pedía que le abriesen desde abajo, pulsar el interruptor, buscar el tabaco. Marisa tardó en subir apenas el lapso necesario para que el pertinaz jubilado del quinto entendiese que el ascensor no era de su exclusiva propiedad, y, como siempre, después de esos besos cremosos y rosados que dejaban las mejillas de Alicia como trozos de caucho, corrió a acariciar las conibras, dedicándoles las interjecciones y los halagos de costumbre. Iba de camino al herborista de dos manzanas más hacia el centro y se le había ocurrido subir un momento para dejarle una cosa, después de que aquella tarde Alicia le hubiese descrito por teléfono, elipsis y circunloquios aparte, la extraña ciudad que había comenzado a visitar en sueños. Aplastó sobre la mesa del salón su bolso de esparto, y, con la confusa melena negra chorreándole sobre los hombros, se dedicó a extraer como de una chistera de prestidigitador unas gafas de sol, un pendiente descarriado, papeles, nóminas o recetas, dos pasadores caseros fabricados con rodajas de limón seco, una bolsita de hierba sospechosa, un libro de pastas negras con una sonora promesa en el título: *Cómo interpretar sus sueños*. La mano de Alicia sostuvo el volumen al tiempo que la prehistoria de una sonrisa le doblaba el cigarrillo entre los labios; aprovechando el reencuentro con sus pasadores, Marisa gobernó la espesa jungla negra que le ocupaba la cabeza y la retuvo a la altura de la nuca. Seguía observando las conibras entre las aguas de la fascinación y el resentimiento, sin comprender cómo a ella, dedicada toda su sacrificada vida a difundir el evangelio de la botánica y las bondades de la vida natural, no se le permitía tener unas criaturas como aquéllas en casa, con todo su plumaje blanco luciendo ornitológicamente sobre los pistilos, sin que le durasen las setenta y dos horas reglamentarias que garantizaban el éxito del trasplante. El humo del cigarrillo de Alicia, azotando insolentemente su nariz, le hizo volverse hacia ella.

—Tú sigue fumando —rezongó—. Como un carretero. Joaquín, igual. ¿Os he dicho cuántos muertos anuales deja el tabaco?

—¿Para qué me has traído esto? —rió Alicia sosteniendo el libro.

—Yo creo que está bien claro —Marisa lo hojeó con energía—. Es un libro que sirve para interpretar sueños. No te rías, estúpida, los sueños son una cosa muy seria. Los sueños nos hablan simbólicamente de nuestro verdadero yo, de cuál es el estado de nuestra energía vital. Qué carita me pones. Te he dicho veinte veces que vengas conmigo a ver a Ramón, mi acupuntor. Él te explicaría que nuestro cuerpo es como una batería, que está recorrido por una energía vital, el *chi*.

—Pues mi batería debe de estar para el contenedor de pilas usadas.

—Después de hablar contigo ayer —los dedos de Marisa exploraban frenéticamente las páginas—, me acordé de que tenía este libro en casa, y me puse a buscar lo que podía significar soñar con una ciudad. Y mira, mira lo que encontré. «Extraviarse en una ciudad desconocida significa por lo general indecisión, falta de resolución, problemas para llevar a término un proyecto dado. Inmadurez. Aspiraciones frustradas en un futuro inmediato. No emprenda grandes planes durante un tiempo.» Sigue extendiéndose todo un párrafo con lo mismo.

—Es todo un psicólogo, el autor de tu libro —dijo Alicia con fastidio, desmochando su cigarrillo en un cenicero—. Ven a la cocina, anda, voy a picar unos tomates para acompañar la tortilla. ¿Has comido?

La buena voluntad de Marisa era de agradecer, de no ser por su miope obediencia a los desvaríos de la naturopatía y el esoterismo, compendiados también en las recetas de aquellos *best sellers* de supermercado a los que ella transfería la veracidad sagrada de un gurú. El problema era que para Marisa la solución a todas las cuestiones siempre residía en el poder de una misteriosa hierba que sólo crecía en un juncal remoto del Pakistán oriental o una educativa excursión por la quinta dimensión del plano astral o alguna otra zona de la geografía del espíritu igualmente arriesgada, por cuanto sus consejos, a pesar de todo el interés altruista por el que venían dirigidos, solían ser tan inútiles como una palabra de consuelo en el idioma equivocado. Que Alicia recordase, la furia de Marisa por la amistad de las plantas y las excursiones ultraterrenas se remontaba por lo menos hasta la adolescencia, cuando las dos se reunían en el cuarto de alguna para escuchar a Radio Futura y repetir catálogos de posibles novios. A ella siempre le interesaron las visitas extraterrestres, los vestigios de la Atlántida, la habitación cerrada que se abría con la muerte, todo ese tipo de exóticas incógnitas que los quioscos ayudaban a resolver por el módico importe de doscientas o trescientas pesetas. No es que fuese ingenua, le eran igualmente ajenos el fanatismo y la mística, Alicia sabía que estaba a salvo de los tentáculos de todas esas sectas y sociedades gnósticas que suministran sabiduría a cambio del número de la cuenta corriente; Marisa creía en los otros mundos con convicción personal, libremente escogida, porque siempre hay que creer en algo y Cristo y el comunismo se le habían quedado demasiado anticuados. Todos necesitamos algo en que creer, había reconocido Marisa ante Alicia alguna vez que una preocupación o un vaso de rioja destapaba su sinceridad, hay que aferrarse siempre a algo, sobre todo si las esperanzas rotas no nos permiten confiar en el porvenir. Quizá sus credos esotéricos habían ido acelerándose hasta alcanzar un dogmatismo que traicionaba insinceridad cuando los médicos le comunicaron que su matriz, saboteada por una extraña enfermedad que las pruebas adivinaban imperfectamente, jamás podría alojar el hijo que ella deseaba. Desde entonces esa presencia imposible, la del niño no nacido, acompañaba su soledad y su herboristería, y la hacía sentirse, a pesar de la atención perenne de Joaquín, un poco más desamparada. Había gastado muchas lágrimas y pronunciado muchas blasfemias en la persecución de ese niño inalcanzable; alguna vez, en una nube de marihuana o coñac, había asegurado que no le importaría canjear su alma al Diablo para obtener ese premio. Pero ella, pensó Alicia, tenía sus vegetales, sus habitantes del más allá, su universo increíble lleno de ecos y sorpresas: sólo un clavo quita otro clavo, sólo una obsesión más potente apaga la que nos atormenta. Después de rastrear como un topo en el interior de su bolso, Marisa había puesto delante de Alicia, en la cocina, una especie de tarjeta de visita con una media luna y dos o tres estrellas pintadas: la tarjeta cayó sobre la encimera y se bañó en el agua de los tomates. *Asia Ferrer. Conoce tu futuro. Especialista en cartomancia, quiromancia, oniromancia y otros métodos de adivinación.*

—Es una buena especialista —aseguró Marisa, rebozando en el tarro de sal una rodaja de tomate—. Pásate por su consulta y le dices que vas de mi parte. ¿Qué pierdes?

—Quizá más adelante —el envés de la tortilla era una cartografía marrón y negra—. Te lo agradezco igualmente, Marisa. Aunque de todos modos, y no te ofendas, no sé de qué podría servirme.

—Mira, si no te gustan esos sueños, ella podría conseguir que dejaran de molestarte.

—Sí, claro —la ironía dibujó un ángulo recto en la boca de Alicia—. Me cambia la bobina de la película y ya está, sueño alternativo.

—Es más sencillo de lo que te crees —Marisa le replicó con una repentina severidad en la voz—. Hay gente que puede soñar lo que quiere, gente que ha adiestrado su energía psíquica con la intensidad necesaria para gobernar su subconsciente. Ejercicios de meditación, concentración, yoga. Incluso existen maestros que pueden lograr hacerte soñar lo que ellos desean. Mira, como ese tipo de personas que son capaces de contagiarte la alegría o la pena sin que sepas por qué.

—Bien, te prometo que iré, más adelante. ¿Con qué quieres la tortilla?

—¿Tortilla? —Marisa pareció regresar de repente de alguna parte—. No, mujer, mira la hora que es. Voy a coger la herboristería cerrada. Te dejo el libro.

—Como quieras.

El líquido de los tomates había dejado en la tarjeta una rúbrica oscura.

Todo podía resultar una estupidez o un mero capítulo de su neurosis marcado por la extrava-

gancia y esa obligación desmesurada de hallar respuestas para amordazar otras voces e imágenes
que amenazaban con emerger desde más abajo: todo podía reducirse a maniobra de distracción, a cine o punto de cruz o tema remoto de conversación que hacen menos cruentos una preocupación
o un dilema. Si se sentaba en silencio en el sofá,
mirando sonámbulamente la flautista de Rousseau el Aduanero que Pablo había plantado entre
los bafles y las jarras de mayólica, si cerraba los ojos
mientras regaba con el aspersor las conibras con
cuidado de no encharcar las macetas, si por un momento era capaz de desopilar su pensamiento para
dejar lugar a la seca aspereza de la sinceridad, hallaría que tampoco la ciudad ni el ángel cojo va-
lían tanto esfuerzo, ni merecían de veras ese furor
inquisitivo que le ordenaba tan insistentemente
aclarar los enigmas que los rodeaban. Todo era, claro, para enfoscar los recuerdos, para apaciguar esos
recuerdos de mandíbulas afiladas, esos recuerdos
llenos de rabia y peste por los que Alicia creía ilusa-
mente haber pagado ya lo justo. Las escorias del
pasado, los desechos de Rosa y Pablo transforma-
dos en un calidoscopio de frases, gestos, besos, promesas, se inmiscuían en cada casilla en blanco, in-
vadían toda parcela inactiva de su tiempo y de su
espacio, de modo que la ciudad era necesaria, de modo que el ángel, que ese libro en latín que Esteban había recitado con voz teatral en el velador del
Coimbra eran tristemente imprescindibles.

Aunque la mañana del jueves, haciéndose
un hueco entre la catalogación de nuevas adquisi-

ciones y la redistribución del área de Psicología, había tecleado todas las entradas del archivo informático, de autores a materias pasando por editores y títulos, y aunque repasó hasta tres veces las columnas de letras verdes que parpadeaban en el monitor con la esperanza de enmendar algún posible descuido, la obra no apareció por ninguna parte: Felten, Yuri Matvéievich; Feltham, Owen; Feltin, Maurice; Fell, John Barraclough; Fellini, Federico. Sin embargo, estaba segura de haber tenido ese nombre delante, Feltrinelli, de haber copiado una ficha de esquinas gastadas en el mismo ordenador que ahora le ofrecía un laberinto de apellidos desconocidos. Luego de dejar por un momento a Juanjo, su compañero, a cargo de la catalogación descendió al segundo piso y descifró los ficheros del Fondo Antiguo: Feltrinelli tampoco figuraba en aquel reguero de cartulinas amarillentas grabadas con vetustas máquinas de escribir. Por un momento, chupando un cigarro frente al retrato del catedrático mustio que velaba el vestíbulo de la planta, encajó la objeción de que quizá un cortocircuito memorístico podría haberle hecho ubicar allí lo que había ocurrido en otra parte: pero no, ella no había podido registrar aquel libro en ninguna otra computadora, ella no podía haber tenido en las manos la signatura descolorida de ninguna otra biblioteca, ocho años de trabajo no pasan en balde. El celador de la planta era una cosa calva y moteada, que se aburría vastamente frente a su escritorio rellenando versiones indistintas de un eterno crucigrama. Alicia abrió fuego con los comentarios de rigor sobre la lluvia.

—Tiene usted que dejarme entrar un momento.

—Para qué, guapa.

—Hay una referencia equivocada en el ordenador. No podemos entrar en el catálogo del siglo XVIII.

—La directora no me ha dicho nada.

—Será sólo un momentito.

Con la sonriente aquiescencia del hombre, penetró en aquella catedral de volúmenes, cuyos lomos había arrugado el peso irreverente de los siglos. Fabulosas ediciones de Galeno y Plinio, cuajadas de grabados, o descendientes toscos de los bestiarios medievales la hicieron retardarse en los pasillos, fascinada por los monstruos y las hierbas, la anfisbena, el eléboro, la mandrágora, el yáculo. No había ningún Feltrinelli en la sección del siglo XVIII, tampoco en la del XVII, en el XVI se resignó a contemplar los hermosos dibujos de un *De historia stirpium* de Leonhard Fuchs. Descendió hasta el siglo XIV, donde ya comenzaban los incunables y un severo rótulo prohibía las carpetas y los bolígrafos. Alicia pensó primero que tendría que reconocer que la memoria había vuelto a jugarle una mala pasada, o que había querido divertirse a su costa extraviándola en una maraña de títulos latinos; luego se le ocurrió, de pronto, que alguien podría haberse dedicado pacientemente a borrar pistas. Se sonrió de su imaginación cinematográfica, pero la posibilidad de una competición no le parecía tan disparatada, después de todo: el misterio resultaba más exótico si se aceptaba la existencia de una mano, de un jugador secreto y ubicuo que disponía las piezas a su antojo sobre el tablero y la iba retando movimiento a movimiento, como conduciéndola hacia la desembocadura de la partida donde todos los secretos serían desvelados. El laberinto de la ciudad y el ángel se convertía entonces en una especie de señuelo, una invitación a seguir introduciéndose en la gruta para comprobar hasta dónde podía conducirla su curiosidad o su osadía.

Como alumbrada por esa hipótesis, corrió a los estantes más remotos de la colección; allí se guardaban, en una cámara especial con reguladores de humedad y alarmas, las joyas bibliográficas de la universidad: un ejemplar de la Biblia gótica de Gutenberg, una *Celestina* mutilada, la *Grammatica* de Nebrija. Y abajo, arrumbada, medio oculta por otros libros, había una encuadernación más reciente o más modesta, sin todas esas fintas doradas y garabatos vegetales que distinguían a los ejemplares más añejos. La etiqueta de la signatura había sido arrancada del lomo, donde también el título resultaba irreconocible. A Alicia le bastó abrir la pasta con una sonrisa para descubrir que conocía la larga parrafada de la primera página: *Mysterium Topographicum, seu arcanae caliginosae eximiaeque urbis Babelis Novae descriptio, a ministribus Domini nostri exaedificata ad maiorem Sui gloriam.* Alguien había tratado de eliminar el rastro de aquel libro, de suprimir su existencia y la huella que había ido dejando en ficheros y catálogos, alguien quería convencerla de que Achille Feltrinelli no había redactado jamás una obra en la que aparecía un grabado con un ángel cojo. Pero el aliento le dio un vuelco al comprobar que dentro de aquellas guardas no sólo le esperaba la plaza cercada de pabellones, sino que había retratos, también inconfundibles, del observatorio, del teatro en hemiciclo, del palacio con musas desnudas, del barrio interior donde las calles se volvían galerías sombrías y estrictas y apenas se divisaban las constelaciones. Aunque existían diferencias —el reloj de la avenida no era idéntico, la tienda de autómatas parecía una armería—, aquel libro era sin lugar a error una especie de guía turística de la ciudad de sus sueños, un manual para visitantes poco desenvueltos con un cumplido plano incluido en las páginas centrales. Un núcleo circular iba generando espirales de edificios hacia la periferia, deteniéndose en cuatro plazas cuadradas conectadas por viales: en cada una de aquellas plazas, según comprobó Alicia consultando las ilustraciones, había un ángel, un ángel cojo con un pequeño animal a los pies. Decididamente existía un juego, una partida oculta a la que sin saber por qué alguien la había invitado, colocándola frente al tapete y las cartas. Tenía que enseñarle todo aquello a Esteban, tenía que copiar algún fragmento que sospechara significativo para que él lo pudiese traducir: sí, necesitaba papel y lápiz, y respirar antes un poco sentada en alguna parte, y quizá café, seguro un cigarrillo.

Los ojos del gigante barrían las páginas del cuaderno mientras Esteban, aburrido, se volvía a la puerta para observar la placa mordisqueada por el óxido: *Santiago Berruel. Relojería.* Sólo entonces recordó que también antes había percibido ese repelente olor amarillo a azufre quemado que parecía provenir de la trastienda y que le bloqueaba la nariz. Arriba, el sol no se decidía a descubrirse y continuaba camuflado en las blancas cordilleras de nubarrones. Llovería otra vez, seguro.

—No, no lo tengo todavía —dijo el gigante con el índice clavado en una anotación de su libreta—. El suyo es el Lancashire, ¿verdad? No está.

—Se lo traje hace una semana —replicó Esteban.

—Sí, lo sé, joven —el cuaderno volvía a la gaveta de la que había brotado—, pero me vienen encargos más urgentes. Además, le dije que el Lancashire era difícil de reparar.

—Bueno —la barbilla de Esteban buceó en el cuello del anorak—. ¿Cuándo podré volver?

El gigante parecía indeciso. La mano embalsamada rascó su rostro, donde una cicatriz de contorno diagonal recordaba algún descuido del pasado.

—Vuelva dentro de una semana —decidió por fin—. Veremos qué puede hacerse.

La tienda de antigüedades de la esquina tenía nuevo inquilino: Esteban se detuvo a contemplar el rancio busto de Adriano que desde el escaparate se distraía en vigilar a los transeúntes. Era un bloque de algo indefinido entre mármol y escayola, depositado en lo alto de un pedestal dórico, al que los años habían descascarado las mejillas. Todas las cosas viejas le traían ese aire de acre melancolía, ese olor a cuarto cerrado o de playa en día de lluvia: demasiada literatura. Cuando, agotados el café y tres o cuatro tiendas, se pasó por casa de Alicia para ver en qué había quedado la historieta de la ciudad y el ángel, tuvo que resignarse al rellano y mucho apretar interruptor para comprobar que nadie oía el timbre. Alicia había vuelto a escabullirse, qué coño estaría haciendo a aquella hora como no fuese seguir alimentando por alguna librería o escaparate esas elucubraciones disparatadas sobre ángeles y sueños; después de todo, habían quedado para traducir el dichoso libro. Golpeó con los nudillos: podría estar duchándose y no le llegaba la llamada. Media docena de golpes más tarde decidió dar la vuelta y reemprender el camino de las escaleras; el cambio de planes le convertía la tarde en un páramo despoblado y ceniciento, sin demasiado con lo que distraerse. Pensando en que se resignaría a la inevitable novela de Agatha Christie que le aguardaba en la mesilla, junto a la postal del Panteón de Agripa, sacudió el paquete de Fortuna para salvar el último cigarrillo y vio que Nuria salía de su piso con dos contundentes bolsones de basura en cada mano. Relegó el cigarro al bolsillo del anorak y atrapó dos de las bolsas; apestaban a serrín y amoníaco.

—Gracias —dijo Nuria elevando esa nariz de ratita que a Esteban le recordaba a algún personaje de la Warner—. Ayúdame, las echamos abajo y te invito a un café.

—Sea.

El contenedor apenas permitía un ocupante más, pero los paquetes encontraron un apretado asiento entre manojos de cartones y dos o tres revistas pegajosas; Nuria y Esteban volvieron arriba hablando de música: podían elegir entre la Velvet Underground o alguna lindeza de Bach. El mismo hedor a amoníaco entreverado con madera rancia y barniz flotaba en el salón, donde parecía haberse librado una batalla devastadora: tazas y cucharillas de café languidecían junto a herramientas de carpintería, algún bocadillo olvidado a los dos mordiscos se manchaba de hollín en los aledaños del horno. Una prolija metralla de virutas tapizaba el suelo, a medias cubierto por alfombras de papel de periódico. En medio, a unos pasos del balcón desde el que ya comenzaban a retumbar los luminosos de la heladería de enfrente, una figura recibía resignada una capa de algo amarillo, entre miel y azufre: era una Virgen tuerta.

—No te asustes —Nuria sonrió y sorteó de puntillas el salón para correr hasta el equipo de música—. Me has cogido en plena gasificación. La Virgen me está dando mucho trabajo, sabes.

—Ya me imagino.

Tratando de no aplastar un bote de ungüento rojizo embozado en papel de aluminio y una cucharilla descarriada, Esteban avanzó hasta la Virgen: el rostro, suplantado a la altura del ojo por aquella boca violenta y negra, le provocó una sofocante sensación de vértigo. Entre los primeros compases del *Wachet auf* de Bach Nuria le preguntaba por Alicia y él, sin prestar atención a sus palabras, como atrapado gravitatoriamente por aquel abismo negro que rompía la cabeza de la figura y la vaciaba, contestaba con lacónicos bisílabos.

—Ahora te doy papel y boli y le dejas una nota, si quieres. Voy por el café.

—Venga.

Más tarde, cuando pensase en aquel momento (porque volvería a hacerlo), se diría que la atracción espiral que transmitía la talla rota no había sido más que un preludio, que el prólogo o primer aviso de lo otro, de lo verdaderamente importante, de lo que encontraría al moverse un poco hacia la izquierda para observar el manto de la Virgen por detrás y descubrir la desconchadura parda en forma de elefante que le historiaba la espalda; primero no advirtió nada inusual porque seguía atrapado por el agujero negro, por ese boquete hambriento que trepanaba la frente de la estatua, pero en cuanto parpadeó para fijar la vista en el rincón del fondo, allá, junto a la pila de revistas, el vértigo tomó las dimensiones de un enorme embudo amarillo y negro, y creyó que perdía el pie. Sintió que una bofetada le dormía las mejillas, pestañeó dos veces antes de rendirse con la boca abierta, de aproximarse, de tocarlo. En la esquina, sobre una sábana de periódicos manchados de yeso, flanqueado por las revistas y una botella de JB rematada por una vela a medio derretir, había un ángel de bronce con el pie lisiado. Esteban acarició la superficie de las alas, pasó sus dedos por la melena cubierta de ondulaciones. Sí, era perfectamente idéntico al del grabado, salvo por el tamaño, claro, y por aquella diminuta figurilla humana que suplantaba al león junto al pie izquierdo. La escultura no debía llegar al medio metro, y tenía un aire vagamente barroco; le recordó al ángel que sopla una trompeta en la fachada de la universidad. Los pasos de Nuria ya regresaban por el pasillo cuando Esteban constató que un enjambre de signos cubría el pedestal: había un nombre, *Azael,* una letra hebrea, dos palabras latinas, *Dente draco,* símbolos y letras en griego que le faltó tiempo para traducir. Nuria le colocaba por delante una taza de color azul, que le calentó la mano.

—¿Te gusta? —dijo—. Me lo trajeron anoche.

—Es precioso —balbució Esteban, sin acabar de creérselo.

—Siglo XVIII —dijo Nuria haciendo con la cucharilla un repique de campana—. Tengo que limpiarlo y quitarle un poquito de óxido del pelo, pero por lo demás está bastante bien.

—¿Quién te lo ha traído?

Le pareció que a Nuria no le gustaba esa pregunta.

—¿Y a ti qué te importa? —lamió la cucharilla hasta dejarla como un espejo—. ¿Tú conoces una cosa que se llama el secreto profesional? No tengo que ir contando a todo el mundo quiénes son mis clientes.

—Bueno.

Dos ideas colisionaron ruidosamente en su cabeza. La figura de bronce sobre los periódicos,

junto a toda aquella escombrera de maderas y aparejos, le ponía frente a los pies una bifurcación que
no le apetecía tomar, pero que le obligaba a decidir
de una maldita vez, decidir entre asentir vacunamen-
te a la fantasía de Alicia, decidir entre taparle la boca con la mano, hacerla volver a la carretera por la
que circula todo el tráfico sin que pueda hacerse de
otra manera, hablarle, por fin hablarle. Aunque estaba convencido de que la figura, allí, en el salón de
la vecina, desarticulaba por completo los cuentos
de Alicia y les ponía punto final, alguna vocecilla
clamaba desde el fondo de su conciencia por defen-
derla, embrollándose en complicados argumentos
absolutorios; cada vez que entendía con toda la crudeza de la evidencia que Alicia le había engañado y
estaba engañando a todos para sustraerse a los hos-
tigamientos de su memoria, cada vez que esa conclusión le colocaba en bandeja una rabia fácil, apretar los puños y alguna palabrita malsonante entre
los dientes, chocaba pegajosamente con una telaraña de objeciones, con la palabra quizá, con que mejor cerciorarse antes de tirar la piedra, no fuera que
por un azar.

—¿Cuándo te lo trajeron?

—Anoche, te lo acabo de decir.

—¿Antes no?

—¿Qué? —dijo Nuria.

—¿Seguro que no te lo trajeron antes?

Una sonrisa trataba de camuflarse detrás
del borde de la taza de ella.

—¿Qué te pasa, Esteban? La memoria todavía me funciona.

Someterse a la imaginación de Alicia suponía admitir que esos ángeles habían franqueado una especie de umbral, la frontera que dividía la realidad del sueño, ese universo confuso y turbio de abajo y nuestra rutina compuesta de pobres certezas. Pasar de un lado a otro como si nada, como cruzar del salón a la cocina y quedarse tan tranquilo: cuál era ese túnel que conectaba dos órdenes irreconciliables, dos áreas antagónicas de geografía y arquitectura. Nuria habló durante una enorme media hora del piso, de remodelaciones y no se sabía qué galimatías de la hipoteca: Esteban no escuchó nada. A la altura del *Gloria sei dir gesungen,* dio las gracias por todo y tomó el bolígrafo y el papel. Sin saber qué dejar a Alicia, garrapateó a toda prisa: *Tengo que verte. Es urgente. Esteban.* Luego se marchó algo atribulado, arrastrando las botas; la mirada de Nuria sólo lo perdió cuando desapareció bajo las escaleras.

Hasta que no se aproximó al escaparate de zapatos para observar más de cerca la pareja de botas que la había atraído desde la esquina opuesta, Alicia no pudo comprobar que su vida estaba a punto de cruzar un límite, que ya tenía un pie del otro lado de la línea que marcaba el futuro, y que ese futuro estaba ocupado por una creciente muchedumbre de criaturas y rostros no precisamente apacibles. El corazón comenzó a tartamudearle cuando reconoció, reflejados en la vitrina que miraba, esos rasgos cenicientos y empobrecidos, surcados por un bigote, que asociaba a una remota plaza limitada por pabellones. Durante un instante abismal, Alicia cerró los ojos con el deseo abrasante de haberse equivocado, y las uñas casi le perforaron las palmas de tanto apretar los dedos; pero lo que los ojos volvieron a encontrar, doloridos, al volver a fijarse en el cristal, fue la misma procesión de individuos azulados, la misma muchacha con la misma niña de la mano, el mismo viejo tratando de acomodarse la misma dudosa gorra sobre las sienes: y con una ansiosa detonación en las costillas, Alicia vio al mismo hombre del bigote, rebajado y desvalido como en el sueño, contemplando tediosamente algo que debía quedar delante de ella, en aquel paisaje de tonos beiges salpicado de zapatos. Respiró tres veces antes de darse la vuelta e ir abriéndose paso como mejor pudo entre la multitud detenida frente al escaparate; cuando se encontró sola, junto a un semáforo, agradeció los guantazos de aire frío que llegaban de la avenida y que trataban de impedir que se colocase un cigarrillo tembloroso entre los labios. No se había detenido a vigilar, ni siquiera de soslayo, a la sombra que entonces se situó a su izquierda, cargada con una bolsa, y que le presionó el codo en el momento en que por fin rescataba triunfalmente el jodido mechero de las profundidades de un bolsillo. Darse la vuelta y sentir esa colisión sofocante a la altura de los bronquios, y volver a liberar los labios de la boquilla del cigarro, maquinalmente, como apartándolo de la cara de otra persona, fue un precipitado de sensaciones que su memoria, más tarde, subordinaría a una imagen única: la del desconocido del bigote plantado a su lado, clavándole unos ojos negros de los que se elevaba un mismo olor a descreimiento o ironía, con otro cigarro plantado indolentemente en la boca, haciendo con el pulgar el gesto de accionar el resorte de un encendedor invisible.

—¿Me da usted fuego, por favor?

El mechero trepidó y se extravió entre los dedos antes de alcanzar el rostro del hombre: la llama, anaranjada y espesa, lo convirtió por un segundo en una máscara sardónica de comedia griega. A continuación el hombre le dio las gracias y se despidió con esa subterránea mirada que la aterrorizaba en sus sueños. La sombra del desconocido siguió circulando clandestinamente por su memoria hasta que, casi corriendo, Alicia alcanzó el portal del estudio de Mamen; se introdujo en el ascensor que tanto miedo daba a Rosita, pulsó el cuarto piso. El espejo le devolvía una mujer acorralada y estupefacta, resoplando con angustia desde el fondo de unos ojos en que emergían pensamientos turbios. Entonces también ella empezó a temerlo, también temió haber perdido las riendas y encontrarse sin haberlo advertido del otro lado, expulsada de la cordura cívica que autoriza a las personas corrientes a ver lo que todo el mundo ve y a compartir el sentido admitido de los términos: y si de verdad estuviera volviéndose loca. Mamen, que se había quedado por la tarde en el despacho repasando unos historiales, la vio llegar con el rostro tan descompuesto que le ordenó que se sentase rápidamente en uno de los sillones del recibidor.

—Pero bueno, ¿qué pasa?

—Tengo que contarte más cosas, Mamen —Alicia casi no podía respirar.

—Bueno. De momento, te voy a hacer una tila. Traes una cara, mujer.

Ya en el despacho, con un Ducados en la mano y la otra entibiada por la taza caliente, Alicia pareció serenarse. Se había hecho de noche, la calle Torneo, afuera, se había vuelto un hormiguero convulsivo de anuncios y luces de cruce. La lámpara del escritorio desplomaba su resplandor sobre las manos de Mamen, cuyo cigarrillo contaminaba la oscuridad circundante con espirales de humo.

—El otro día se me olvidó contarte una cosa. Bueno, la verdad es que a estas alturas tengo muchas cosas que contarte.

—¿Sigues con lo de la ciudad? —la voz salía impersonalmente de las manos—. Creía que ya se te habría pasado.

—No, Mamen, atiende. He descubierto que esa ciudad no es sólo un sueño. No sólo un sueño mío, por lo menos.

Las manos guardaban silencio. Una pulsera demasiado dorada brillaba en la frontera de la muñeca.

—A ver si me explico —Alicia fumó sin orden—. Mira, en esa ciudad había una plaza con un ángel, y un tipo con bigote. El otro día encontré en una librería de la calle Feria un grabado con el ángel, y el tipo del bigote me acaba de pedir fuego en la calle.

—Un tipo con bigote —las manos parecían meditar.

—Sí, un pobre hombre —Alicia remató el cigarrillo y escarbó los bolsillos de la trenca en busca del paquete de tabaco—. Es la típica persona que se te ocurre cuando piensas en un pobre hombre: imagínate, medio calvo, hombros bajos, funcionario, la mujer le maltrata, esas cosas.

—Ya. ¿Y el ángel?

—Es un ángel cojo. En realidad son cuatro ángeles.

—Cuatro.

—Hay cuatro ángeles, uno en cada esquina de la ciudad. Lo pone en un libro que encontré en la biblioteca y que lo describe todo. Increíble, Mamen. Ese autor, un italiano de no sé qué siglo, ha estado allí. Allí abajo, en la ciudad de mi sueño.

Alicia se calló de repente, como si por un momento se le hubiese otorgado la oportunidad de duplicarse y se estuviera escuchando desde el otro asiento, ese asiento vacío en el que Mamen había arrumbado una docena de carpetas: entonces comprendió por qué derroteros verdaderamente alarmantes había terminado por zozobrar su perorata.

—Mamen —gimió—, ¿estoy loca?

Las manos abandonaron el agujero de luz, la sombra de Mamen rodeó el escritorio y se sentó al lado de Alicia. Debía de estar mirándola con fijeza, pero sus ojos se habían disuelto en la oscuridad espesa que ocultaba el estudio.

—Alicia —esa forma de pronunciar su nombre, entre la acusación y el reproche, no auguraba un diagnóstico prometedor—. Alicia, hazme caso: olvídate de esa ciudad de una jodida vez.

—¿Depende de mí?

—Sí, depende de ti en gran parte —Mamen se sentaba sobre la mesa, la lámpara arrancaba esquirlas de luz a la bisutería—. A ver si me entiendes: la ciudad es una mera excusa. La ciudad, el ángel, todas esas fantasías que tú crees tan intrigantes o de tanto interés son meras proyecciones o desvíos de tu obsesión principal, de la obsesión que de verdad te está comiendo, y que las dos sabemos cuál es.

—Pablo y Rosa —suspiró Alicia.

—Sí, Pablo y Rosa —Mamen parecía la profesora indulgente que ha sorprendido copiando a su alumna en un examen—. Es un mecanismo psicológico de defensa ampliamente documentado y que impide muchas veces que acabemos locos, pero otras veces puede resultar fatal, y tú ya estás mareando demasiado la perdiz. ¿Me estás escuchando?

—Sí.

—Te diré qué vamos a hacer.

Las manos regresaron al interior de la luz y removieron papeles hasta tomar un recetario; la derecha inscribía signos ayudada de un bolígrafo sobre la hoja que la izquierda sostenía, esa izquierda que la pulsera excesivamente dorada estrangulaba ahora.

—Voy a recetarte unas pastillas nuevas. Son más fuertes, pero creo que tal y como andan las cosas las vas a necesitar.

—Más pastillas —Alicia gruñó desde el flanco del asiento.

—Sí, más pastillas —la mirada de Mamen no dejaba dudas sobre la obligatoriedad de la nueva receta: era un imperativo tajante—. Sé que todo esto te fastidia bastante, pero tú verás. Ahí tienes el nombre: Peramerol, no se te ocurra equivocarte. Te lo subrayo.

Dando las gracias sin excesivo entusiasmo, Alicia ya se disponía a atrapar el impreso para sepultarlo en el bolso, pero la mano de Mamen la detuvo; el bolígrafo no había terminado de escribir.

—Tómate estos relajantes, uno luego de cada comida. Y por la noche, media más. Vas a llamarme pasado mañana para decirme cómo te encuentras, y veremos.

—Pasado mañana es sábado.

—Y qué —el tono de Mamen era más distendido—. Es que la salud también se toma libre el fin de semana o qué. Espera, bajo contigo, ya no tengo nada más que hacer aquí. ¿Una cerveza?

La apaciguaba dejarse derrumbar en los brazos de Mamen, desentenderse de su horror para traspasarlo a esas manos que lo anularían sin dejar rastro, devolviéndole una sonrisa o confortantes palabras de consuelo que aceptaría cerrando los ojos: confiaba en ella como en una panacea, como si del mero hecho de acatar sus prescripciones se siguiese mágicamente la conculcación de su mal. Sí, era cierto, Pablo y Rosita debían continuar la paciente invasión de su mente, se abrirían paso desbrozando obstáculos hasta arañar aquel último reducto de cordura cuya caída significaría la rendición, el fin, la brújula rota y el iceberg contra el casco, el cese. La ciudad no era más que otro avatar solapado de esa cruel conquista, de esa infección multiplicada en varios frentes que arrasaría, si no la frenaba, la vegetación de sus nervios. Repitiéndose debidamente el propósito de enmienda, descendió con Mamen en el ascensor y salió a una noche amplia, limpiada por la llovizna. El aire húmedo que le inundó los pulmones le convenció por un instante de que aún era posible una alternativa, de que la carta podía recomenzarse tirando a la papelera la cuartilla llena de tachaduras y cogiendo un pliego nuevo. Pero al volver la vista se dio cuenta de que todo no era tan fácil, de que no podía desprenderse de sus íncubos con el mero gesto de mover la mano y decidir regresar a la vida corriente: el hombre del bigote aguardaba dos portales a la derecha, acurrucado en su gabardina, rebañando mustiamente un cigarrillo. Todos los proyectos de Alicia se desmigajaron en un instante, y de nuevo la recorrió esa quemazón urgente de hallar respuestas, esa combinación amorfa de curiosidad, placer y miedo que la atraía a aquella ciudad de avenidas de madera en la que también estaba el desmañado hombre del bigote que ahora arrojaba la colilla y la taladraba con la mirada.

—Ahí está —susurró Alicia asiéndose al brazo de Mamen—. Es él, el hombre del sueño.

—¿Dónde?

Mamen escrutó con rostro de fiera en trance de caza el portal en que la inofensiva figura esperaba sin decidirse a realizar un movimiento. Consultaba intermitentemente su reloj de pulsera, como esperando la llegada de alguien que se retrasaba sin remedio, quizá el destinatario de la bolsa de plástico que llevaba asida a la muñeca. Luego el hombre se dejó ver perfectamente al brillo de una farola y, subiéndose el cuello de la gabardina, echó a andar calle arriba, hasta que desapareció en una esquina ocupada por una sucursal bancaria. La mirada de Mamen seguía suspendida en el aire, congelada en la contemplación del banco, enfrascada en algo que sólo ella era capaz de presenciar; Alicia la sacudió y volvió a repetirle:

—Era el hombre de mi sueño.

La cabeza de Mamen giró mecánicamente.

—Te he dicho que te olvides de todo eso. ¿Quieres acabar loca? Ven, vamos a tomarnos una cerveza y a la mierda toda esta historia.

A dos pasos había un pub donde sonaba Julio Iglesias.

Bastaba con circunvalar la ciudad por esas cuatro rondas que la delimitaban para visitar sucesivamente las cuatro plazas, cada una orientada hacia uno de los puntos cardinales como prometía el plano de Feltrinelli, ayudado del cual aprendió también a calcular los itinerarios más vistosos o los más económicos para casos de prisa. La ciudad finalizaba contra un vasto muro ficticio adornado con mansardas pintadas o coquetos ventanucos venecianos: más allá de aquella barrera era imposible alcanzar nada. Aunque el despertar borraba cuidadosamente los nombres de los pedestales, había cuatro ángeles, cuatro centinelas idénticos en lo que parecían cuatro repeticiones exactas de la misma plaza, el mismo lacónico espacio amurallado por los pabellones. Sólo los distinguía el pequeño animal agazapado junto al pie izquierdo, el sano, y que era alternativamente un toro, un león, un hombrecillo y un águila. Alicia exploró otras zonas de la ciudad en busca de algún indicio que pudiera contribuir a despejar o a hacer menos densa alguna de todas aquellas interrogantes que tan angustiosamente reclamaban una salida, pero ante sus pies sólo se abrieron más callizos angostos, grutas de fantasía, panteones, academias y jardines botánicos. La misma calma irreal seguía flotando sobre la ciudad como un sortilegio, un silencio no profanado por ningún eco en cuyo interior Alicia hacía chasquear las suelas de sus bruñidos zapatitos de charol: volvió a alumbrar la idea de que la ciudad debía de ser el resto de algún imperio, de alguna civilización desflorada que algún cataclismo había aniquilado en la culminación de su esplendor. Una noche, sin embargo, oyó pasos: no los pasos acompasados y pacíficos de un paseante, sino el furioso cabalgar de docenas de pies, una horda de pies que iba recorriendo las calles cumpliendo una búsqueda. Oculta tras una jamba, Alicia comprobó que los pasos cesaban, que los sustituía un largo intervalo de pausa en que sólo le llegaban cuchicheos; luego el tronar de zapatos volvía a sacudir el aire, y la jauría registraba los barrios hostigada por la rabia de no encontrar nada. Alicia entendió repentinamente que la buscaban a ella, que era una intrusa, que querían exterminarla; había penetrado en aquel lugar sin permiso explícito, se había paseado por aquel territorio extranjero como si fuese su propia ciudad, como si su mera presencia le otorgara el derecho a disfrutar del urbanismo. Sí, si la encontraban la expulsarían, la castigarían, quizá algo peor incluso: el rugido de aquella banda de zapatos disimulaba un atisbo de crueldad, una borrosa fiereza se transparentaba en su modo terrible de martillear el silencio. Entonces tuvo miedo, más miedo que nunca, entonces un negro alacrán de miedo le pinchó el estómago y supo que jugando a aquel juego estaba comprometiendo su vida, que la belleza decadente de aquellas arquitecturas velaba un secreto atroz, que se estaba enredando más y más, sin advertirlo, en un ovillo que podía atraparla como una tela de araña hasta que ya fuese demasiado tarde para arrepentirse y aspirar a la salvación. Las patrullas de zapatos la querían a ella, querían que expiase su curiosidad, querían punir el entrometimiento que había sacado a la luz algo cuyo recipiente natural era el silencio, algo que no debía circular por el mundo común de ahí afuera. Quizá por eso el hombre del bigote le había repetido que huyese, que estaba en peligro, quizá por eso volvió a verlo llegar hasta ella, que se escondía en una escuela de ballet, y la tomó sudando por los hombros con ese rostro suyo de arenque enfermo y volvió a suplicarle que se marchase, a repetirle que tenía que escapar, que se fuese con los ojos cerrados y no diese un solo paso atrás.

4. El aire le acariciaba la frente y las mejillas

El aire le acariciaba la frente y las mejillas mansamente, y a Alicia le gustaba imaginar, cerrando los ojos, que un matrimonio de palomas azules volaba por su cara, planeando la máscara de su rostro y disolviéndola, igual que la mirada de esos enormes pájaros que sobrevuelan las vaguadas y los montes reduce la tierra a una cartografía gris y parda. Luego volvía a abrir los ojos y seguía a Esteban, paseándose indecisa al final del corredor de álamos, describiendo círculos, deteniéndose a encender cigarrillos o examinar estatuas, dirigiendo la vista hacia la nación de mariposas castañas que se cimbreaba en las copas de los árboles. La luz del sol, ensuciada por las nubes, daba a la avenida una artificial quietud de invernadero.

—Tiene bigote —repitió Alicia.

—¿Qué tipo de bigote? —inquirió Esteban.

—Un bigote, Esteban. Puedo vérselo perfectamente. El mismo que le vi la otra tarde, cuando iba al estudio de Mamen.

—¿Fuiste a ver a Mamen?

—Sí, la tarde en que lo vi, el día que me dejaste la nota. Por cierto, ¿qué querías decirme?

En esos días vagamente lluviosos, el parque de María Luisa tenía un aire parisino de cementerio de poetas, o de residuo oxidado de antiguas glorias: la vegetación y las ratas se repartían las grandilocuentes arquitecturas de la exposición del veintinueve, el musgo carcomía los bustos de los próceres hispánicos repartidos por las encrucijadas de los caminos, bolsas de plástico y papeles habían sustituido a los peces y las ocas en las aguas apestosas de los estanques. Les gustaba pasear por las inútiles avenidas flanqueadas de palmeras y chopos porque parecía que uno podía aislarse a su sombra de la grosera rutina de la ciudad y los imperativos domésticos: había una hermosura derrotista en aquella jungla sin orden plantada en mitad de Sevilla, sucia y valiosa como la condecoración por una batalla perdida.

—Nada importante —respondió Esteban—. Nada, en realidad. ¿No tenía que traducirte algo?

Unos minutos de reflexión la tarde de su visita habían convencido a Esteban de la conveniencia de dejar, de momento, el ángel de Nuria a un lado: no se sentía todavía preparado para poner el primer pie en el camino elegido, no había decidido ni quería decidir cuál era el cuerno correcto del dilema, porque no le interesaba tanto abrir la escotilla de la verdad como el hecho simultáneo de tener que cerrar otra puerta mucho más pesada e importante que podía cortarle la retirada llegado el caso. Sí, la existencia del ángel podía venir a corroborar las más alarmantes hipótesis de Alicia, pero ponerla al tanto del descubrimiento suponía un poco abdicar en ella y su forma demasiado desordenada de ver las cosas. Naturalmente, todo debía poseer una explicación, las piezas del rompecabezas compondrían una figura razonable una vez se las hubiera ordenado como era debido; Esteban se había propuesto encontrar la combinación por su lado, sin calentar las meninges de Alicia con más datos para que ella, fustigada por pesadillas e insomnios, terminase extrayendo conclusiones improcedentes.

—Sí, ten —Alicia le tendió tres cuartillas cubiertas de una apresurada caligrafía—. Las tomé del libro, estaba en la biblioteca, como te dije. Alguien había intentado esconderlo.

—¿Esconderlo? —Esteban examinó los papeles.

—Esconderlo o destruirlo, pero no pudo llegar a hacerlo. Lo encontré en una estantería que no le correspondía, bien disfrazado entre dos incunables. La última persona que entró en el Fondo Antiguo no rellenó la ficha de identificación correspondiente: se limitó a indicar el título y la signatura de la obra que buscaba. Y que, naturalmente, no podía ser la de Feltrinelli. Todo esto empieza a resultarme siniestro, Esteban.

Alicia comprobó que el sol despuntaba cobardemente sobre las nubes y que, a ratos, doraba la triste tapicería de hojas caídas; casi al mismo tiempo, el vendaval las espolvoreaba por toda la alameda.

—Los sueños me han advertido —recitó ella, como sonámbula—. Ese hombre sale en mi sueño y ha vuelto a repetirme que huya. Me persi-

guen. Hay gente que me persigue ahí abajo, gente
que sabe que estoy tratando de desenmascararlos.

—¿Que te persiguen? —Esteban la miró—.
¿Quién te persigue?

—No sé, no los veo. Esto va a matarme.
Quizá Mamen tenga razón y deba olvidarlo todo,
pero cómo, cómo.

La mano de Esteban viajó hasta la mejilla de
ella y la recorrió con dos dedos, trazando una vaga
caricia. Alicia entendió que los ojos de Esteban estaban llenos de algo, que una marea profunda y tibia clamaba en él por afluir de los poros y a veces se
adueñaba de sus gestos y sus palabras. Ella agradeció la señal de la mano, pero bajó la vista y se limitó a buscar con precipitación un cigarrillo. Tenía
miedo, también miedo de aquel ectoplasma impreciso que palpitaba en las pupilas de él, tenía miedo del futuro en todas sus formas y afluentes, el
alacrán negro de su sueño le había inoculado un espanto sordo hacia todo, hacia sus decisiones y los
efectos impredecibles que podían desencadenar.
Rosa y Pablo habían delegado en la ciudad, el acoso seguía siendo el mismo aunque hubiese variado
la escenografía.

—Esto es una locura —resopló Esteban, leyendo las cuartillas.

—¿Qué dice?

Según el latín académico y pobre de aquel
texto, la ciudad se había edificado con el concurso
de decenas de condiscípulos a lo largo de lustros,
para ensalzar la gloria del Portero de los Infiernos,
del Gran Enemigo, del Príncipe de Este Mundo,

del Coronado de Estrellas, y estaba destinada a dar cobijo a sus ministros y apóstoles en la guerra milenaria que sostenían contra el miserable Jesucristo, su lacayo el Papa y toda la canalla repugnante de la Santa Madre Iglesia; sus devotos esperarían pacientemente la venida del Prometido, que volvería torcido lo recto y pondría bocabajo tronos y basílicas. Les asistirían en la consumación de su propósito palabras preñadas de mundos, *verba orbium gravida,* un nombre de dimensión devastadora, *dirutae magnitudinis nomen,* Cuatro Letras Fundamentales, Cuatro Raíces, Cuatro Bestias, Cuatro Comandantes y una Hembra Todopoderosa. El autor de aquel desvarío se habría ganado por méritos propios su plaza en el manicomio correspondiente. Al final, en una cuartilla aparte, la desaforada caligrafía de Alicia había trazado lo que parecía una dedicatoria y un puñado de versos. Si el latín de Esteban no erraba (y hubiera sido triste a aquellas alturas), el libro estaba brindado *a Egnatio Alpiarcaense, artífice áureo, émulo de los ángeles, conspicuo competidor de la naturaleza en la forja de bellezas y maravillas.* En cuanto a los versos, no venían precisamente a abrir camino en medio de toda aquella jungla de malas metáforas y disparates; trabado a la última hoja por un clip, haciendo pareja con el poema, había también un grabado. Esteban lo miró por unos instantes, saboreando con algo de intriga su enigmático perfume a secretos del pasado, a revelaciones arcaicas y sepultadas: sobre un paisaje de ruinas y niebla, un lagarto, un pariente escuálido de los monstruos de los cuentos, se mordía la cola dibujando el anillo de un mito ancestral. Era el Ouroboros, la serpiente que se devora a sí misma, símbolo milenario del tiempo, que acaba siendo engullido por su propio desagüe. Esteban repasó los versos con la punta del dedo.

Dira fames Polypos docuit sua rodere crura,
Humanaque homines se nutriisse dape.
Dente Draco caudam dum mordet et ingerit alvo,
Magna parte sui sit cibus ipse sibi.

—Traducción aproximada —anunció con un matiz de tedio poco sincero—, y perdona los titubeos. *El hambre terrible enseñó a los Pólipos a roer sus piernas, / y a los hombres a hacer festín de las cosas humanas. / Muerde el dragón la cola con los dientes y al vientre la arroja, / para que gran parte de sí sea su propio alimento.*

—Y eso, ¿qué significa? —las manos de Alicia hacían cabriolas.

—Eso es una descripción del grabado, boba: el dragón se muerde la cola, se alimenta de sí mismo. Como el tiempo. Se regenera consumiendo lo que ya está atrasado.

Como la memoria, pensó Alicia. El futuro masticaba la cola de la memoria, la iba digiriendo y anulando, convirtiéndola en sangre, en fibra, en piel y nervios. La vida, por definición, era contraria al pasado: el presente no es más que una catapulta que debe prescindir de las trabas que le ordenan no disparar. Afortunado dragón, se dijo con una confusión de repugnancia y ternura; afortunado él que podía calmar el hambre mascando sus apéndices, esas periferias arrastradas y estériles que sólo podían frenarle: *Dente Draco caudam dum mordet.*

—¿El poema y el grabado venían juntos? —dijo Esteban.

—Sí —respondió Alicia, al tiempo que los pensamientos se le esfumaban—. Sí, sí. Al final, como aislados, después de dos páginas en blanco. Podría haberse pensado que lo habían incluido más tarde, sin relación con la obra, pero no: forma tanta parte de la encuadernación como la primera página. Fotofilmé el grabado para que le echaras un vistazo. ¿Qué puede querer decir?

—No lo sé —Esteban seguía mirando al dragón, muy concentrado en la labor de autoingurgitarse—. Lo que parece claro es que tiene poco que ver con el resto del libro, aunque fuese incluido en la misma edición. No sé. Quizá sea un acertijo.

—¿Un acertijo?

—Sí —los ojos de Esteban no querían revelar demasiado interés—. Quizá el dragón, la cola, los Pólipos esos, signifiquen algo. Quizá sea un mensaje.

—¿Un mensaje de qué?

Esteban estaba inquieto: a Alicia no le pasó inadvertido que su pulso temblaba cuando la llama del encendedor buscó el cigarrillo. Allá, a lo lejos, la silueta de un hombre con gabardina esperaba a la sombra de los chopos.

Luego de una breve conferencia telefónica en que se discutió el tema de las persecuciones y volvieron a nombrarse cadáveres, Mamen prescribió taxativamente un descanso para Alicia y dijo que se ocuparía ella misma de tramitar los partes de baja: el resto debía ser descanso, sueño en condiciones, distracción sobre todo, quizá un viajecito. La voz de Mamen naufragaba en una marea de crepitaciones y chirridos, como si estuviera hablando junto a una hoguera o un rompeolas; sí, no tenía más remedio que llamarla desde el móvil, llevaba dos días en Barcelona en un congreso sobre patologías de la nosecuántos donde le quedaba por lo menos para una semana, Toñi se encargaría de mover la baja si se la llevaba al despacho. Alicia depositó el auricular en la horquilla y se aovilló en el sofá, hipnotizada por una teleserie. Mientras consumía un cigarrillo frente al cráneo pelado de Antonio Resines razonó que el paréntesis le convenía de veras, que quizá una repentina interrupción de esa mecánica cotidiana en que se encajaban sus fantasmas serviría para exorcizarlos. Eso es: se dedicaría a leer, a la música, a cuidar a sus conibras, a pasear si le daba la gana, podría ir a Málaga a ver a su hermana. A poco más de mediodía, llegó Nuria con la camiseta ametrallada de yeso y las Cruzcampos de rigor: desechos de pelo rubio le obstruían la cara. Destapó dos botellines, seleccionó un poco de Leonard Cohen y aceptó apreciativa los mejillones en escabeche que Alicia había derramado en un plato. Sentía una confusa alegría de tener a Nuria en casa: su presencia era como una garantía, como un talismán o una promesa que le aseguraban que la vida todavía podía ser un acto despreocupado y hedónico que cabía aprovechar; no, no debía perder ese tren. De modo que golpeó el botellín de Nuria con el suyo para levantar un vago arpegio xilofónico y bebieron.

—El trabajo va adelante —dijo Nuria con una especie de barrito de hastío—. A la Virgen la tengo un poco dejada de lado, ahora estamos concentrados en un San Fernando que se queda sin tizona para degollar infieles: el pobrecito mío tiene la espada hecha migajas. Lo que es el tiempo. Verdaderamente tus conibras son un poema; se las ve por la tarde desde el balcón, qué plumas.

—El secreto está en saber regarlas.

—Cosas como ésta te alegran la vida. Así se te ve de contenta —Nuria sonrió—. ¿Qué tal te encuentras?

—A ver —respondió Alicia—. ¿Qué tal me encuentras tú?

—Estupenda. Además, seguro que el permiso te va a sentar de maravilla.

—*First we take Manhattan* —amenazó Leonard.

—Sí, he pedido la baja —Alicia bebió—. Para descansar y todo eso, pero me siento mucho mejor. ¿Cómo lo sabes?

—No sé, me lo habrás dicho, ¿no? O quizá Lourdes.

El bueno de Leonard pasaba de Manhattan a Berlín y decía no se sabía qué cosa sobre un mo-

no y un violín contrachapado, lo justo para despertar las iras del inquilino del piso superior que ya
comenzaba a castigar el cielorraso con los golpetazos de costumbre. Era imposible que le llegase la
música, que Alicia y Nuria sólo captaban con esfuerzo desde la cocina, ni se corría peligro de desvelar a nadie a las dos y cuarto de la tarde, de modo
que había que atribuir los pesados avisos de la punta de la escoba, el tacón flamenco o lo que coño
fuese al mero prurito de mortificación del vecino o
un desarreglo sensorial que debía de volverle insoportable toda emisión de sonido más allá de los
diez decibelios. Nuria propuso responder girando al
máximo el dial del volumen, y aunque Alicia estuvo tentada por un instante de torpedearle con alguna estridencia de Wagner o Dizzy Gillespie, su
sufrido civismo le ordenó hacerse la sorda: se resignó a desconectar el equipo de música una vez Nuria
se hubo marchado, encendida todavía por un ren-
cor homicida que le llenaba la boca de amenazas.

A la luz marchita de una tarde sin color,
Alicia se aburrió sucesivamente del televisor, de la
imprecisa novela francesa que había emprendido
una semana atrás, del pasillo vigilado por máscaras
indonesias por el que fumaba cigarrillos, demasiado ocupada esforzándose en no recordar para distraerse con nada: se dio un baño, limpió unos chi-
pirones, recorrió el suplemento del último domingo,
bajó a por tabaco con un paquete recién abierto
en el bolso. Cuando regresó, la señora Acevedo la
aguardaba en la cocina, arrancando brillo a media
docena de platos y un par de fuentes que desde ha-

cía cuatro días contribuían a volver impracticable el fregadero: la anciana realizaba su tarea como si fuese lo más natural del mundo encontrarla allí, raspando el cristal con el estropajo. Encima de la mesa había objetos indefinidos embalados en aluminio.

—¿Qué está usted haciendo, Lourdes? —rezongó Alicia con estoicismo—. Estaba esperando a que saliese por la puerta para colarse, ¿verdad?

—Es que eres tan así, hija —la señora Acevedo le dirigió el almíbar turquesa de su mirada—. Si te hubiera preguntado si necesitabas algo, no me habrías dejado. Y ya ves cómo está la cocina. Le he dicho a Blas que te mire lo de la tubería del lavabo, aquello que me contaste.

—Gracias, Lourdes, pero no tiene que molestarse —el aluminio enmascaraba garbanzos congelados, empanadillas, un arsenal de croquetas de calibre respetable—. ¿Y esto?

—Eso para que te lo comas, hija. Y no hay más que hablar.

—Pero Lourdes —tanta solicitud resultaba agotadora para Alicia—. Lourdes, escuche. Usted sabe que le agradezco todo esto muchísimo, pero de verdad que puedo arreglármelas perfectamente solita.

—Ta, ta, ta —la señora Acevedo retiraba las palabras de Alicia a manotazos—. Tú no estás en condiciones de nada, si lo sabré yo. Te hace falta descansar, estar tranquila, que para eso te has tomado la baja. Tú te callas y te comes eso. Mira, aquí tengo un zumo buenísimo.

Su mano, torturada por las arrugas, resucitó del fregadero y señaló un bote cilíndrico sobre la encimera; dentro se agolpaba un violento hedor a naranja sin madurar.

—¿Cómo sabe usted que estoy de baja? —soltó Alicia, de golpe.

—Ayer estuvo aquí tu amiga, ésa del pelo colorado —Lourdes se sobrevoló el cráneo con la mano, como queriendo colorear la mata de algodón que le ocupaba las sienes.

—Mamen.

—No, Mamen no. Me dijo que se llamaba Marisa. Llamó dos o tres veces y se quedó esperando. Y ya ves, como la he visto en un par de ocasiones contigo, fui a saludarla.

—¿Marisa? ¿Con el pelo colorado?

—Sí, Marisa. Hablamos un ratito. Me dijo lo de la baja, que venía a traerte unas hierbas para una infusión, o no sé qué. Que ya volvería.

—¿Y eso fue ayer, Lourdes?

—Bueno, creo que sí —la anciana miró dubitativa a las alturas.

—¿Por qué no me lo dijo antes?

—Ay, hija, qué sé yo —por un instante la mirada azul pareció inflamarse—. No me acuerdo de contarte qué hace todo el que llega. La otra tarde estuvo tu cuñado, el chico. Un muchacho muy simpático, y lo que se parece a Pablo, pobrecito mío.

Don Blas estaba en el baño, ocupado en una complicada arqueología que le exigía renquear a gatas por debajo del lavabo, para reforzar y dar lustre al intestino de tuberías que desembocaba herrumbrosamente en la taza. Pablo, pobrecito mío. Después de todo el espectro volvía para romper la

tregua del modo más tonto pero también más inevitable, como si de todas maneras el rumbo natural
de los sucesos o las palabras condujese a aquellos
recuerdos, como si ese ominoso tabú fuera la desembocadura obligatoria de cualquier conversación
o acto emprendido con el ingenuo propósito de
desinfectar la memoria o amputarle las alas; una hi-
potética nueva vida pasaba por los trámites de ese
pasado, por la aduana dolorosa en que todo lo que
quería abolir sería reclamado: pero había que arriesgarse, correr, saltar si era preciso, burlar la alambrada, hasta que del otro lado pudiera respirar sin fuerzas y creer que por lo menos no haría más falta
girarse a mirar atrás. Tenía que intentarlo.

—Listo —don Blas se ponía en pie dándose manotazos en la rebeca—. Nada gordo, la dichosa juntura. La tienes floja, hija, llama a un fontanero de vez en cuando.

—Pero teniéndole a usted —Alicia sonrió.

—Sí —el viejo le devolvió atropelladamente
la sonrisa—. Mucho me gustaría a mí poder ga-
narme la vida de fontanero, a ver si así salíamos de
los achuches. Porque lo que es la pensión.

Recogió despacio la quincalla de herramientas que había dejado sobre la tapa del inodo-
ro y se fue bufando, previa novela de S. S. van
Dine estampada con un prometedor título: *El caso
del crimen de Kennel*. Un rato más tarde, cuando
se quedó sola y se embadurnaba las narices con un
ungüento hidratante, Alicia descubrió una funda
de color tierra en la concha del lavabo. Contenía
unas gafas con dos cristales pesados y densos, que

agigantaban las cosas y las disolvían en virutas de colores. Al calzárselas para probarlas, Alicia no presenció más que un naufragio de formas borrosas y una espuma amarilla que no acababa de situarse. Don Blas volvió a por ellas al cuarto de hora: se las dejaba en cualquier parte. Sin saber por qué, a Alicia le dolió desprenderse de ellas; a veces deseaba que la realidad fuese otra cosa, aunque se redujese a aquel limbo cenagoso y turbio que figuraba tras las lentes.

Intentó dos toses bastante poco creíbles para advertir de su presencia, y en un plazo de escasos minutos el señor Berruel brotó de la puertecilla que perforaba la tienda a la derecha y se deslizó hacia el mostrador con la siniestra elegancia de un vampiro. Sus manos mortuorias volvieron a indagar en la libreta, hasta que el ojo reconoció un apunte y la devolvió al cajón. Una lenta tufarada a azufre cargaba de nuevo el aire, obligando a los alvéolos de la nariz de Esteban a un nervioso remolineo. Tenía la impresión de que su visita era inoportuna, de que el gigante se ocupaba de tareas más cruciales que atender clientes cuando le interrumpió.

—Usted viene por el Lancashire, ¿verdad? —dijo con una voz próxima al ronquido—. Pues bien, no lo tengo.

—¿Que no lo tiene? Pero usted me dijo.

—No recuerdo lo que le dije, joven —las manos se apostaban vigilantes a ambos lados del mostrador—. Mire, su Lancashire me está dando bastantes quebraderos de cabeza. La platina está defectuosa, carcomida, y el puente ha caído, porque el reloj es de platina plena. Hay que desmontarlo entero y desajustar los ejes.

Luego de mascullar un amorfo conato de protesta o resignación, Esteban regresó a la lluvia, bajo la que circulaba la silueta apresurada de algún paraguas. El grueso chorro que se estrellaba desde el toldo a la acera no le permitió detenerse frente al anticuario para comprobar si había nuevas adquisiciones, de modo que se limitó a escrutar, desde la cafetería de enfrente, la alfombra borrosamente oriental que tapizaba el escaparate y al pobre Adriano, congelado en su majestad de mármol. Aunque decidió esperar a que escampase un poco para acercarse a casa de Alicia, dos anises le convencieron de que la cosa iba para largo y finalmente se conformó con empaparse el anorak bordeando las terrazas y los repechos. Ninguna voz contestó en el portero automático: Esteban temió que no estuviera en casa, a pesar de la espantosa tarde de tormenta. Remontó los escalones de dos en dos y, con el pecho carbonizado, pulsó el timbre hasta el aburrimiento. Dentro se destrabaron cerrojos, la puerta dio lentamente lugar a un rostro aplastado y revuelto que debía de ser el lejano semblante de Alicia superviviente de una contundente siesta.

—¿Tú te crees que éstas son horas de dormir? —Esteban corrió al lavadero a exprimir el anorak—. Son las siete de la tarde, nena.

—No sé —el cerebro de Alicia naufragaba en un océano traslúcido, sin mareas—. Serán los tranquilizantes, llevo todo el día con un sueño terrible. No puedo mantenerme más de diez minutos en pie.

—Mejor, así descansas. Haremos café. ¿Y esto?

Al destapar el cilindro de plástico, Esteban recibió la bofetada de un olor a naranjas agrias.

—Me lo trajo Lourdes —respondió Alicia desenfundando un Ducados.

—Tu hada madrina.

—Sí, y no puedes imaginarte cuánto. No sé cómo lo hace pero se entera de mis propias cosas antes que yo.

—Equipo de radar sofisticado —Esteban trazaba círculos por la cocina, revisando los salvamanteles: el diseño de algunos era incómodo para la retina—. ¿Tú sabes quién era Argo? Un gigante de la mitología griega que tenía un millón de ojos.

—Repelente filólogo —Alicia se introdujo el cigarrillo en la boca y cruzó los brazos—. Pero es curioso lo que me ha pasado con ella esta mañana. Me dijo que había estado aquí Marisa para traerme unas hierbas. Hierbas de las suyas, ya sabes.

—¿Y qué?

—Que Lourdes asegura que tenía el pelo rojo. O se ha teñido o se ha puesto peluca, porque la Marisa que tú y yo conocemos lo tiene negro como la pez.

—Bueno. Quizá la haya confundido con Mamen.

—No —el humo blanco del cigarro borraba la nariz de Alicia—. Por lo visto, la mujer del pelo rojo le dijo que se llamaba Marisa. Además, no podría ser Mamen porque me ha llamado antes desde Barcelona para decirme que pasaba una semana fuera de casa. Y además, para qué coño iba Mamen a decir que se llamaba Marisa.

—Bueno, quién sabe —aquel rompecabezas de personalidades extraviadas comenzaba a aburrir a Esteban—. A lo mejor Marisa volvía disfrazada de alguna parte y se puso una peluca roja, quién sabe. O a lo mejor no era Marisa ni era Mamen, sino la Tercera Mujer. O quizá la vieja simplemente te ha engañado para ver qué cara ponías. Misterios de la identidad, muchacha.

Viajaron con las tazas al salón, donde Esteban descifró el catálogo de discos para decantarse por un Charlie Parker *live* que incluyó velozmente en el depósito del compact. Mecido por compases tropicales, Parker emprendía, en la compañía de Miles Davis, una noche en Túnez: mirando de lejos a las conibras aplicadamente aposentadas en sus maceteros, Esteban divisaba a través de aquella música zocos, mezquitas, desiertos amansados por la palidez neutral de la luna. Para sorpresa de Alicia, que se iba desprendiendo de la modorra sorbo a sorbo, el vecino de arriba no opuso resistencia al cauto serpenteo del saxofón por geografías magrebíes, y lo dejó reptar nada menos que hasta la altura de *Lover Man,* donde ya pareció obligado a informar de su presencia mediante las salvas de rigor.

—¿Qué es eso? —dijo Esteban mirando el cielo.

—Vecinos nuevos —Alicia apuraba el café, más restituida—. Sienten la necesidad compulsiva de demostrar que también oyen la música.

—Es que los pisos de ahora los hacen con jodidos tabiques de papel.

La mano de Esteban desgajó el pelo de Alicia, patinó por sus rampas, se entretuvo en enroscarse en los hilos sueltos que resbalaban de las orejas. Los dedos tropezaron suavemente en la mejilla intentando una caricia entorpecida por la timidez, por la incertidumbre de unas yemas que no se atrevían a demostrar toda la tibieza de sus sentimientos. La presencia de una piel ajena a aquella altura de su rostro liberaba del vientre de Alicia algún peso negro, pero a la vez la remontaba a otra piel, a otra mano que tantas otras veces había recorrido el mismo camino, la mano de un cadáver insepulto que vigilaba desde las bisagras y los bornes, preparado para vetar su libertad de elegir. Con cuidado de no ofender a Esteban, ella apartó la cara, sacudida de súbito por una agria repugnancia. Él lo advirtió y envió dócilmente la mano a buscar un Fortuna, sin moverla del borde de la taza donde ya no reposaba más que un círculo pardo. Se creyó obligado a hilvanar cualquier tema de conversación.

—¿Sabes dónde he estado esta mañana?

—Dónde.

—En tu biblioteca. Tu compañero, el de las gafas, tampoco debía de estar muy enterado de lo de tu baja, porque te estaba esperando para no sé qué catalogación. Pero bueno, no te imaginas la de cosas que he descubierto.

—Venga, sorpréndeme —Alicia aplastaba la colilla en el cenicero.

—Tu amigo Feltrinelli —dijo Esteban después de una calada— tiene una vida bastante turbulenta. Que no era precisamente un angelito, vamos.

—No me digas.

Una desidia gelatinosa rendía a Alicia sobre el sofá, volviéndole perfectamente indiferentes las revelaciones de Esteban, como si el asunto de la conversación le fuese tan ajeno y distante como la vida de otra persona. No entendía por qué de repente Feltrinelli, la ciudad y el ángel le resultaban un capítulo agotado, una fase rescindida de sí misma como el libro devuelto al mueble o la película que los focos de la sala vienen a epilogar: quizá se hubiese aburrido de todo aquel crucigrama tonto que podía estar bien para alegrar algún domingo, pero que no cabía seguir alargando para desatender obligaciones más importantes. De momento sólo le apetecía apagar, desplomarse, continuar durmiendo; una neblina esponjosa le estorbaba el pensamiento y la obligaba blandamente como a claudicar en el sueño.

—Ya que estaba allí —proseguía Esteban—, me entretuve en mirar otros libros.

El sueño, se repitió Alicia. Entonces reparó con intriga en que la ciudad de ahí abajo había comenzado a diluirse aquella misma noche, a hacerse imprecisa y turbia como el reflejo en el estanque que deshace el impacto de una piedra. Por primera vez reparaba en que, aquella noche, la ciudad y su urbanismo parecían singularmente vagos, empañados, aproximándose a las imágenes desportilladas de esa memoria que trata de reconstruir el pasado más distante. La ciudad comenzaba a perder solidez, dejándose arrastrar hacia esa oscuridad inerte y estanca del fondo, hacia un paisaje libre de cadáveres, de avenidas, de zapatos en procesión e individuos con bigote. No supo si alegrarse.

—Me he enterado de algunas cosas —Esteban acariciaba un cenicero—. El libro de Feltrinelli figura en el índice bibliográfico de la *Revue du dix-huitième siècle,* que le atribuye por lo menos dos ediciones, ninguna de las dos fechada pero que pueden situarse entre 1740 y 1745. Los lugares de impresión tampoco son seguros: se aventuran Florencia y Roma. Luego me fui a la *Biobibliographia latina* de Koestler y me encontré con que el libro también estaba registrado allí, en el volumen veinticuatro, además de una pequeña notita biográfica sobre el tal Feltrinelli.

—¿Quién era? —Alicia divisaba a Esteban a través de una pantalla de pelo.

—Nació en Cremona, la tierra de los violines —él rescató un papel del bolsillo del pantalón—, en 1698; murió en Venecia, ahorcado, en 1759. Feltrinelli no era el nombre real: se llamaba Andrea Messauro.

—¿Ahorcado? ¿Era un criminal?

—Peor que eso. Lo condenaron por sacrilegio, sodomía, perjurio y adoración al Diablo. Según la escueta noticia de Koestler, inició la carrera eclesiástica en su ciudad natal y alcanzó la dignidad de embajador apostólico sucesivamente en Roma y París. De su época francesa datan las primeras acusaciones: corrieron rumores de que secuestraba niños para violarlos y luego los degollaba. Le gustaba moverse; la lista de los lugares que visitó es propiamente de escaparate de agencia de viajes: Venecia, Milán, Salzburgo, Viena, Stuttgart, Praga, Metz, también Madrid. Hacia 1753 desembarcó en Lisboa, donde conocería a la persona a quien está dedicado el libro: Inácio da Alpiarça, un orfebre y fundidor que por entonces trabajaba para el rey José I en una obra titánica. Estaba encargado de realizar una estatua colosal de cada uno de los patriarcas de Israel, que luego decorarían la basílica del convento de Mafra. No llegó a más de dos. Nada extraño si, según parece, cada estatua debía medir más de diez metros: los patriarcas son casi una docena.

—Sí, bueno. Estábamos en Feltrinelli.

—Eso es, Feltrinelli —Esteban parecía perseguir las ideas como a mariposas—. Paró también en Sicilia, donde renunció al sacerdocio y cambió su nombre por el de Feltrinelli y donde, al parecer, redactó su única obra: el *Mysterium topographicum.* En Nápoles visitó la casa de Giordano Bruno, que en aquel tiempo era un poco la antonomasia del hereje y del Anticristo, y de regreso al norte fue apresado en la frontera con Austria y entregado a la Inquisición veneciana. Lo ejecutaron después de un proceso sospechoso por su brevedad; las autoridades decapitaron el cadáver y lo incineraron sobre una pira de ramas verdes. La última información que Koestler suministra es que perteneció a la sociedad de los *Coniurati,* los Conjurados.

Demolida sobre el sofá de cuero negro, Alicia observaba a Esteban desde el interior de una mirada neutralizada por la pereza o un suave atasco interior que volvía superfluas las palabras. No sabía si tenía ganas de seguir escuchando, pero de lo que sí estaba segura era de que no iba a activar ningún músculo para alterar la relajada reciprocidad de su cuerpo con el asiento.

—Luego la siguiente pista eran los Coniurati —proseguía Esteban, crecientemente exaltado por su espeleología bibliográfica—. Acudí a la *Enciclopedia de la Brujería,* de Hope Robbins, y di con una entrada de más de dos columnas encabezada por ese título. Al parecer, se trató de una sociedad satánica de intelectuales originalmente fundada en la Roma de los Borgia y a la que pertenecieron distinguidas personalidades políticas y artísticas vinculadas a la corte papal, quizá incluso el propio Alejandro VI. Es posible que la muerte de Lucrecia Borgia en Ferrara en 1519 estuviera relacionada de algún modo con la secta, que sufrió una furiosa persecución por toda Italia a partir de esa fecha: decenas de filósofos, poetas, músicos, arquitectos fueron arrestados, sometidos a suplicio y ejecutados en Florencia, Venecia, Módena, Milán, Pésaro. Las actas acusaban a los procesados de celebrar ciertos días estipulados del año reuniones ilícitas en las que representaban una versión sacrílega de la misa usando cruces invertidas y hostias negras: el mando del grupo lo ostentaba una mujer, la Papisa, supuesta concubina del mismísimo Satanás. Y a que no sabes en qué lugar confesaron al tribunal que se reunían. Adivina.

—Venga, en qué lugar.

—No sé si debería contártelo: «Una ciudad llamada Nueva Babel, con cuatro plazas cuadradas orientadas en cuatro direcciones diferentes».

Alicia no respondió nada.

—Los Coniurati fueron silenciados en Italia, pero el culto al Diablo se trasplantó de algún modo a Francia: según unos, el responsable fue un tal Paolo Exili, envenenador y fugitivo de la justicia encerrado en la Bastilla en 1665, al que la marquesa de Brinvilliers, cortesana de aficiones nigrománticas, honró con una íntima amistad.

—Cuántos personajes —bufó Alicia, exhausta.

—Escucha, escucha —Esteban seguía revisando sus apuntes—. Fuera como fuese, los Coniurati disfrutaron una verdadera edad de oro en la corte del Rey Sol, Luis XIV, donde se les conocía en determinados círculos como *les Montespanniens,* por aglutinarse alrededor de una hermosa amante del rey, Françoise Athenaide de Rochechouart de Tonnay-Charente, marquesa de Montespan.

—Casi nada.

—Seguramente la marquesa ejerciese el cargo de Papisa en París, aunque también otra querida de Luis XIV pudo ostentar ese honor: Marie Olimpie de Mansini, sobrina del cardenal Mazarino y esposa del conde de Soissons.

—Esteban.

—A ellas se unía un conventículo de brujas y adivinas especialistas en la preparación de filtros: la Filastre, la Chanfrain, y, sobre todo, la Voisin, amante del verdugo de París, que la proveía de grasa, huesos y manos de ahorcados para el servicio de la misa negra. La liturgia la celebraba el cura Guibourg, experto envenenador amancebado con una ramera de la que tuvo varios hijos, alguno de los cuales fue sacrificado en el culto a Satanás.

—Esteban, Esteban.

—Las misas negras tenían lugar en recintos sagrados, para consumar más perfectamente su función sacrílega, en la capilla del castillo de Villebourin, que pertenecía a la marquesa de Montespan, o en el oratorio de su casa abandonada de Saint-Denis, donde Guibourg también ofició una misa espermática, con el semen de un ahorcado, para una tal mademoiselle des Oeillettes, que pedía la muerte de madame de Fontanges, favorita del rey.

—Basta, Esteban —la voz de Alicia era brusca, y su cuerpo había terminado por echarse adelante, hacia la mesa—. Sí, un trabajo de investigación espléndido, pero ya está.

Desde el interior de un silencio, Esteban no logró discernir si su estéril alarde de erudición había venido dictado por un deseo oscuro de mortificar a Alicia, demostrándole a través de qué rutas disparatadas conducía su obsesión por la ciudad y los ángeles, o si de veras había recabado todos aquellos datos con el propósito real de cerrar el puzzle, con la intención de ir disponiéndolos, pieza a pieza, en el gran bastidor último que debía explicar aquella endiablada jungla de coincidencias. Sintió que debía confiar algo a Alicia, pero un resquemor turbio le mordía la lengua.

—Mira, Esteban —ella tomaba otro cigarrillo—, no sé si todo esto merece la pena. He hablado con Mamen y tal.

—Bueno, quizá por fin entres en razón.

La mano de Esteban volvía a volar hacia el rostro de Alicia, dispuesta a componer otra terrible caricia, otro espantoso garabato en su piel que ella no sabía si podría soportar, porque bastaba con que el amor de Esteban penetrase en su órbita para que quedase deformado en una aversión porosa, en una red de algas electrificadas ante la que Alicia sólo podía responder con un instintivo paso atrás. Afortunadamente, antes de que la mano llegase a rozarla, el timbre del portero automático la detuvo en el aire: Alicia brincó como accionada por un resorte y se puso en pie.

—¿Esperas a alguien? —dijo Esteban.

—No, y menos con la noche que se ha puesto —una tormenta azotada por relámpagos mugía tras el balcón—. Será algún reparto de publicidad.

El timbre volvió a picotear tres veces antes de que Alicia tomase con brusquedad el auricular para descubrir que una voz rugosa y oscura trataba de soldar pedazos de palabras desde el otro lado. No supo si ese ronquido continuo, horizontal, próximo al crujir de los aparatos de radio que no acaban de encontrar sintonía, pertenecía a la garganta que le hablaba por el interfono o, por contra, era meramente el eco de la tormenta que debía de repiquetear sobre las aceras. Alicia preguntó dos veces por la identidad de la voz, pero las palabras seguían deba-

tiéndose, resbalando en una especie de pantano que
no les permitía llegar a fundirse, a decir lo que buscaban decir. Por último, cuando estaba dispuesta a
colgar y limitar el asunto a una broma de mal gusto,
a Alicia le pareció que entendía lo que la voz intentaba infructuosamente transmitirle.

—Esteban —dijo Alicia, asustada por el
tono de su propio aviso—. Es alguien pidiendo so-
corro.

—No seas tonta. Qué me estás diciendo.

Descendieron despacio, imitando con la debida teatralidad la cautela de los detectives de las
películas, descartando el ascensor sin saber por
qué. La escalera estaba a oscuras; a medida que baja-
ban, la luz del portal se iba haciendo mayor y más
voraz. Alicia, enguantada en el batín celeste, aferra-
da al codo de Esteban (pero tampoco debía apretar
demasiado), imaginaba que la proximidad creciente del resplandor, de la luz amarilla que flotaba sobre el hall desde un globo con sarro, iba trayendo
también la proximidad de la voz, esa voz de piedra
rota que convocaba en su interior algún temor antiguo, que tenía la certeza de haber oído antes.

—Quieta —dijo Esteban.

Desde el último peldaño de la escalera se
dominaba todo el vestíbulo, el sofá de piel sintética con quemaduras de colillas, el helecho de plástico que observaba aburridamente la caja del ascensor; allá, al fondo, junto al ajedrez de buzones
metálicos, una figura negra se apoyaba en la puerta de entrada. El cristal, nublado por la lluvia, no
permitía adivinar sus rasgos: acercándose, Alicia

y Esteban sólo entrevieron un bulto opaco que no se movía. Esteban quiso adelantarse, pero Alicia lo frenó con la mano; alguna clase de presentimiento le ordenaba ser la que girase el pomo, la que hiciese correr lentamente el batiente sobre sus goznes, para que de súbito un guante de escarcha le aprisionase la nuca. El individuo cayó sobre ella, que lo rechazó con violencia enredada en histeria y gritos: dejó que se estrellase sordamente en el suelo, asperjando el embaldosado con un inequívoco suero colorado. Al volverlo de costado Esteban descubrió los dos agujeros que le taladraban la clavícula, el pacífico surtidor rojo que iba tiñendo parsimoniosamente el cuello de la camisa.

—Dios mío —balbució Alicia.

—¿Qué? —dijo Esteban.

—Es él, Esteban, es él.

El bigote no dejaba lugar a dudas. Un bigote reacio, desagradecido, poco dispuesto a manchar el labio que le servía de sustento. A pesar de que Esteban insistía en que no se esforzase, un escombro de palabras parecía querer resbalar todavía de los dientes del moribundo. La mano señalaba algo a la altura del costado que Esteban trataba de rescatar a fuerza de palpar con apresuramiento, embadurnándose los dedos de aquel líquido aparatoso. De la gabardina empapada emergió una cosa de bronce que él aceptó con cuidado antes de dejar que el extraño se hundiera definitivamente en un sueño sin fisuras. Era un ángel con el pie torcido, un ángel elegante y frío absolutamente idéntico al que había descrito Alicia, que ahora observaba horrorizada el trofeo, al que ocupaba el centro de la plaza del grabado, al que adornaba el rincón del salón de Nuria, salvo, es cierto, por el águila que a la izquierda del pedestal se disponía torpemente a romper el vuelo.

5. La policía aceptó sólo con suspicacias

La policía aceptó sólo con suspicacias la hipótesis de la equivocación: no parecía poder admitirse muy consistentemente que el interfecto estuviese buscando a otra persona y que un error en piso o bloque le hubiera hecho acabar muriéndose en brazos de una desconocida. Pero el inspector, un hombre macizo atrapado en un traje demasiado estrecho, prefirió dejar correr de momento el asunto aceptando uno de los Fortunas de Esteban y repartiéndolo entre la boca y los dedos; se limitaron a retirar el cadáver, tomaron unas fotografías y anunciaron vagamente que regresarían. En cuanto desaparecieron por la puerta los Acevedo invadieron la casa, terminando de derrumbar a una pobre Alicia que ya era incapaz de gobernar sus sensaciones y que se debatía angustiosamente entre una variante hermética del silencio y desbocados accesos de llanto. Después de enviarla a la cama, Esteban se ocupó de dar las gracias a los vecinos y de despedirlos con toda la premura que permitía el decoro, no sin antes asentir a las detalladas indicaciones de Lourdes, que volvía a repetir su consabida retahíla dietética.

—Sobre todo, que se tome el zumo. Ese zumo es buenísimo.

—No se preocupe usted, señora, se lo diré. Buenas noches, adiós.

—El zumo, ¿te acordarás, hijo?

—Adiós, señora.

También tuvo que hacer frente a la incursión de Nuria, cuyas Cruzcampos no fueron aceptadas esta vez —Alicia duerme, gracias de todos modos—, y a la de un extraño matrimonio amordazado en batines al que Esteban prometió avisar en caso de que necesitasen alguna cosa. Regó las conibras, se fumó un cigarro más tranquilo en la cocina mientras terminaba de freír unas croquetas que apostó, junto con un poco de ensalada y un vasito de zumo, en la bandeja con que se dirigió a la habitación de Alicia. La encontró sentada en la cama, sosteniendo el ángel de bronce entre las rodillas, ocupada en recorrer con las yemas los signos de la peana. Parecía más serena, aunque una mezcla desordenada de horror y desconcierto siguiese ensuciando los fondos de sus pupilas.

—¿Crees que habremos hecho bien? —dijo—. ¿No deberíamos haber entregado el ángel a la policía?

—Pues claro que hemos hecho bien —Esteban depositó la bandeja sobre el edredón—. Come un poco, anda.

—No tengo ninguna gana de comer. ¿Me crees ahora? ¿Ves como todo iba en serio?

Él tomó el ángel y recorrió con un dedo el suave camino que conducía de la sien a la rodilla: era un exacto duplicado del que había descubierto con la misma estupefacción en casa de Nuria unos días atrás, y hasta los símbolos que cubrían el pedestal parecían repetirse. Volvía el nombre, la letra hebrea, el extraño signo compuesto de muescas paralelas y simétricas, las dos palabras latinas y el reguero de términos griegos que no le costó traducir: *Os saludo, guardianes del Eje, sagrados y terribles capitanes, que dais impulso, bajo el poder de una orden única, al eje zodiacal en continuo movimiento del cielo...*

♈.AZAZËL. ⚕.HVMANAQVE.HOMINES.TESIDRV. AETAESME.IN.INSAENE.EVMPTE...

—El águila —anotó Alicia, pensativa—. Este ángel ocupa la plaza de la izquierda en el plano de Feltrinelli, la plaza oeste.

—Tú cómete eso —replicó Esteban señalando la bandeja—. Hay dos palabras latinas, pero el resto no sé en qué está escrito.

—No tengo hambre. De acuerdo, me beberé el zumo.

Seguramente debía de tratarse de un mensaje cifrado, de una especie de criptograma que el tal Feltrinelli, hereje ajusticiado hacía más de doscientos años, trataba de hacerles llegar a través del vehículo de una hermosa figura de bronce que a la vez podía presenciarse en el centro de una plaza sólo accesible en sueños. Pero si había cuatro ángeles, con cuatro colecciones alternativas de signos, el mensaje sólo podría reconstruirse reuniendo las

cuatro partes, confrontando las diferentes inscripciones por muy jeroglífica que pudiera resultar la
conclusión.

—¿Por qué me buscó ese hombre? —se repetía Alicia en voz alta—. Dime, por qué tuvo que
traerme a mí este ángel.

—Lo mismo da —Esteban le alcanzaba el
zumo—. Hay muchas preguntas: quién era ese
tipo, qué es este ángel, por qué tuvo que dártelo
a ti, sí, y sobre todo por qué lo mataron. Bebe.

Ella apuró el vaso y se echó en el edredón.

—Escucha —dijo Esteban—: Nadie debe
saber lo del ángel. Nadie, me entiendes. Esto será
un secreto entre tú y yo hasta que descubramos
qué es lo que ocurre. Ahora perdóname pero tendría que estar con mamá desde las diez y mira.

La mano de Alicia le apresó el brazo, rozó
suavemente con la palma el camino que conducía
hasta el hombro, lo atrajo hacia sí. De repente la
apremiaba la necesidad de tener a Esteban a su lado
para que algo no muriese, para que no se quebrara
el tenue filamento que servía de puente entre dos
sentimientos que tampoco podía identificar pero
que hasta aquella noche habían estado como deso-
rientados o hambrientos. Sabía que pagaría por lo
que iba a hacer, sabía que el precio de todo cuanto
siguiera a aquel gesto sería ese dolor antiguo ensuciado de ceniza regresando a la superficie como el
cadáver de un ahogado, ese cementerio de naves rotas que tendría que atravesar para alcanzar el otro lado, sin atascarse en ninguna balsa, sin encallar en
ningún casco y a pesar del cual Alicia separó los la-

bios porque sentía que una luz o una esponja le taponaba la boca, ascendió hasta el rostro de Esteban con la delicadeza de un reptil, le besó profundamente, oscuramente, rebañando su respiración para verterla en la opuesta, vaciándose. Luego Esteban la estrechó contra su garganta, la acarició, desenredó los cuatro cabellos díscolos que le interrumpían las mejillas. Volvió a besarla, devolviéndole algo que era parecido a la mordedura de una ardilla, se levantó, apagó la luz antes de dejar la habitación; cuando el pestillo de la puerta sonó en el recibidor, la noche de Alicia era un territorio deshabitado, hierba rala y sucia, alguna basura, huesos.

Para emerger del sueño tuvo que dar varias brazadas en el interior de la piscina de plasma negro, hasta salir a la superficie que más o menos coincidía con una precaria vigilia y donde por fin pudo respirar con todos los pulmones. Anduvo indecisa durante unos instantes por el reborde del sueño, haciendo funambulismo sobre el hilo que separaba aquel pantano oscuro y denso dejado atrás de la habitación de luz afelpada que sus ojos, sosteniendo con un esfuerzo agotador las pestañas en alto, no acababan de situar. Le tomó mucho trabajo, algo así como desprenderse de una mochila cargada de cascotes, entender que tenía que despertar definitivamente, concluir aquel equilibrismo bamboleante que amenazaba con volver a precipitarla en la piscina: un sonido en forma de serpiente, que se iba haciendo cada vez más nítido y mordiente, trataba de avisarla de que llamaban al timbre de la puerta. Se arrastró torpemente por el pasillo, sobrellevando el peso de su cuerpo más macizo y compacto ahora, cruzó el salón sin reconocerse en los bruscos movimientos de autómata de sus piernas. Las cejas de Joaquín y Marisa, que esperaban en el rellano, se curvaron como acueductos cuando presenciaron cómo el rostro de Alicia surgía de la puerta reducido a un trapo arremolinado.

—¿Estás bien, Alicia? —dijo Marisa con los ojos ocupándole media frente.

—No —un gruñido incierto brotó de los labios de Alicia—. Pasad, pasad, no vais a quedaros ahí fuera.

Aunque la cortina ocultaba la mitad del cielo, una manada de nubarrones del color de los elefantes flotaba sobre el balcón amenazando con una pronta tormenta. La inminencia de esas descargas, en que el aire se hacía pesado como si estuviese lastrado de granito, solía trastornar el carácter de Alicia, por lo que Marisa concluyó que la descomposición de su rostro respondía a una mera inconveniencia meteorológica. Con una especie de emergencia, Joaquín corrió a la cocina y se dedicó a dar portazos en las alacenas, mientras preguntaba dónde se guardaba el café. Una vez puesto al tanto, remojó urgentemente la cafetera y la cargó con un aluvión de polvo negro que hubiera servido para subir la tensión al pobre Tutankamón. Aquel instrumento de aluminio tostado empezaba a silbar y echar espumarajos cuando Joaquín puso delante de Alicia su paquete de Cohiba; ella aceptó un cigarrillo con la misma reticencia con que el niño toma las monedas de una persona mayor a cambio de su silencio u obediencia. Marisa, de vuelta al salón aspersor en mano, dedicó una misma mirada reprobatoria al humo que gravitaba algodonalmente sobre la lámpara y al aullido de la cafetera, que parecía ir a ponerse de repente en marcha, andén adelante.

—Eso es —bramó Marisa—, vosotros envenenaos aprovechando que yo riego las conibras. Acabad con vuestro corazón. Es el sexto que te fumas ya hoy.

—El cuarto —discrepó Joaquín supervisando que el café ascendía correctamente.

—Serás embustero. Después de tu solemne promesa de no pasar del medio paquete diario. Si es por tu bien, animal. Y además, precipitas también a esta chiquilla en el nefasto vicio.

—Pobrecita —Joaquín y Alicia canjearon una mirada de estoicismo; las facciones de ella parecían más repuestas.

—¿Qué es lo que te pasa? —dijo Marisa, al tiempo que sacaba frascos de una bolsa de plástico—. Tenías una carita cuando abriste que vaya, vaya.

Una mala noche, eso era todo. Por supuesto que el cadáver, los ángeles, la trama y los hilos que se entreveían imperfectamente por detrás de aquellas aristas atroces se quedaban en el morral, no podían confiarse tan alegremente. Llevaba dos o tres noches durmiendo con dificultad, se despertaba en medio de la madrugada con la boca barbechada por la sed, cuando conseguía dormir parecía que buceaba a través de un acuario poblado de manos y rostros. Por último, un sueño autoritario se apoderaba de ella, la aplastaba, la dejaba exhausta e indefensa sobre la almohada y la obligaba a dormir inmisericordemente hasta que, a la hora de despertar, no sabía en qué punto del ciclo rotatorio de días y noches había vuelto a abrir los ojos. Parecía que Marisa estaba esperando tan sólo la señal del informe sobre el estado de salud de Alicia para mostrar con ademán de triunfo sus botes; un gruñido de resignación huyó de la boca de Joaquín mientras repartía el café en dos tazas.

—Mira, te viene que ni pintado lo que te he traído —las ajorcas de madera negra hicieron un ruido de sonajero en las muñecas de Marisa—. El otro día, después de verte, me acordé en el herborista de lo de tus problemas con el sueño y te compré algo que te podría venir muy bien. Toma el bote. Hierves agua, le echas hierbaluisa en forma de infusión y un poquito de romero. Y esas semillitas que te he dado.

—¿Qué son? —Alicia aceptó el frasco de cristal, lleno de perdigones negros.

—La purga de Benito —sugirió Joaquín, achicharrándose instantáneamente con el café.

—Imbécil —Marisa ensayó una fugaz mirada de tigre—. Se llama Palma del Príncipe, y es muy buena para relajar las tensiones y los nervios. Mucho más sano y natural que toda esa porquería que te ha mandado Mamen, seguro. Porque es eso lo que tomas, ¿no?

—Sí —respondió Alicia como una alumna obediente—, aparte de un poco de zumo que me trae la vecina.

—Hablé ayer con Mamen —Marisa pareció corregir la entonación de la voz—. Está en Barcelona, ¿no? Fue ella la que me dijo que estabas de baja, que me pasara a echarte un vistazo, a ver cómo andabas. Hay que cuidar a la niñita, no se nos ponga más malita. Espera, acaba de beberte el café y ahora hablas. ¿Qué me quieres decir?

—¿Estuviste anteayer aquí? —resopló Alicia con la lengua hecha carbón.

—¿Anteayer? No.

—Ni te pusiste una peluca roja ni nada, claro.

—Claro —los ojos de Marisa, de par en par, trataban de detectar la guasa—. No, el carnaval es en febrero, ¿no? Y puedes ver que mi pelo sigue siendo negro. Una cana que otra, eso sí.

—La vecina, la vieja, debe haberte confundido con otra persona. Se enteraría mal. Dice que estuvo anteayer aquí una mujer llamada Marisa que tenía el pelo rojo.

—Dios mío, la vejez es algo atroz —entonó quejumbrosamente Joaquín, compungido también por su irrefrenable calvicie—. Vete tú a saber si era rubia.

—Bueno, sí, de vista tampoco anda muy fina —Alicia sonrió con una sonrisa fea—. Pero la historia del pelo rojo es extraña.

—¿Tu vecina la vieja del zumo? —los ojos de Marisa reflexionaron—. A ella no la conozco.

Al marido sí, he hablado con él en alguna ocasión, de antigüedades. Don Blas, ¿no se llama así?

La pelirroja misteriosa dejó paso, luego de estrenar otros dos Cohiba con la retirada respiratoria de Marisa a la puerta de la cocina, a la inefable Asia Ferrer, especialista en cartomancia, oniromancia, etcétera, a la que inexplicablemente Alicia todavía no había recurrido. Intentando sortear de la manera más desenvuelta posible la obligación de la consulta, Alicia prometió que iría, bebió lo que quedaba de café y expuso tras el humo del cigarrillo las inconveniencias de tiempo, ocupaciones, inseguridad. Marisa no quería oír hablar de nada de eso; su adivina, que también despertó las apostillas irreverentes de Joaquín, merecía más crédito que muchos de esos facultativos que se escudaban detrás de la placa para perpetrar los despropósitos de sus diagnósticos. Volvía a repetirle que el sueño es una especie de despensa de energía que podía servir de combustible a muchas de las funciones del alma, y que sus atascos e interferencias toleraban explicaciones que harían luz sobre los desarreglos anímicos que podían atormentarla: la gente con un conveniente entrenamiento era capaz de asaltar esa despensa y distribuirla a su modo, corrigiendo la trayectoria de sus sueños, de manera que la visita a Asia Ferrer sólo podía reportarle beneficios. Repetido didácticamente lo cual, Marisa se retiró al excusado, muy solicitada por el pipí.

—Está pasando una mala racha —dijo Joaquín a Alicia cuando los dos estuvieron solos—.

Es otra vez lo del jodido niño, también ella se despierta por las noches y llora o se pone a pensar. También ella se está metiendo otro bote de esa leche del Príncipe. No creo que le sirva de mucho, pero mientras la calme un poco.

La manera que tenía Marisa de responder a los acosos de su angustia era este contraataque, esta consagración rabiosa a la religión de la botánica y los horóscopos, como si ese museo de raíces, hojas nervadas y conjunciones entre astros reducidos a animales mitológicos sirviera para sustraerla de la densidad y el prosaísmo de un mundo mucho más pedestre y más molesto, de este mundo de burocracias cotidianas donde toda desilusión era insidiosa como una mosca en la sopa. Alicia envidió esa facultad de Marisa, la de poder alzar el vuelo apenas las cosas se hicieran demasiado incómodas en la Tierra, porque en las alturas la vida podía ser más habitable y oxigenada; la habría seguido envidiando tanto de no ser porque Joaquín le dirigía ahora una pregunta sobre no sabía qué microondas, Marisa regresaba y prohibía más cigarrillos y ella comenzaba a sentir otra vez esa sobrecarga en sus pensamientos, ese peso de plomo y niebla arrastrándola hacia abajo, hacia la piscina opaca que tenía que combatir poniéndose en pie y proponiendo otro café, ante la boca abierta de Marisa que vaticinaba que acabaría reventada y con el corazón como una manzana podrida, no podía ser tanto café, tanto café.

El inspector Gálvez destapó dos sobres y una avalancha de papeles y fotografías se derribó sobre el buró, ocultando las grapadoras y los bolígrafos. Una camisa demasiado ajustada estrangulaba su torso y le impedía desenvolverse con la soltura necesaria, de modo que sus movimientos tenían algo del comportamiento inverosímil de los autómatas. Mientras recorría un par de documentos marcados con sellos, ofreció neutralmente el paquete de Winston, que Esteban y Alicia declinaron con la mano. A la derecha, un secretario les ametrallaba rabiosamente con la máquina de escribir.

—Este individuo —el inspector mostró la fotografía del muerto del bigote— respondía al nombre de Pedro Luis Benlliure Gutiérrez, tenía cuarenta y ocho años y estaba domiciliado en Barcelona. Casado y con tres hijos, que todavía no dan crédito a lo ocurrido. Su mujer ha declarado que venía a Sevilla simplemente a cerrar un negocio. ¿Creen ustedes que su visita podría ocultar algún otro motivo?

—Quizá una querida —aventuró Esteban.

—Quizá —respondió el inspector desde una sonrisa rígida—. Aunque habría venido un poquito lejos a buscársela, ¿no le parece? ¿Y si estuviera aquí para verles a ustedes y por un imprevisto acabó desangrándose en el portal de la señorita?

—Gracias por lo de señorita —irrumpió Alicia—, pero soy señora. O lo era.

Con sus manazas de carnicero distraídas en remover papeles, el inspector Gálvez escudriñó el rostro mustio de Alicia, parapetado tras las gafas de sol. No hacía día para gafas de sol, desde luego, con la que estaba cayendo. La percusión de la lluvia sobre el tejado de uralita de la comisaría se confundía con el tableteo de la máquina de escribir, que el secretario seguía disparando en una mesa de la derecha.

—El señor Benlliure se alojaba en el hotel Inglaterra —prosiguió el inspector—, donde ocupaba una habitación simple desde el pasado martes. Es decir, que llevaba en Sevilla casi una semana. El conserje del hotel testifica que efectuó numerosas llamadas telefónicas desde la habitación, y que también recibió varias. Solía llamarle una mujer.

—¿Ve usted? —Esteban resopló—. La querida, está clarísimo.

—Cállese —dictó ásperamente el inspector Gálvez—. Esa mujer podría haber sido perfectamente usted, señora: de momento, es la única persona que podemos vincular a Benlliure en Sevilla. ¿Qué hacía ese hombre en su portal? Usted testificó que llamó a su número por el portero automático.

—Se lo expliqué ayer —Alicia recurría a un Ducados—. Se equivocó de domicilio.

El inspector tenía un modo de mirar que trataba infructuosamente de ser penetrante, y con el que suponía que intimidaba a los interrogados o les sugería que la acerada inteligencia que ocultaban sus pupilas terminaría por desenmascararlos. Esa mirada se derramó sobre Alicia sin que ella sintiese la más mínima inquietud.

—Les he dicho que Benlliure dijo a su mujer que venía a Sevilla a concluir un negocio —el inspector consultaba sus informes—, algo en lo que trabajaba desde hace cosa de un mes y que estaba relacionado con una mercancía importante. ¿Tienen ustedes algo que ver con el mundo de la ropavejería?

—¿Usted qué cree? —replicó Esteban.

—¿Era ropavejero? —terció Alicia, deslizando las gafas sobre la nariz el espacio justo para que una mirada verde y hemisférica cayese sobre el inspector Gálvez.

—Sí, ropavejero, quincallero, anticuario, un poco de todo. Comerciaba con cosas viejas: desde chaquetas usadas hasta consolas del siglo pasado con las patas rotas. Todo suprema calidad, insiste su mujer. ¿Les dice algo?

Alicia y Esteban negaron al unísono.

—El equipaje que Benlliure guardaba en el hotel era corriente —el Winston ardía entre los dedos amarillentos del inspector—: Camisas, corbatas, alguna novela policíaca, pastillas para la úlcera. Todo muy normal, si no fuese por la caja. Una caja de poco menos de medio metro, así —colocó la mano casi a la altura de la lámpara—. Benlliure debió de traer algo de valor embalado en esa caja, porque estaba reforzada con caucho y telas. Supongo que naturalmente ustedes no tendrán ni idea de lo que pudo guardar dentro.

—Supone bien —respondió Alicia roncamente.

—Y por supuesto, tampoco sabrán nada de la marca.

La mano grosera del inspector les tendió una fotografía donde figuraba un antebrazo: poco más arriba de la muñeca se dibujaba una pequeña herida cuyo contorno recordaba lejanamente dos tes divididas por un eje de simetría. De la boca de Alicia emergió un suspiro que parecía afluir desde zonas muy remotas de su respiración o su cansancio. Esteban observó herméticamente la fotografía durante unos minutos; luego se la devolvió al inspector.

—La herida es reciente. El forense ha dictaminado que tuvo que producirse en la hora inmediatamente anterior a la muerte. Fíjense bien, ha sido hecha a propio intento, buscando trazar ese dibujo. ¿Qué curioso, verdad?

—Muy curioso —reconoció Esteban, con los ojos abstraídos en un lápiz.

Las manos adiposas del inspector Gálvez se ensamblaron sobre el buró, componiendo una cosa que recordaba repugnantemente a un cochino degollado. Encogió los hombros, hizo una señal de rendición con la cabeza.

—Miren, no tenemos indicios para involucrarles en el asesinato de ese hombre. Entre otras cosas, no ha aparecido la Walter PPK que usaron para matarlo, y diversos testigos han coincidido en afirmar que antes de que ustedes lo recogieran se hallaba aplastado contra el portal, como si estuviera borracho, por lo que parece demostrado que llegó herido hasta allí.

—¿Entonces? —dijo Esteban.

—Ustedes se creen que me chupo el dedo. Sé que no mataron a ese hombre, pero también me doy perfectamente cuenta de que están al tanto de muchas cosas que prefieren callarse. Allá ustedes. Luego apechugarán con las consecuencias. Nos veremos.

Atravesaron la plaza de la Gavidia en un estrecho resquicio entre dos chaparrones que concluyó en cuanto empujaron la puerta de la cafetería. Mientras esperaban el café y el anís, Alicia se desembarazó de las gafas negras para dejar al descubierto un rostro aplanado e inerte que tenía algo de la opacidad de un visaje de marioneta; a Esteban le pareció hallarse en la presencia de un sucedáneo depauperado de la persona a la que conocía.

—¿Qué te pasa? Tienes una cara que da miedo.

—No lo sé —contestó ella con una torpeza que no le era propia—. No sé, Esteban. Tengo mucho, muchísimo sueño. Me cuesta pensar con claridad. Cada vez que me detengo tengo la impresión de que voy a dormirme.

—Bueno, verás qué bien te sienta el café.

También pidieron croissants. Esteban sostenía el cigarrillo encendido entre los dedos al tiempo que balanceaba su taza del plato a la boca para derramar meticulosamente el café sobre la servilleta de papel, el paquete de Fortuna, la manga del jersey —me cago en la leche, etcétera—. Con preocupación, comprobó que Alicia podía seguir sólo dificultosamente su conversación, y que a intervalos trazaba alarmantes espirales con la cabeza que amenazaban con desplomarla contra el velador, si no se aplicaba el rápido contrafuerte de una mano en el hombro. Ella aceptó el consejo de mojarse un poco las sienes y la nuca, y de regreso, con los rasgos algo más suavizados y una voz menos sucia, inquirió:

—Era el mismo signo, ¿verdad?

—¿El del antebrazo? —Esteban ahogaba el croissant en el café—. Sí, claro, era el mismo. El mismo del pedestal.

La mano de Alicia prendió apresuradamente un Ducados: parecía haberse desatascado y volvía a ser la criatura vigilante y huidiza de siempre. Afuera la lluvia castigaba a latigazos a los escasos transeúntes que huían en busca de portales.

—Anoche miré la enciclopedia —dijo Esteban—. No he descubierto lo que puede significar ese signo, pero la letra hebrea no es difícil de identificar. Se llama *tet* y se pronuncia *t,* lo cual no aclara mucho.

—¿Has averiguado algo sobre el texto?

—¿El que está detrás de las dos palabras en latín? —él estrujaba el paquete de Fortuna—. No tengo la más mínima idea. No he visto nada parecido en mi vida; a mí me recuerda a alguno de esos galimatías de Tolkien o de Lovecraft: *rlyeh Ctulhu klö Yog-Sothot,* etcétera. Siempre me he preguntado cómo coño se pronunciaba eso.

—Simpática apreciación.

—¿Verdad? En cuanto al griego, no ofrecía mucha dificultad. Me he hartado de traducir cosas de la misma clase durante los cinco años de carrera: vulgar *koiné* helenística adulterada con interpolaciones latinas y hebreas, siglo IV a lo sumo. Es un encantamiento estándar de los que se usaban en el bajo imperio romano para invocar divinidades menores y demonios.

—Volvemos al infierno —el humo del cigarrillo de Alicia se trenzaba fabricando rostros.

—No sabes hasta qué punto. Azazël, enciclopedia *dixit*, fue uno de los ángeles rebeldes que, comandados por Lucifer, se enfrentaron al gobierno de Yahvé antes de que el mundo fuese creado. Según el apócrifo *Libro de Enoch*, Azazël fue príncipe de los *egregón*, los vigilantes, capitanes de los ángeles insurgentes, que descendieron en número de doscientos sobre el monte Hermón para aparearse con las Hijas de los Hombres. De su unión nacieron los monstruosos gigantes, que serían exterminados por los arcángeles Rafael y Miguel, y de cuyos huesos surgirían después más demonios.

Por un momento el agotamiento volvió a oscurecer la decisión de Alicia, arrancándole una exhalación y colocándola en el vértice de un largo eje de túneles, de una vegetación infinita de subterráneos y galerías que desembocaban en una unánime barrera negra. Mamen le había repetido muy severamente que se desentendiera de toda aquella cábala de la ciudad y de sus epítomes, que se esforzara por vencer la gravitación que pretendía atraparla de aquel lado, que el paulatino regreso a una vida saludable y corriente pasaba inexcusablemente por la abrogación de esas obsesiones. Y aunque ella deseaba con todas sus fuerzas abandonar aquella emboscada de charadas y símbolos, aunque se debatía por saltar la alambrada o alcanzar la ribera opuesta, hallaba que estaba demasiado involucrada en el enigma, en ese acertijo extravagante manchado de sangre, que huir de la ciudad de madera poblada de espaldas se había convertido en una aspiración tan inútil como acabar de sepultar definitivamente los cadáveres de Pablo y Rosa. Esa certeza la angustió, le rodeó la garganta con un collar de eslabones negros: no entendía por qué tenía que luchar para encontrar la clave, para tener la solución en los dedos si la memoria iba a perseguirla hasta aquel extremo del camino, si la memoria continuaría aguijoneándola a la salida, sin permitirla resollar. Tenía otra vez sueño, mucho sueño.

—¿Estás bien? —la mano de Esteban era un apósito frío en la mejilla de ella—. ¿Otra vez tienes sueño?

—Sí —respondió Alicia con una voz en zigzag—. No sé qué me pasa, pero desde hace dos días estoy que me caigo. Cuanto más duermo, más quiero dormir. Y lo poco que paso despierta estoy así, como muerta.

Él tomó lentamente otro cigarrillo. Su forma de mirar a la mesa, escurriéndose cobardemente de cuando en cuando hacia la cristalera donde seguía celebrándose la aparatosa ceremonia de la lluvia, hubiera servido a cualquiera para entender que había algo que Esteban tenía que decir, algo importante que había que poner sobre el café y los croissants pero que por algún motivo se atascaba incómodamente a la altura de su garganta. Esperó a saborear la primera calada del cigarro para aporrear inquieto con los dedos el borde del plato, e inaugurar su confesión con una despreocupación que no sentía.

—Alicia, he estado dándole vueltas a todo esto —farfulló.

—¿A qué?

—A lo del ángel, a toda esta historia —parecía sinceramente acongojado—. Debo reconocer que al principio no te creía demasiado, que después de la historia del accidente y demás, que Mamen, tú sabes.

—Bueno —Alicia decidió con un gesto que prescindiera de ese tipo de preámbulos.

—Sí, bueno —la garganta de Esteban tragó piedras, muchas piedras—. Escucha con atención, con mucha atención. Sé que no debería preguntarte lo que te voy a preguntar, que mi ángel de la guarda me perdone. ¿Tú no ves demasiadas casualidades en esto?

—¿En qué?

—En la historia del ángel. ¿No has pensado nunca en la posibilidad de una trampa? —Esteban parecía rodear los aledaños de una palabra sin atreverse a invocarla—. ¿Una especie de conspiración?

—No —mintió Alicia—. ¿Una conspiración? ¿Contra mí? ¿Por qué?

—No sé —Esteban bajó la vista y la dirigió hacia el cigarrillo que sostenía en la mano: la ceniza conquistaba pacientemente el indefenso cilindro de papel—. Me horroriza oírme decir esto: me has contagiado la neurosis. Bueno, yo me he dedicado a juntar pistas y me he dado cuenta de una serie de cosas que tú pareces no plantearte. Claro que la más importante de las pistas no la conoces, con lo cual. Bueno, es culpa mía. Alicia, prométeme que no te vas a enfadar.

Claro que se lo prometió, pero no sirvió de mucho. Entre voces y estentóreos guantazos sobre la mesa para que los platos y las tazas repicaran al unísono, Alicia se preguntó, previos adjetivos poco obsequiosos, por qué seguía perdiendo el tiempo con un compañero de pesquisas como él si cualquier quinqui de la puta calle podía ofrecerle más garantías de sinceridad y, en consecuencia, facilitar una investigación más cooperativa, lo cual podía ser sinónimo también de más fructífera. Hasta que no se enfrió la sangre que le bloqueaba las arterias de las sienes y le hacía seguir estrellando el mechero en la mesa de la cafetería y atraer la amonestación circunspecta del camarero —señorita, si no es usted capaz de moderarse—, no fue capaz de entrever con un poco de claridad el significado de lo que Esteban acababa de desvelarle: el ángel en casa de Nuria.

—Cabrón —volvió a ladrar—. No tuviste tiempo.

—Lo siento —repitió Esteban por enésima vez, acorralado contra la feroz batería de insultos—. Pero escucha, ¿qué hace ese ángel ahí?

—¿En casa de Nuria? —Alicia seguía mirando de reojo, sin saber por qué continuaba la conversación—. Es lógico, ¿te acuerdas de que ella es restauradora, canalla?

—¿A quién pertenece la pieza? No quiso decírmelo. La tiene allí, detrás del horno, como escondida.

—Pero ¿qué quieres decir? Pareces un pollito que se atraganta con el alpiste, pobrecito mío.

Se merecía toda la maldad de Alicia, todo el veneno en que había ido macerando cada insulto, el dolor salvífico de esos golpes en su desangrada conciencia. Casi agradecía la bendición de esa rabia desplomándose sobre él, sobre sus hombros vergonzosamente inclinados contra la borra de café y las colillas, porque tenía algo de ritual de eximencia, de pago, de higiene mediante el castigo: cada flagelo hundiéndose en la piel de su orgullo compensaba aquellos ruegos nunca lo suficientemente purgados sobre el futuro de Pablo, sobre el amor de Alicia que ahora le odiaba ruidosamente, con toda su saliva y su bilis, como para restablecer un previo y vulnerado equilibrio.

—Quiero decir —retomó Esteban con una voz que temía salir del paladar—, bueno. Toda esta historia es lo bastante disparatada como para que ninguna hipótesis tenga que ser descartada, en principio. ¿Desde cuándo tienes sueño? Me refiero a ese sueño que te da de repente.

—No sé —el cambio tajante de tema despistó a Alicia—. Yo qué sé, dos, tres días.

—¿Desde cuándo bebes el zumo que te lleva Lourdes?

Una fogarada verde iluminó las pupilas de ella.

—Vale, desde hace lo mismo —reconoció con una sonrisa en forma de grieta—. Eso significa que Lourdes pertenece a la conspiración, ¿no?

—Me has contado que últimamente tus sueños de la ciudad son más borrosos. ¿Desde cuándo?

—Desde hace tres o cuatro días —respondió Alicia con consternación.

—Ya —Esteban no se atrevía a sonreír—. Qué casualidad, ¿no?

—Puede ser por las pastillas de Mamen —repuso ella atropelladamente—. Me ha subido la dosis.

—Sí, claro. Sigue atando cabos. Esos vecinos tuyos, los que dan tanto la lata con los golpes, los de arriba. ¿Desde cuándo están ahí?

—Pues no sé —Alicia se sentía la invitada atónita que asiste a un espectáculo de ilusionismo—. Tres semanas, o por ahí.

—¿No es la misma fecha en que comenzaste a soñar con la ciudad?

Ahora el ceño de Alicia componía un ángulo recto que se hundía hacia el centro de la frente.

—Ya —gruñó—. *La semilla del Diablo*, ¿no es eso?

—Cuenta —Esteban extendía la mano izquierda y repasaba dedo a dedo—. Unos desconocidos a los que molesta mucho el ruido que hagas pero que no van a enfadarse si hablas más alto de la cuenta. ¿Oído puesto? Quién sabe. Una solícita ancianita que te da un brebaje para que se te borre una ciudad con la que sueñas, conforme vas descubriendo más cosas sobre ella. Una vecina que esconde un ángel que se parece mucho al que figura en tus sueños. Las dos que de repente saben que estás de baja sin que nadie se lo haya dicho. ¿Radar? Un extraño con el que también sueñas y que aparece muerto en tu edificio, edificio que, curiosamente, coincide con el de todos esos extravagantes personajes. ¿Qué te sugiere?

—Que eres imbécil —Alicia rastreaba en el monedero—. Además, tengo sueño y ganas de irme.

—Mira —los dedos de Esteban resbalaron hasta la muñeca de ella—, vamos a volver a casa y tú vas a acostarte un poquito, a ver qué tal te sienta. Yo sacaré el ángel del trastero y lo llevaré a un anticuario que conozco, a ver si por lo menos puede darnos una pista del autor o la fecha en que fue fundido.

—¿Un anticuario?

—El que está enfrente de la relojería donde suelo ir. A veces me paro a mirar el escaparate. Marisa lo conoce, es un antiguo amigo suyo de no sé qué cosa. Él nos podría orientar un poco, quizá hacer luz sobre la procedencia de la estatua. A lo mejor no es más que un ripio o una broma, te imaginas.

—Una broma por la que matan a gente a pistoletazos —repuso Alicia, fúnebre.

La lluvia había decidido un leve paréntesis; aprovechando el intermedio, la gente se arrojaba a la calle para ensuciarse en los charcos o descifrar sus relojes a la luz velada que permitían los nubarrones. Una vasta marea de alquitrán infectaba el cielo procedente del este.

Antes de cruzar el umbral, Esteban advirtió que el pobre Adriano desportillado del escaparate había sido sustituido en lo alto del pedestal por una repelente señoritinga con sombrero de lazos, que giraba el cuello de porcelana hacia la vetusta esfera armilar que reposaba debajo con un gesto estudiado de desdén o indiferencia. A pesar del tintineo de la campanita que temblaba sobre la puerta, nadie salió a recibirle, y Esteban pudo extraviarse deliciosamente entre tapices con unicornios, servicios de té sobre cuyas bandejas sucedían cacerías, palanganas y aguamaniles, armaduras amputadas, cajitas difusamente orientales que contenían mariposas de estaño. Sus ojos se perdían fascinados en el interior de un camafeo celeste donde se retrataba una escena erótica, cuando una tos falsa le avisó de que el dependiente estaba allí: un individuo de aspecto varonil, incluido en un impecable traje azul del que sobresalía un pañuelo, le observaba desde el mostrador.

—Buenas tardes —recitó el hombre—. ¿Puedo serle de alguna ayuda?

El dependiente sostenía beatíficamente su mirada, extendiendo las palmas contra el mostrador de ébano, soportado por dos columnas espirales. Esteban colocó el paquete sobre una silla de tapicería amaranta y soltó con lentitud los cordones; el hombre comenzaba a taladrarle con unos ojos en los que el estupor se entreveraba de un modo poco prometedor con la impaciencia.

—Quería consultarle acerca de un objeto —explicaba Esteban atascándose en los nudos—. He acudido a usted porque tenemos amigos comunes, Marisa Gordillo.

—Marisa Gordillo —silabeó el hombre trazando una elocuente sonrisa, pero sin relajar su rigidez—. Por supuesto. ¿Qué tal anda?

—Bien, que yo sepa —Esteban daba el trámite por concluido—. Mire. Se trata de un recuerdo de familia.

Con un ademán mecánico, el hombre se inclinó sobre el mostrador; sus sentidos parecían mantenerse en alerta, como esperando sorprender un sonido fuera de lugar o un súbito movimiento que delatara a un espía oculto entre la muchedumbre de maderas y metales viejos que ocupaba la tienda. La frazada dejó al descubierto una elegante cabeza de bronce, que volcaba el rostro hacia la izquierda para que un viento inverosímil le revolviera románticamente la melena. El dependiente no descendió de su actitud de educada suspicacia hasta que vio cómo las alas iban quedando desnudas y el pequeño águila de la peana asomaba un pico fiero y gris, con ese brillo ahogado de las monedas viejas. Algún comentario debió atragantársele a la altura de la nuez, algo seguramente vinculado a ese modo entre espantado y atónito que tenía de mirar la figura y que decidió que era mejor guardarse en los pulmones, por no revelar demasiado interés. De manera que cuando Esteban empujó el ángel hacia su vientre, surcado por una potente cincha con hebilla dorada, el hombre se limitó a examinar el man-

to y la cabellera con una especie de desapego clíni-
co, como el cirujano que tiene que lidiar con una
rutinaria apendicitis.

—¿De dónde ha sacado esto? —dijo volviendo el ángel de espaldas.

—Es un recuerdo de familia —repitió Esteban con cara de desentendido.

—Debe de tener usted una familia pudien-
te —en la boca del hombre se trazó una sonrisa
amorfa y embustera—. Pero en fin, si no se trata
de una familia demasiado próxima y usted no le ha
tomado excesivo cariño, yo podría proponerle una
oferta interesante.

—No, no me interesa venderlo.

—Piénseselo.

La cabeza de Esteban giraba a un lado y a
otro refrendando la negativa mientras su mano,
de una forma casi instintiva, trataba de asir la peana por los bordes: no le gustaba el modo en que la
figura se alejaba a lo largo del mostrador para terminar arropándose en el vientre del hombre, que
la apretaba con una inquietante ferocidad. La oferta
brotó de los mismos labios tres, cuatro veces, au-
mentando el número de decenas y centenas, sin que
la cabeza de Esteban quisiese parar de rotar. Por
último el hombre pronunció un suspiro y devolvió el ángel al centro del mostrador, a ese espacio
neutral donde parecía que su codicia no podría
atraparlo. Entonces Esteban reparó en que la última cifra le daba vértigo.

—¿Vale tanto? —preguntó con un parpadeo.

El dependiente se limitó a señalarle un punto de la espalda de la figura, allí donde el omóplato
se bifurcaba y nacían las dos alas como las palmas
de una datilera. Había grabada una letra, una especie de ene invertida que Esteban estudió con las yemas de los dedos. Luego volvió los ojos a la cara del
hombre, con gesto de oír hablar en otro idioma.

·ΙΑ·

—Es el monograma de Inácio da Alpiarça
—explicó el anticuario como mirándole desde lo
alto de una torre—. ¿Sabe quién es?

—Vagamente.

—No debe saberlo —la sonrisa apretó los
ojos del hombre hasta reducirlos a dos aspilleras—.
De lo contrario, no tendría dudas sobre el valor de
la pieza. Inácio da Alpiarça fue un fundidor portugués del siglo XVIII que puede compararse, sin
modestia, con los grandes maestros italianos del Renacimiento y del Barroco. Fíjese qué acabado —la
mano recorría los brazos del ángel en un demorado
éxtasis—. El bronce parece latir, está vivo. Fíjese
qué pulido. La piel es tan suave como el culito de
un bebé.

—Sí, bueno —repuso Esteban, indiferente.

—Esta pieza se encuentra oficialmente perdida —los ojos del hombre cobraron de súbito una
fiereza amenazante—. De los cuatro del grupo, sólo
dos estaban registrados en los catálogos. Los cuatro ángeles, quiero decir.

—Es un recuerdo de familia —insistió Esteban con tozudez—. ¿Qué sabe del autor?

El dependiente se corrigió el pañuelo de la americana de forma que trazase un pequeño triángulo sobre el bolsillo: estaba orgulloso de su prestancia.

—La vida de Da Alpiarça es interesante: digna de un folletín del siglo pasado. ¿Qué conoce usted?

—Tenía amistades en Italia —contestó maquinalmente Esteban.

—Estudió allí —dijo el hombre—. He tenido oportunidad de vender algunas piezas de Da Alpiarça en un par de ocasiones. Vulgares cubiertos, nada como esto, desde luego.

—Entonces parece que he acudido a la persona indicada.

—Sí —la voz del hombre estaba perfectamente desprovista de entusiasmo—. Pasó en Roma cinco o seis años de su juventud, aprendiendo con diversos instructores, trabajando esporádicamente para el Papa. Tenía fama de juerguista, bebedor, putañero. En los años cuarenta o cincuenta volvió a Portugal e ingresó en la famosa escuela de escultura de Mafra, dirigida por el italiano Alessandro Giusti, donde no tardó en convertirse en un maestro. Ganó fama y fortuna: fue nombrado escultor oficial del rey José I, recibía encargos de nobles de toda Europa; despilfarró cuanto pudo, se compró cuatro palacios dentro y fuera de Lisboa, incluso se costeó un zoológico particular en el que quería encerrar un rinoceronte. Le obsesionaba el rinoceronte. Los cuadernos de pruebas de Da Alpiarça están llenos de rinocerontes, animales monstruosos que tienen más que ver con faunas extraterrestres que con ese paquidermo pacífico que aparece en los documentales. Le prometieron un rinoceronte. Lo traerían de Asia: el viaje era costoso, y la manutención de la criatura exigía cantidades astronómicas. Para sufragar el traslado, Da Alpiarça aceptó del rey un encargo digno de titanes; decoraría la basílica de Mafra con estatuas gigantes de los doce patriarcas de Israel. Consumió en la mitad de esa obra la poca juventud que le quedaba, pero tuvo su rinoceronte. Lo mimaba como a un niño, lo limpiaba él mismo, le traía perfumes y sedas de su remoto oriente. Lo veía en sueños.

—¿Terminó las estatuas de Mafra? —inquirió Esteban con prisa mal encubierta.

—No —dijo el anticuario—. Una noche, Da Alpiarça tuvo un sueño; vio un rinoceronte de bronce en medio de una plaza, vio que el rinoceronte se derretía hasta no dejar en el suelo más que una masa gris y espesa. A la mañana siguiente, su rinoceronte, el que trajeron de Asia expresamente para él, había enfermado. Convocó a curanderos, veterinarios, cirujanos: ninguno de ellos pudo vencer la fiebre que derrumbaba al animal en su establo, comido por las heces y los vómitos. Da Alpiarça estaba desesperado. Buscó la sanación en las iglesias, sufragó misas pronunciadas por obispos, peregrinó a Compostela; el rinoceronte no mejoró.

—Una obsesión curiosa —observó Esteban tontamente, como para demostrar que seguía escuchando.

—Sí —la voz del hombre se había vuelto escurridiza y oscura—. Perdida la confianza en Dios, pidió ayuda a la competencia. Tomó contacto con una secta ocultista que celebraba aquelarres y misas negras en Lisboa y destruyó los dos patriarcas que acababa de fundir. Del bronce de uno de ellos fabricó los cuatro ángeles.

—¿Para qué? —Esteban miraba de soslayo a la figura que aguardaba sobre el mostrador: también ella parecía atender en silencio.

—No está demasiado claro —el hombre hizo un gesto de exoneración—. Seguramente estaba vinculado a algún tipo de ritual, pero no puedo decírselo. ¿Ve los signos de la peana? Deben poseer algún significado.

Los dos pares de ojos recorrieron pacientemente la circunferencia del pedestal, cruzando la letra hebrea y el extraño signo compuesto de líneas, naufragando en el largo e incomprensible versículo que precedía al texto griego: *Hvmanaqve homines tesidrv aetaesme in insaene evmpte...* Luego las dos miradas se encontraron: Esteban reconoció en las pupilas del hombre que aún le restaba energía para pelear por aquella reliquia traspapelada que la marea de las coincidencias había arrastrado hasta su propia tienda. No podía dejar huir una oportunidad de esa envergadura.

—¿Está seguro? —dijo el anticuario con amabilidad ortopédica, volviendo a señalar el ángel—.

Le ruego que reconsidere su decisión, aunque sea sólo por las amistades que tenemos en común.

—¿Qué ocurrió con el rinoceronte? —respondió Esteban.

Una exhalación de desánimo hizo trepidar los labios del anticuario.

—Nunca sanó —espiró—. El famoso terremoto de Lisboa atrapó a Da Alpiarça en mitad de una siniestra celebración cuyos pormenores no han quedado registrados, y que parecía tener como centro a una mujer que oficiaba de sacerdotisa. El edificio en que se reunían los acólitos fue aplastado por los temblores, pero él logró escapar con otro hombre, un italiano.

—Achille Feltrinelli —apuntó Esteban.

—Sí —los ojos del anticuario crecieron hasta orillarle las mejillas—. Veo que lo conoce: un bandido que sería quemado en Venecia pocos años más tarde. Cuando llegó a casa, Da Alpiarça descubrió con horror que el terremoto había derribado el establo y que su rinoceronte había muerto sepultado por los escombros. Según unas versiones, se suicidó a continuación; según otras, murió en el incendio que asoló la ciudad durante los tres días siguientes. Nadie conocía la existencia de los ángeles hasta que, a mediados del siglo pasado, un coleccionista francés volvió a reunirlos. Su historia, desde entonces, es confusa; han cambiado constantemente de manos y se han perdido en diversas ocasiones. La última vez que estuvieron juntos fue en Berlín, en el cuarenta y cinco: la toma de la ciudad por las tropas aliadas volvió a disgregarlos.

Se sabe que uno de ellos fue destruido. Aguarde un momento.

El hombre se introdujo en la trastienda con el índice congelado en una especie de señal de advertencia. Rodeando una colección de apóstoles con óxido, Esteban alcanzó la zona posterior del escaparate: se divisaba la esfera armilar, la alfombra impresa con un vago elefante en combate, la nuca de la señorita de los lazos que al trasluz de la calle ganaba en encanto. Afuera, animada por una tarde de color pardo que parecía un breve armisticio entre chaparrones, la gente rebullía en las aceras, orbitaba alrededor de los quioscos, desaparecía tras las vitrinas repletas de tartas de las confiterías. Esteban deseó fumar, pero comprendió que no era lo más indicado para la salud de aquellas cosas viejas y venerables. Oyó que el hombre había vuelto al mostrador; un enorme volumen infolio acaparaba sus brazos. Las manos revolotearon por las páginas del libro hasta detenerse en un punto: la mirada de Esteban se derramó sobre una apretada tipografía a tres columnas, salpicada por alguna fotografía en blanco y negro que poseía la sucia nebulosidad del carboncillo; en una de ellas se retrataba a un ángel con el pie torcido. Leyó la cascada de palabras que nacía al pie de la ilustración.

Inácio da Alpiarça (1709-1754): Ángel (1753?). Bronce y madera de abedul con incisiones en plata, 47 x 3 x 28 (envergadura

de las alas) X 19 (diámetro de la peana) cm.
Monograma: IA. Destruido.

Último de la serie de cuatro ángeles que, según la leyenda, el autor fundió el año previo a su muerte para el italiano Achille
Feltrinelli, que residió en Lisboa por espacio
de seis meses. Se trata de un convencional
ángel barroco de escuela española, vestido
con túnica y sandalias, con un toro a los
pies y el tobillo derecho torcido, lo que ha
sugerido su conexión con cultos satánicos
(Lucifer quedó cojo al caer del paraíso al infierno). El nombre del pedestal, *Mahazael,*
que al parecer designa al propio ángel, apoya la hipótesis de que las cuatro figuras fueron construidas para tomar parte en algún
tipo de ceremonia vinculada al satanismo:
Mahazael fue uno de los primeros ángeles
rebeldes expulsados del paraíso por San
Miguel. El grupo se disgregó en 1945, re-
sultando Azazël desaparecido y Mahazael
destruido en un bombardeo. El tercero,
Azael, figura en el catálogo de la colección
Margalef, en Barcelona, y el primero, Samael, en la de la Fundación Adimanta de
Lisboa. El texto de la peana es una combinación de caracteres hebreos, griegos y latinos. La parte griega ha sido identificada como fragmento de un conjuro a los genios
del fuego; la latina está corrompida con palabras en otro idioma que Du Pressis duda

si considerar procedentes del arameo o del copto. El catálogo de la colección Falkenhayn (Berlín, 1936) establece el texto completo de la inscripción de Mahazael como sigue:

ך .MAHAZAEL. ✝ .MAGNA.PARTE.BISSCSV. VEISEI.PIIEISEIOETI.ISSIE.PANTA.DI.AUTOU.EGENETO. KAI.CWRIS...

Esteban había rescatado una libreta y un lápiz desmochado de alguna remota gruta del anorak y ahora anotaba el contenido del texto con una caligrafía que habría vuelto inútiles las exégesis del intérprete más desenvuelto. Frente a él, el dependiente volvía a bufar haciendo que sus belfos produjesen un ligero movimiento de oscilación y volvía a mirar al ángel sobre el mostrador con ojos de diabético en una confitería. La mano, rosada y elegante, se entretenía en acariciar las alas.

—Colección Margalef, en Barcelona —leyó Esteban.

—Ya no existe —dijo el hombre con una especie de alegría por desilusionarle—. El viejo Margalef murió y sus herederos se repartieron los despojos. Una pena; no sacaron tanto como se habían imaginado.

—¿Dónde está su ángel, entonces?

—Vendido, seguramente —el dependiente pareció perseguir números con la memoria—.

No sé a quién, ni por cuánto. Cosa de comprobar los anuarios de subastas.

Una imagen en forma de cometa surcó el cerebro de Esteban: vio aquel otro ángel, otro animal paralizado y frío con un hombrecillo a la altura de la rodilla, arrinconado sobre una estera de periódicos viejos, frente a un horno sin limpiar. Nuria podría haber conseguido la figura en cualquier mercado de antigüedades, y la cifra tampoco tendría por qué resultar prohibitiva; era posible que la urgencia de los herederos de Margalef por engordar sus cuentas les hiciese rebajar el listón del precio. Los párpados de Esteban descendieron con suavidad sobre su mirada de color marrón: la imaginación acusatoria se le iba demasiado deprisa, cuando la explicación más plausible, corriente, desprovista de toda novelería, estaba al alcance de los dedos y se reducía a una palabra. Restauración. Un simple encargo, nada más. La persona que compró la estatua, Señor Equis, la confía a Nuria para que la limpie, pula y dé esplendor, para colocarla en el aparador de la salita. Una simple casualidad, otra más. Claro que las casualidades, a fuerza de reincidir, acababan por perder credibilidad, por reducir su eficacia; la casualidad no es más que el nombre resignado que damos a esos apresurados dibujos de la realidad que nuestra miopía nos impide reproducir.

—Fundación Adimanta —recitó Esteban—. Lisboa.

—Sebastião Adimanta —la voz del anticuario parecía virar hacia un callejón sin salida—. Un viejo parapléjico y excéntrico al que cuida una muchacha sueca. Antes de que un accidente lo aprisionara en la silla de ruedas, decía que era médium y cosas de esas. Un farsante. Montó una fundación para el estudio de fenómenos paranormales que cuenta también con un pequeño museo de curiosidades. Es un museo especializado en el Diablo.

—Usted tendrá la dirección.

Los ojos del dependiente adoptaron una expresión de carnero en trance de degüello.

—Puedo facilitarle la dirección si a cambio usted me promete llevarse mi tarjeta. Me promete que la guardará, que se pensará lo del ángel y que me llamará. Qué le parece.

—Deme esa tarjeta —Esteban intentó sonreír, pero su boca se quedó en el intento.

Afuera encontró que un macizo cielo de color zafiro contorneaba la cúpula de la iglesia del Salvador, una especie de tarántula de ladrillo y de azulejo que reptaba por los techos de la plaza del Pan. Con el ángel convenientemente embozado a la altura de las costillas, fue andando por Puente y Pellón entreteniéndose en revisar escaparates: parejas de maniquíes seduciéndose entre caricias entrecortadas, lámparas, juguetes alarmantes, alguna lámina con geometrías de colores. No supo adónde iba, y le pareció que su paseo errabundo era un correlato adecuado del tránsito de sus propios pensamientos, que no dejaban de caminar sin buscar ninguna dirección precisa; como sus pies ahora, se introducían por esquinas caprichosas, doblaban en ángulo recto, giraban en cualquier dirección para desembocar con la misma indiferencia en una avenida que en un callejón sin término. No sabía cuál era su rumbo, tampoco sabía qué es lo que perseguía: por qué se había dejado embarcar por Alicia en aquella balsa sin timón para que las contradictorias corrientes de sus entusiasmos le hiciesen oscilar de un lado a otro, mareado y con ganas de pisar el suelo. Pero sí lo sabía. Lo sabía perfectamente, sabía cuál era la presa que le aguardaba al final de la cacería, el norte que volvería menos molestos los extravíos y el fango, y el encontrarse intermitentemente, a cada tarde, atascado en una encrucijada de la que no estaba seguro de si merecía la pena salir. Aquel ángel que seguía empaquetado en su costado y que curiosamente comenzaba a pesar más de la cuenta era la llave para la Alicia que deseaba, la Alicia a la que podría hablar al oído, sin temor de deslizarle los dedos por la piel de los hombros o la mejilla ante un acceso de palabras tibias, palabras que parecen decirse a media luz y que saben a chocolate amargo en el fondo del paladar.

Hasta que no se encontró plantado frente a la facultad de Bellas Artes, con el paquete un momento en el suelo para aprovechar y encender un cigarro, no comenzó a sentir, sin motivo, que había algo peligroso en seguir empalmando pensamientos de aquel modo, en dejarlos correr alegremente pronunciando todas las palabras que la prudencia aconsejaba no pronunciar. Con una inquietud creciente, mientras volvía a calzarse el ángel en las caderas y aceleraba el paso, percibió con toda nitidez que su cráneo tenía un agujero y que algún ojo irrespetuoso se estaba asomando al interior, removiendo su contenido, espiándole. Dio una lenta calada al cigarro y se obligó a parar, a respirar, a reflexionar: quería despejar aquella absurda sospecha convenciéndose tan sólo de la envergadura del disparate, pero encontró, con horror, que el ojo estaba ya dentro y lo sabía todo, que recorría las grutas de su cerebro registrando toda la información que él creía exclusivamente suya, sus certezas, sus temores, su vergüenza. Haciendo un esfuerzo desesperado por no gritar, Esteban trató de seguir la estela del ojo, remontar su camino, averiguar de dónde procedía; entendió que alguien le miraba desde detrás, quizá a cinco o diez metros por detrás, que le seguía camuflado entre la bandada de transeúntes de la calle Laraña. El corazón se le estrellaba en el tórax haciendo el miedo más sólido y doloroso: salió a correr con el paquete furiosamente apretado bajo el brazo, sin querer pensar; no podía dejar que le atraparan. Sabía que el ojo habría quedado desconcertado un instante por su súbito arranque, pero ya podía notarlo como una avispa a sus espaldas, dispuesto a proseguir el pillaje. Ascendió Cuna derribando a las parejas, trastabillando en un bordillo que estuvo a punto de aplastarle en la acera; giró en El Salvador, pisoteó a tres hippies que bebían cerveza, se detuvo de nuevo: el pulso le detonaba en las muñecas, un vértigo elástico precipitaba la plaza de alrededor en un embudo. Continuar la persecución en línea recta le pareció más o menos sinónimo de dejarse capturar, de modo que torció a la izquierda y bordeó la iglesia por detrás, entrando en la plaza del

Pan. Instintivamente tuvo la idea de refugiarse en una tiendecita que conocía.

—Buenas tardes —rugió Esteban colocando el paquete en el mostrador, aturdido por la peste a azufre.

—Buenas —repitió el gigante, como despertando de una cabezada—. ¿Qué le ocurre? Parece que le persigue el Diablo.

Esteban no acertó a contestar.

6. El pestillo fuera de sitio

El pestillo fuera de sitio y el arlequín de loza reducido a confeti sobre la estera del vestíbulo: eso fue lo que descubrió al llegar al piso de Reyes Católicos. Bastó apenas un ligero movimiento de cabeza para constatar que la masacre proseguía en el salón, convirtiendo en un basurero de almohadones sin tripas, cajones en las esquinas y porcelanas trituradas contra la moqueta toda la coqueta elegancia del salón en que la pobre Alicia, resignada a recoger con incredulidad los restos de la catástrofe, había invertido sus frustradas dotes de decoradora. Sin poder evitar un silbido, Esteban avanzó a través del naufragio retirando figuras sin cabeza y preocupándose de recomponer algún cenicero; la fregona de pelo castaño que le ocultaba descuidadamente el rostro le daba a Alicia el aspecto huérfano de una damnificada.

—¿Has visto? —las palabras se atascaban como canicas en la garganta de ella—. Algún hijo de puta se ha entretenido haciéndome una visita.

Esteban se acuclilló; bajo la espuma apuñalada de un cojín había reconocido un pedazo de aquel Coliseo de cerámica que eligió como recuerdo para Pablo en su último viaje a Roma. De un relámpago vio el escaparate de aquella tienda de regalos de Via Veneto que andaba a medio camino entre el trastero y la carnicería: vio infinitos Coliseos y Fontanas de Trevi de tamaños variables dispuestos pornográficamente en las vitrinas. Un vulgar Coliseo, el regalo que hubiera escogido para un desconocido; como regalar la Torre Eiffel o la Giralda, un compromiso que se cumple del modo más apresurado y aséptico.

—¿Cómo ha sido? —balbució Esteban, arrojando el pedazo de su recuerdo al suelo.

—He llegado hace media hora —respondió Alicia—, y me lo he encontrado como tú. Venía de comprar leche y alquilar una película. Tenía mucho sueño, pero no he sido capaz de dormir.

—¿Qué te han robado?

—¿Robar? Nada —ella estrujó el paquete de Ducados y lo lanzó con rabia al fondo del salón—. Nada que yo haya descubierto hasta ahora. El poco dinero que suelo guardar en casa está intacto, han removido los collares y los broches de mamá pero no falta ni uno.

Jarrones rotos, estanterías vacías, gavetas histéricamente desalojadas contra el suelo o los sillones traicionaban algo más laborioso y oscuro que una simple tentativa de robo; había en el asalto una sugerencia de velocidad, de ira, de miniaturismo. Fuese quien fuese el responsable de aquel cataclismo, no había sido atraído al piso de Alicia por un puñado de joyas o algún suculento electrodoméstico. La mano invisible había elegido su puerta y no ninguna otra, había registrado con una dedicación artística cada recodo de cada mueble, desocupando cada mínima porción de espacio que pudiera haber servido de recipiente al objeto que buscaba; objeto que, dicho sea de paso, Esteban sospechaba llevar debajo del brazo, astrosamente empaquetado en un lienzo viejo.

—Nada —Alicia intentaba sonreír, pero su ánimo no llegaba a poner el empeño suficiente—. Tendré que declarar el salón zona catastrófica. Dios mío, las estatuillas que nos trajimos de México.

—Rompieron el pestillo —dijo Esteban desde el vestíbulo.

La maltrecha barra de aluminio oscilaba fláccida bajo el picaporte, y él se entretuvo en hacerla balancear. Una pareja de descarnadas incisiones recordaba la respetable patada que la puerta había soportado.

—Patearon la cerradura —observó Esteban, sagaz.

—Sí, eso pensé yo al principio —dijo Alicia avanzando hacia él con la cabeza de un maya entre los dedos—, pero fíjate. El pestillo de la puerta está roto, muy gráficamente además. Pero la ranura del vano no tiene ni un rasguño.

—Es verdad.

El índice de Esteban realizó la comprobación tanteando suspicazmente el reborde metálico: ni una mala rayadura, ni la infinitesimal delación de una astilla fuera de lugar. La patada había aplastado la puerta y dislocado el pestillo, pero la ranura de la cerradura no había sido tocada. Luego el intruso había vapuleado una puerta abierta.

—Fuese quien fuese, usó llave —constató Alicia observando a Esteban desde el final del pasillo de su mirada.

—¿A cuántas personas le has dado la llave? —preguntó él.

—Mamen tiene una —los dedos de la mano derecha de Alicia se prepararon para ofrecer una socorrida ilustración aritmética—. Marisa, que de vez en cuando me riega las conibras. Mi hermana, por eso de si algún día viene de Málaga y le hace falta entrar. El portero. Lourdes.

—Lourdes —repitió Esteban con voz mefistofélica.

—Sí, Lourdes —dijo Alicia, molesta de tener que usar otra vez ese nombre, de mancharlo en aquel charco de aceite—. Ya sé, tu explicación favorita. Esto apoya la teoría conspiratoria. Pero me temo que el motivo es menos romántico. José, el portero, me ha contado que alguien entró anoche en la casetilla del portal y robó un manojo de llaves. De todas las que cayeron, el ladrón debió de probar conmigo.

—Un ladrón que no roba —insistió él.

—Ya está, Esteban —la mirada de Alicia quería ser disuasoria—; por ahí, no. Horror, también las conibras.

Las macetas habían sido despanzurradas bajo la estantería de escayola, y un borbotón de tierra negra oscurecía las baldosas; las pobres conibras tenían el aspecto torpedeado de un balandro que se viene a pique. Pertrechada de recogedor y escoba, Alicia intentó acomodarlas en un par de cestones de mimbre que hasta entonces le habían servido para ocultar pañuelos. Iba transportando los tallos con la delicadeza pediátrica que exige un cachorro, los depositaba en la cesta acariciando dulcemente las plumas como para aliviar su alarma o su disgusto. Cuando las hubo colocado, Alicia retrocedió unos pasos, tropezó en la pata de una butaca, se agachó con la intención de observarlas de lejos: la distancia las presentaba saludables y despreocupadas, después de todo quizá el estropicio no fuera a afectarles tanto. Su vista osciló imperceptiblemente hacia la izquierda, para comprobar que un muñeco gris y negro la miraba desde detrás de las macetas, un adolescente de metal con toda la apariencia de candidez e inocuidad de un invitado por accidente. La mano seguía elevada en el aire, con el gesto de aguardar a que un gorrión se le posase entre los dedos; el pie seguía torcido hasta la horizontal del tobillo, junto al águila con las alas caligráficamente labradas.

—¿Has estado en el anticuario? —preguntó ella sin levantarse, con el peso del cuerpo doliéndole en las rodillas.

—Sí. Y al salir me ha pasado algo que no me ha gustado.

—Espera. Vamos a llevar las conibras a la cocina y las regamos. Mientras me cuentas.

Las conibras agradecieron la dosis de agua y cloro irguiendo orgullosamente el plumaje; sosteniéndolas con la distancia necesaria como para no empaparse el jersey, Esteban habló con voz confusa de cuatro ángeles, de un mensaje, de un portugués que soñaba con rinocerontes, de un terremoto, del Diablo. Desde el cristal del lavadero se entreveía el tráfico congestionado de Marqués de Paradas, y allá, en la otra acera, un hombre y una mujer conversaban bajo una farola; sin saber por qué, el pensamiento de Alicia cruzó la calzada y se quedó suspendido de aquella luz de vidrio sucio, como esperando un acontecimiento que se retrasaba. La voz de Esteban le repitió:

—El mensaje cifrado es la clave.

—El mensaje —dijo Alicia.

—Tenemos que averiguar cuál es el idioma en que está escrito el texto, aparte del latín y el griego. Pero, antes de nada, habrá que reunir las cuatro partes del mensaje.

—Sí.

—Nuria.

—¿Qué? —Alicia regresó de golpe.

—Uno de los ángeles que faltan está en casa de Nuria.

La vida, pensó Alicia con inquietud, se le estaba disociando a pasos enormes en dos semicírculos divididos por una sima que ningún puente parecía poder atenuar; encontraba que el fantasma que había despertado tratando de atrapar el significado de su sueño, de resolver la flagrante coincidencia del grabado, estaba flotando sobre su cabeza y se apropiaba como un ectoplasma de la voluntad de los otros. El sueño y toda su parafernalia macabra de sospechas y amenazas comenzaba a contaminar aquella geografía de su vida en la que había querido buscar aire después de la catástrofe: el ru-

tinario pasatiempo emprendido un par de semanas atrás comenzaba a adquirir el cariz preocupan-
te de una pesadilla que también aquejaba a quienes
la rodeaban. No, el Diablo, la locura, los redundantes ángeles lisiados no tenían nada que ver con las
atenciones de la señora Acevedo, con las cervezas
y los berberechos y las risas frente al póster de Jimi
Hendrix uniformado con una elocuente casaca de
húsar. Eran dos mitades de su existencia que no
quería entremezclar.

—Olvídate de eso, Esteban —resopló ella
iniciando un cigarro.

Esteban reconocía que sí, de acuerdo, que
quizá su neurosis había acabado afectándole por
un irremediable efecto de contagio más que a ella
misma, pero no podía olvidar, no debía olvidar.
Ella había intentado desde la muerte de Pablo y
Rosa bucear bajo ese estanque, el del olvido, su-
mergirse en sus aguas abandonando la luz irrespetuosa de la superficie, el largo ritual de la asfixia
cotidiana; había querido olvidar su nombre, su pasado, cada noche se volvía un ejercicio estéril de re-
nuncia, un esfuerzo desesperado por rascar y rascar
la placa de la memoria para ver si quedaba vacía
y podía volver a grabarse con imágenes nuevas. Pero sólo una cosa no había, y ella debería saberlo:
era el olvido. Cada acto y cada acontecimiento sufrido pesaban sobre sus espaldas con el tonelaje
insoportable de las promesas y las culpas, a su retaguardia se iba formando el globo creciente de un
mundo atiborrado de nombres, números de teléfono, versos, rostros, esperanzas, terrores que ocupa-

ban anaqueles y anaqueles de un museo inevitable. Y cada palabra dejaba un surco, una cicatriz que los dedos podían recorrer acordándose del momento en que fueron dichas, de lo que juraron, de lo que estaban obligadas a cumplir; y las palabras y los gestos podían esgrimirse como inculpaciones, y entonces se transformaban en tarántulas o cuchillos, armas que deberían haber sido inutilizadas antes de confiarlas al enemigo o haberse perdido en el intercambio.

—Supongo que también querrás olvidar lo de anoche —dijo Esteban con un fallido patetismo cinematográfico.

—Sí —Alicia huyó con horror de la cocina, buscando algún cenicero superviviente—. Sí, es mejor olvidarlo.

—Corre, eso es, corre —en la voz de Esteban había una amargura de niño sin juguetes—. Huye de tus responsabilidades, desentiéndete, te metes debajo del edredón y repites: quiero olvidar, quiero olvidar. Y puedes hacerlo tan alegremente.

La colilla comenzaba a calentar las uñas de Alicia, pero esa pequeña amenaza entre el corazón y el índice carecía de toda relevancia. Esconder la cabeza como le habían enseñado sus venerables maestras, las avestruces; ausentarse de la fiesta cuando empiezan a pronunciar su nombre, retirarse de la partida en cuanto comprobaba que las cartas apenas permitían una modesta doble pareja. Seguramente la tarea de vivir era algo demasiado ancho y sonoro para su torpeza de andar por casa, seguramente la vida exigía una inteligencia o una decisión de la que la predestinación o la genética la habían excluido. Ante los dos caminos en que se ramificaba un dilema, siempre había preferido el tercero, la salida; era mejor no hablar para no merecer respuesta, era preferible tachar las palabras y fingir que no impactaban en los otros, que eran inofensivas siluetas de vapor. Pero ahora Esteban le exigía que saldase las deudas de sus promesas, que no intentase volver atrás para borrar la estela y cambiar de rumbo: la noche anterior ella le había reclamado, había dejado deslizar su mano por el hombro de él, había buscado su respiración para sentirse menos desamparada. Y debía entender que todo, hasta la petición de auxilio, comporta un precio.

—Estoy confusa, Esteban —balbució ella, abriendo surcos con los dedos en el pelo castaño—. Sé lo que pasó anoche, sé que me porté de un modo tonto, pero podrás entender que estoy pasando un mal momento. Encima, esto. Y Pablo, y Rosa...

Los dos sabían lo que esos nombres tenían de lapidarios, de insalvables: su sola mención servía para zanjar toda la discusión, marcaban una frontera que ninguno de ambos se atrevería a rebasar. Con una extraña sensación de resaca, Esteban tosió y se metió las manos en el anorak. En el rellano olía a coliflor hervida.

El valium apenas aportó un sueño en forma de telaraña, defectuoso, de bordes dentados: al despertar, Alicia tuvo la cenicienta impresión de haber pasado la noche en el interior de un charco. El sueño volvía a esquivar su almohada después de pasar toda una semana ahogada en alquitrán, después de despertar tantas mañanas con la mente nublada por los efluvios de un pantano que no terminaba de diluirse cuando abría los ojos, que clamaba por regresar y envolverla a cada instante de la vigilia, de su tortuosa vigilia. Era cierto que había abandonado de momento las pastillas y el zumo de Lourdes, pero el insomnio debía responder a un motivo más elemental, más directo: la intrusión en el piso, las dudas. Sentada sobre la cama, comprobó cómo el amanecer ensuciaba pálidamente los orificios de la persiana y volvió a sentir el regreso de ese sentimiento de fractura que la tarde anterior le había hecho reprender a Esteban; pese a todo, parecía que el aguijón de la reticencia había logrado hacer blanco y ahora no podía enfrentarse a ciertos nombres con la desenvoltura de antes, del mundo anterior a hacía un par de tardes. Dos días atrás no habría sospechado de la súbita aparición de Nuria un rato después de la marcha de Esteban y su modo como demasiado natural de enfrentarse al escenario del saqueo, como si encontrar los muebles panza arriba y la vajilla reducida a piezas de dominó sobre la moqueta fuese un espectáculo que tampoco mereciese detenerse demasiado, algo corriente, en fin. Una voz venenosa susurró al oído de Alicia que se desenvolvía de una manera artificial, como si su comportamiento y sus intenciones siguiesen circuitos opuestos.

—Qué se le va a hacer —decía Nuria lanzando una mirada aburrida sobre el desastre—. Unos días de trabajo y listo.

—Sí, listo.

Antes tampoco habría recibido con suspicacia la invitación de Nuria a almorzar —tal y como tienes esto, mejor será que te vengas a casa y demás—, pero ahora todo se le antojaba diversas secuencias de una maniobra enmascarada, movimientos de una estrategia que tenía por objeto un destino resbaladizo y oculto que Alicia creía barruntar con desasosiego. Se había ido a la cama con ese combate en la cabeza, el del escozor del recelo contra la antigua confianza que sabía a manos amigas, a desvelos pronunciados en voz alta; el amanecer le trajo la misma indecisión, y al mirarse cansada y rota en el espejo no sabía si bajaría a comer a casa de Nuria para satisfacer la reciprocidad de una justa amistad o con el objetivo de cercar más y más el nudo del enigma.

El café con demasiado poco azúcar, la ducha, la *Tower of song* de Leonard Cohen no consiguieron abrir la salida que ella deseaba, la que debía conducirla fuera de la autopista de esos mismos, manoseados pensamientos: de repente la golpeó la certeza de que debía jugar sus cartas con mayor atención, porque pese a las risas y las palmaditas de afecto por encima del tapete, el juego no entendería de atenuantes, no le permitiría acogerse a las suavidades de la amistad para amortiguar una pérdida que podía serle letal. Cuando salió de la bañera y se miró en el espejo, oculta tras el visillo de pelo tostado, trataba de mantener el equilibrio entre la fe en una valentía que todavía no había puesto a prueba en sus monótonos veintinueve años de existencia y la huida definitiva, la aniquilación, quizá Australia o una dosis extra de tranquilizantes. Quiso probar, con otro café por delante y obligando a Leonard a cantar todo el disco desde el principio —*they sentenced me to twenty years of boredom* y el inmediato golpeteo del vecino de arriba—, qué sucedería si ese equilibrio cesaba, si uno de los lados lograba la hegemonía, si una pesita más hacía zozobrar el fiel hacia cualquiera de los extremos. La fórmula de la dicotomía era simple, aunque la elección que planteaba no podía dejar de darle dentelladas en el estómago: o confiaba como hasta entonces en Nuria, los Acevedo y su cercanía, ocupados desde aquellas muertes incesantes en proporcionarle los mimos y la compasión que exigían sus lágrimas o, por contra, debía abandonarlos a la sospecha, admitir la posibilidad de que no fuesen lo que decían ser, lo que durante una porción ofensiva de años habían fingido ser, quizá para utilizarla, para extraer de ella un servicio que todavía no poseía forma definida. Esa idea a lo Roman Polanski le hizo torcer la boca en una mueca que no supo si era de risa o de horror, y la imaginación, siempre igual de desleal, tardó poco en iniciar el asedio: por qué endiablada jungla de casualidades tenía ella que comenzar a soñar con una ciudad en la que había un ángel como el que Nuria guardaba, por qué el libro que contenía el plano de la ciudad se hallaba precisamente en la biblioteca en que trabajaba; por qué todo el vecindario estaba al tanto, a través de un cauce que no era capaz de reconstruir, de su asistencia o no al trabajo, por qué bastaba con interrumpir el zumo amargo que Lourdes le traía cada noche para librarse de esa untuosa somnolencia de una semana atrás; por qué la persona que había entrado en su piso para no robar se había tomado la molestia de patear una puerta abierta. Cuanto más quería enterrar esas preguntas armadas, esas preguntas irrespetuosas como bofetadas, más afloraban ellas sobre la arena de su conciencia y la obligaban a vaciar la cafetera, lavar el tambor, buscar sin ver las etiquetas el bote del café. En el salón, Cohen murmuraba sus canciones a una pareja de sofás que no acababan de ponerse en pie.

Los canelones con queso que Nuria extrajo con una repugnancia mal disimulada del paquete de precocinados no constituían desde luego una oferta digna de chefs exquisitos, pero los trabajos con la dichosa capilla no dejaban lugar a nada más; afortunadamente, el riojita de Alicia oficiaría de contrapunto al vulgar rancho de microondas que iba a servirles para atenuar el apetito. La Virgen ya estaba casi lista, después de dos noches de recrecer ortopédicamente el nacimiento de los dedos, pero ahora un San Fernando con una vergonzosa dentadura en el filo de la espada esperaba con impaciencia sus retoques para volver a convertirse en el aguerrido conquistador de setecientos años atrás.

Alicia lo había visto al entrar en el piso, allí, en medio del salón, junto a la otra imagen salpicada de parches, con el brazo izquierdo elevado en lo que parecía una especie de invitación a la danza que su pareja, la Virgen, se resistía recatadamente a aceptar. Alrededor de las tallas, los ojos nerviosos de Alicia no descubrieron más que las herramientas de costumbre, las maderas amputadas, aquel artefacto con aire de lanzallamas abandonado suciamente frente al horno. Nuria hablaba del San Fernando, del retablo, le mostró un plano de la capilla que la mirada de Alicia recorrió rápidamente, intentando huir hacia el rincón, allá, bajo la cristalera, hacia aquel rincón que camuflaban botes de aguarrás y linóleo.

Tuvo que soportar la misma perorata en la mesa de la cocina, sobre dos agradables vasos de vino y dos menos agradables raciones de pasta, moviendo afirmativamente la cabeza cada vez que un silencio de Nuria aconsejaba el gesto, pensando en la traición que estaban perpetrando sus pensamientos desviándose hipócritamente por senderos opuestos a los de las palabras de Nuria, lejos de San Fernando, el barroco sevillano y el retablo eucarístico del siglo XVII, lejos de Tom Waits, que aullaba desde los altavoces del radiocassette arrinconado junto al arsenal de sartenes, concentrados en aquella presencia que le aguardaba en el salón, que le llamaba sin voz desde una esquina del salón para que pudiera usar por fin lo que había escondido en el bolsillo del pantalón antes de salir de casa comiéndose las uñas, insegura todavía de su amistad o su vileza. Nuria, querida Nuria. La frase que tenía que pronunciar se le atascaba en la boca como un bistec poco hecho.

—Nuria, me hago pis.

—Vaya —comentó Nuria, molesta de ver interrumpida su ponencia sobre la imaginería sevillana del seiscientos—. Al final del pasillo, ya sabes. Sírvete tú misma.

Al atravesar el pasillo sin apoyar del todo los talones, Alicia percibió que una mirada se le clavaba en el cogote: Jimi Hendrix la observaba nebulosamente desde la ventana de su póster, embutido en la humillante casaca naranja. Cerró la puerta del baño de modo que el sonido del pestillo se oyese bien en todo el piso y a continuación corrió nerviosamente hasta el salón. No sabía si toda aquella pantomima de pasos amortiguados, mentiras y escapatorias pésimamente plagiadas de alguna película de espías merecía seriedad, pero una explosión de risa convulsiva casi estuvo a punto de delatar sus maniobras. Luego, al momento, pensó en el cadáver de ese hombre calvo y fláccido, Benlliure, derrumbado sobre ella con todo su olor a gabardina empapada, y la boca se le puso rígida. Había tenido la precaución de entornar estratégicamente la puerta de la cocina antes de encaminarse al pasillo, por lo que ahora sería necesario un complicado movimiento de contorsión para espiar desde el vano sus actividades en el salón. Anduvo con precaución entre el basurero de astillas y herramientas, rodeó las dos figuras que no se decidían a bailar: San Fernando miraba a un rincón del techo con la expresión deslumbrada de quien ha sido sorprendido por una revelación o un infarto. En la esquina que le había indicado Esteban descubrió una batería de botes de goma y plástico, productos químicos que servían para desatascar o arrancar costra. Giró noventa exactos grados la cabeza para comprobar que el sonido que le había llegado de repente a los oídos no pertenecía a la entrada de la cocina, de la que seguía afluyendo la letanía monótona de Tom Waits; la sangre le daba pesados puñetazos en las sienes. Empezó apartando los botes de sosa cáustica y lejía; descorrió el muro de latas de pintura acrílica, barniz, un frasco de betún que le extrañó encontrar. Sólo después de unos segundos eternos pudo descubrir la esquina, y a la figura reluciente y negra que esperaba al fondo. Estaba más joven, más limpia, más fuerte que la de Benlliure. El efecto del disolvente se denunciaba en los antebrazos y los filos de las alas, que brillaban con un suave esmalte azulado. Durante unos instantes, oyendo el repicar del pulso en su frente, Alicia lo contempló con una vengativa fijeza, como buscando resarcirse a través de la mirada de una ofensa antigua. Los ojos de él no estaban vacíos; no eran como los de otras estatuas, en donde una tajante pantalla lisa borra la presencia del iris y la pupila. Alicia podía percibir que el ángel, Azael, le devolvía la fiereza de la mirada, que los ojos de él eran dos espejos donde la rabia y el horror de ella se replicaban. Pero fuera de los ojos, el hechizo de maldad y soberbia cesaba; la anatomía perfecta del ángel crecía hasta la altura de poco menos de medio metro, cubierta del pecho a las piernas por un jubón y una túnica que se arremolinaban al son de un viento petrificado. Era hermoso, serio, inflexible.

Tuvo suerte de que un choque de platos que reverberó desde la cocina le recordase que su acción era secreta, que debía serlo. Como si hubiera volcado el vaso en el que hasta entonces las había olvidado, las sospechas volvieron a derramarse sobre su conciencia con toda la violencia con que la habían ahogado durante la madrugada: por qué Nuria escondía así el ángel, detrás de aquella muralla de latas y botes, por qué su conversación se le había vuelto de repente el extrarradio de ciertos temas que ella parecía evitar ladinamente, como eligiendo siempre carreteras secundarias que no desembocasen en aquello de que Alicia quería realmente hablar, qué hacía un ángel como el de sus sueños escondido en el taller de su salón. Una molesta lámina de sudor le enguantaba las manos mientras se registraba los bolsillos del pantalón, un sudor que empapó el pedazo de papel de seda y que al mezclarse con el carboncillo produjo una pasta pringosa y negra. No quería pararse a pensar: deseaba que sus acciones se realizaran a espaldas de aquella voz severa que siempre había glosado sus decisiones. Con movimientos de sonámbulo, colocó el papel de seda sobre la inscripción y apretó suavemente al tiempo que el carboncillo frotaba la superficie. El papel crujía como una hojarasca pisoteada, una nube vaporosa y negra se formaba en torno al pedestal: las letras, en negativo ahora, fueron apareciendo de esa forma prodigiosa en que un mensaje secreto se revela en el vaho de un espejo. No supo cuánto tardó, pero Alicia tuvo la impresión, al retirar el papel, de ser la autora laboriosa del mensaje que ahora sostenía en los dedos.

.AZAEL. .DENTE. DRACO. TGIVGERED. ROAGD.MGEGD.MVTEE...

Volvió a enviar el papel de seda hecho una pelota al fondo del bolsillo, donde lo estrujó cruelmente con el trozo de carbón, pero no se puso de pie. Seguía observando en cuclillas al hermoso adolescente de bronce, atrapada por su elegancia magnética: había una complacencia indefinible en mirarle sostener perennemente aquel gesto, como ese sentimiento de simetría o de figura cerrada que transmiten ciertas melodías al concluir. Contempló de nuevo los ojos, donde la misma mirada incendiaria se proyectaba hasta algún lugar detrás de ella, miró los muslos brotando impolutos de la túnica, el pie derecho partido en ángulo recto a la altura del tobillo, cerca de donde una diminuta figura humana abrazaba la canilla. Se aproximó más para observar aquella imagen que no había advertido en un primer examen del ángel: el hombrecillo, vestido con una especie de manto y esclavina, envolvía con sus brazos la pierna de Azael. El rostro, pequeño y difícil como los surcos de una nuez, era inexpresivo. Alicia recordó que en la misma posición los otros ángeles eran escoltados por un toro, un águila; ahora por un hombre. Le parecía cada vez más evidente que iba teniendo frente a sí las palabras sueltas de un mensaje que debía ir sumando pacientemente, yuxtaponiendo, injertando cada una en el tallo de la anterior, concatenándola con la siguiente, para producir una secuencia que sólo entonces podría arrojarse a intentar traducir; previo a la interpretación del enigma era el ensamblaje de sus signos. Se repetía la necesidad de esa propedéutica cuando notó que la mirada del ángel se volvía más oscura, que una sombra nublaba de repente la esquina del taller donde la figura se escondía; al volver la cabeza, Alicia halló que Nuria estaba plantada frente a los botes de abrasivos y barniz, y que su rostro había tomado la rígida expresión de un maniquí.

—El baño no está ahí —se limitó a decir con voz vacía.

Al verla, un nudo de lienzo áspero obstruyó la respiración de Alicia cegándole las palabras: el corazón le golpeaba con fuerza mientras se ponía de pie frotándose las rodillas y dejaba a Nuria reconstruir el muro de latas y recipientes.

—Es una figura muy bonita —dijo Alicia, sin poder evitar que algunos titubeos traicionasen su angustia—. Qué pena que la tengas ahí escondida. Podría lucir mucho más si la sacaras afuera.

Nuria nunca la había mirado de aquella forma; parecía que sus pupilas se habían contagiado de la furia tranquila que momentos antes había descubierto en los ojos del ángel. Seguramente, pensó Alicia con temor, eran sus nervios los que establecían aquella absurda comparación: la mirada de Nuria era la del jugador de póquer que trata de barruntar las cartas del adversario sentado en el extremo opuesto de la mesa, la del detective de novela que va a comenzar a destejer en voz alta la trama de los asesinatos que han salpicado el argumento. Hubo un extraño oleaje en esa mirada; una marea de sentimientos amargos circuló velozmente de ojo a ojo, y luego se calmó con la misma espontaneidad con que había aparecido.

Estúpida, más que estúpida, tonta de las narices. Alicia se insultó con rigurosidad, buscando quizá que esos adjetivos la depurasen de la desorientación o la vergüenza. Desde luego, había que ser muy estúpida para no vigilar con un poquito más de atención la puerta de la cocina, para olvidar que todo podía desbaratarse justamente de ese lado, olvidar la amenaza mientras se entretenía con su bobería habitual en mirar las facciones de castaña bien pelada de la figurita que abrazaba la tibia del ángel, y menos mal que el carboncillo y el papel de seda estaban ya a buen recaudo, ahí dentro, asfixiados en el bolsillo junto con las llaves que pinchaban un poco en el borde del muslo. Quiso volver a disculparse con una fórmula que sonase algo más desenvuelta que su previo balbuceo, pero Nuria zanjó sus palabras moviendo la mano con ademán de retirar el polvo de lo alto de un mueble.

—No te preocupes, mujer —se había colocado una sonrisa que intentaba ineficazmente restablecer la confianza—. No me gusta enseñarlo demasiado, es un encargo muy especial que tengo. La persona que me mandó restaurarlo no quiere que se vea mucho por ahí.

Alicia creyó que Nuria abría una escotilla.

—¿Quién es? —preguntó, con una soltura ortopédica.

—No creo que te interese —la sonrisa volvía a derribarse en la boca de Nuria, y aquella pleamar oscura regresaba a sus ojos—. Perdona que te hable así, pero es un encargo muy especial, te repito. Me gustaría que no se lo comentases a nadie.

—No, no.

—Vamos —la sonrisa trazaba de nuevo un semicírculo de mejilla a mejilla—. Tengo compota de postre, verás qué buena.

La compota estaba muy buena, sí, pero Alicia era incapaz de concentrarse en esos repentinos golpes dulces que las cucharadas de gelatina le propinaban hacia el final de la lengua. Repetía maquinalmente el acto de introducirse aquella espátula de acero inoxidable hasta el paladar una vez y otra, sin dejar de observar a Nuria en el extremo opuesto de la mesa de la cocina, ocupada también en vaciar su vaso con cucharazos rígidos y precisos. Durante un momento, Alicia se sintió absurda, sintió que obedecía una coreografía boba que carecía de significación auténtica, como si tratase de comunicarse con un sordomudo inventándose los signos con las manos. El tañido de las cucharillas contra los vasos, ese sonido de esgrima encarnizada, les servía para rellenar todo inoportuno silencio que requiriese palabras.

Tom Waits había terminado de cantar y nadie se ocupó de averiguar qué contenía el lado opuesto de la cinta. De modo que Alicia pudo pegar un brinco en la silla cuando el timbre del vestíbulo explotó en el recibidor y Nuria halló la excusa perfecta para dejar su compota inconclusa sobre la encimera, levantarse arrastrando la banqueta, dedicar a Alicia una fugaz mirada diagonal y salir de la cocina cerrando la puerta. Alicia necesitó terminar su vaso para volver a comenzar a enhebrar conclusiones, todavía sin ninguna clase de temor o suspicacia hasta que reparó en el hecho por lo menos inhabitual de que Nuria necesitase cerrar la puerta para salir de la cocina. La compota le había salpicado el pulgar; se chupó tesoneramente el rastro de pasta con sabor a melaza y manzana mientras se aproximaba al dintel y comprobaba que el pomo no giraba en su mano. No, no giraba. Eso es, no giraba aunque se dejase la piel de las palmas intentando aflojar aquel obstinado pedazo de aluminio amarillo. El pensamiento sólo se le desbocó en el instante en que se le ocurrió hallar relación entre su inopinado encierro y el hecho de haber sido descubierta minutos antes con el ángel delante, desflorando un secreto que Nuria, según acababa de reconocer, deseaba conservar terminantemente en la sombra. Volvió a intentar correr el picaporte: no cedió. Su oído, a cada segundo más quisquilloso, le indicó que no se detectaba rastro de Nuria detrás de la puerta, a pesar de que el vestíbulo estaba a dos pasos escasos; la oreja se adhirió a la hoja para constatar esa advertencia: nada. A medida que las dos manos seguían tratando de desollarse contra el pomo con mayor apresuramiento, las palabras de Esteban le cayeron en avalancha sobre la conciencia, cegando la limitada capacidad de análisis que a aquellas alturas de la histeria podía conservar; sus reparos parecieron deshacerse como pompas de jabón picadas con alfileres: comprendió, si esa congestión de imágenes y espantos en el centro de su frente podía recibir el nombre de comprender, que todos los indicios de Esteban seguían una trayectoria única. Los vecinos de arriba que protestaban por la música y no por las voces; Lourdes que se enteraba de su baja el mismo día de tomarla y le mentía; Benlliure que se moría en su mismo portal, con el ángel en las manos, buscando a alguien que debía vivir allí; otro ángel como ése, a contados metros de aquella misma puerta cerrada —que no, que no giraba—, escondido porque era preferible que su existencia no se desvelara. Se sintió una pobre Mia Farrow acorralada en una esquina, incapaz de aceptar el telar de maquinaciones que su inteligencia, liberada por el pánico, no cesaba de trazar filamento a filamento. Por primera vez, se le ocurrió establecer un vínculo difuso entre el hecho de que ella soñase con una ciudad con cuatro ángeles y el de que en su mismo edificio pudieran existir personas que la sometiesen a espionaje o acoso; entre su solícita vecindad y la secta de los Conjurados de la que había hablado Esteban, aquella que se reunía alrededor de una Papisa, concubina de Satanás.

A esas alturas el recurso a puñetazos y patadas no le parecía desaforado a Alicia. Descargó la electricidad de sus nervios sobre la hoja de la puerta, que aceptó cada golpe sin inmutarse, sin retroceder. Se colocó los dedos en las sienes para intentar forzar su pensamiento a funcionar más veloz, más nítido: era obvio que Nuria la había encerrado para que no volviese a merodear su ángel, para que pagase la factura de su curiosidad, de las fatídicas consecuencias que podían derivarse de su falta de respeto por los secretos ajenos. Asimismo, la tardanza de Nuria sólo podía significar que estaba afuera, que había salido del piso, quizá a buscar refuerzos. Con el sabor a compota todavía en la lengua, corrió a otear la ventana: daba a un patio interior con archipiélagos de humedad, que el sol visitaba estratégicamente sólo diez minutos al día. Desde el patio de abajo hasta el pedazo de cielo que se adivinaba sobre los pisos superiores, la vista iba tropezando en hileras de tendederos, algunos desnudos como arpas rotas con las cuerdas verdes, otros abandonando al aire un aleteo de sábanas y pijamas. Siempre se había preguntado si esas cuerdas sintéticas que soportaban mantas y edredones serían capaces de sostener a una persona no demasiado pesada, una persona como ella. Arrastró la mesa hasta hacerla chocar contra la pared, se subió en lo alto usando la banqueta como escalón. Echó un vistazo de gigante alrededor y la cocina le pareció más estrecha y menos importante: el futuro dependía del tendedero de arriba. Tendría que extender el brazo derecho con la cautela adecuada, no mirar abajo, olvidar los cuatro pisos que la aguardaban abajo con las bocas abiertas, actuar con la despreocupación y el aplomo de un trapecista escarmentado. El corazón y el índice casi rozaban las cuerdas de arriba cuando la puerta de la cocina se abrió con una especie de trueno sordo: Nuria descubrió a Alicia de puntillas sobre la mesa, intentando alcanzar las macetas del vecino del cuarto.

—Alicia —durante un instante Nuria no pudo más que articular ese nombre—. ¿Qué estás haciendo?

Alicia no se movió. De repente se sintió como una bailarina rematando un paso de ballet extraordinario, extraordinariamente maravilloso o ridículo.

—No podía abrir —dijo dándose la vuelta.

—Sí —Nuria tomaba un cigarrillo para digerir la situación con más filosofía—. De vez en cuando, el pomo se atranca. Pero tú no ibas a volver a casa por la ventana, ¿verdad?

—No, claro que no —las orejas de Alicia alcanzaban una temperatura metalúrgica—. En realidad me iba, pero por la puerta. ¿Quién era?

—Bájate de ahí, anda.

Anduvieron hasta el vestíbulo, Alicia con la impresión de haber sido sorprendida desnuda en un parque público, Nuria con la vista concentrada en la brasa de su cigarrillo, sin decir nada. Sus miradas no volvieron a cruzarse.

—He tardado un poco porque he tenido que subir al piso de arriba —informó Nuria con voz súbitamente glacial—. Era Lourdes. Alguien anda buscándote. A ti o a Esteban. Es la policía, creo.

La lengua todavía le sabía a compota.

7. Sentado en un escalón, el inspector Gálvez

Sentado en un escalón, el inspector Gálvez acababa de consumir su cigarrillo cuidando mucho que ningún rastro de ceniza ensuciase las baldosas del descansillo. Segundos antes, una señora con narices de buey que empuñaba una fregona le había saludado ásperamente y había mirado con gesto de reprensión la colilla que sostenía en los dedos, hasta un punto en que Gálvez tuvo vergüenza y quiso esconderse o tirar el cigarro, pero no halló ningún recipiente adecuado para su desaparición. De modo que cuando Alicia hizo acto de presencia y masculló algo, Gálvez elevaba estúpidamente el Winston hasta la altura del pecho, bajo el cual su mano izquierda oficiaba como podía de resignado cenicero. Soportando aquella pose de maniquí ingresó en el vestíbulo, suspiró, aguardó a que Alicia dejase las llaves sobre el aparador y se sacase también el tabaco del bolsillo del pantalón. Era difícil caminar por el salón: alguna especie de huracán había derribado los muebles contra las alfombras, machacando la porcelana y desbandando los libros. Uno no sabía dónde pisar porque a cada movimiento un incómodo crujido podía alertar de que se estaba colocando el zapato en un lugar poco conveniente. Gálvez quedó arrinconado en un extremo de la masacre, incapaz de mover un pie, con el Winston convertido en una cosa gris y fláccida sobre el pecho y la mano izquierda tontamente hecha una concha debajo, con esa asfixiante camisa suya apretándole el torso. Alicia paseaba entre los pedazos de cristal y mayólica; el inspector no pudo contenerse y preguntó:

—¿Tiene un cenicero?

—Use el suelo —dijo Alicia con tranquilidad—. Un poco de ceniza no va a notarse.

El dedo del inspector siguió obedientemente las instrucciones; el ramal de ceniza oscureció lo que parecía la cabeza de un fox-terrier.

—Vaya —Gálvez trató de sonreír, pero lo hizo muy mal—. ¿Ha tenido una pelea con su novio?

—Oh, esto es poco —Alicia le devolvía la misma sonrisa de calambre—. El estudio está peor. No ha habido pelea, me gusta tener el piso así.

El inspector guardó silencio: era un hombre tímido. Por un momento, Alicia tuvo lástima de aquel visitante enorme atrapado en su camisa, al que una calvicie irrespetuosa y una gabardina sin ganas de acoplarse a los hombros daban un aspecto de náufrago en busca de amparo. Lo condujo hasta el centro del salón, junto a la mesa de revistas también desparramadas, y le hizo sentarse en un puf marroquí que todavía resistía milagrosamente en pie; luego se perdió tras la puerta de la cocina. Desde su asiento, con las rodillas casi a la altura del costado, Gálvez contemplaba la jungla de piezas rotas que asolaba la moqueta y jugaba a adivinar a qué correspondía cada una: acertó un par de perros, un cenicero, quizá una jarra de lápices. De repente, sintió con un barrunto de urgencia que estaba perdiendo demasiado tiempo; tenía que iniciar la conversación por alguna parte.

—Su vecina, la viejecita, me dijo que usted estaba abajo —gritó.

—Sí, Lourdes —respondió Alicia desde la cocina—. Comía con una amiga. ¿Quiere una cerveza?

—No —Gálvez pensó algo—. Mejor un whisky, si tiene.

—No. Sólo tengo Coca-Cola.

—Entonces un vaso de agua.

El inspector recibió un vaso con un líquido algo turbio en que zozobraban virutas y ante el que se vio obligado a practicar una cortés sonrisa. Dejando en el suelo su lata de refresco, Alicia volcó una mesita de tetería de acero que había comprado en Tánger en algún distante verano magrebí y se sentó encima, con una pierna sobre otra. Rechazó el Winston del inspector, encendió un Ducados. A Gálvez le pareció que su modo de fumar era rencoroso, como si despidiese insultos o puñetazos.

—Bien —Gálvez se humedeció el labio superior con la lengua—, quería hablar con usted y con su cuñado. Pero parece que él no está.

—Aunque le parezca mentira, no está.

—Ya —el inspector volvió a intentar esa mirada perforadora que acongojaba a los malhechores en su comisaría—. No sé si tendrá que ver con el asunto de la muerte de Benlliure, pero sé que su cuñado estuvo ayer por la tarde en una tienda de antigüedades de Puente y Pellón.

—No me diga —la lata giraba en las manos de Alicia—. ¿Le pusieron un espía?

—Nuestro deber es saberlo todo —Gálvez se sintió repentinamente ufano de ese aforismo—. ¿Es cierto o no?

—¿El qué?

—Que su cuñado estuvo allí ayer.

—Pregúntenselo a él —Alicia bebió.

—Todo a su debido tiempo —la mirada era más intensa, más trepanadora, más inútil que nunca—. Si le digo la verdad, no sé por qué me responde con esa desconfianza. En principio, no tiene usted nada que temer.

—Gracias.

—Por eso le agradecería que colaborase —el inspector Gálvez bebió de su vaso de agua, y ese gesto fue absurdo—. Lo niegue usted o no, sé que su cuñado estuvo en esa tienda ayer, entre las seis y las ocho de la tarde. La dependienta de la pastelería de enfrente lo reconoció porque solía pararse a mirar los escaparates muchas otras tardes.

—¿Y eso es un delito?

—Déjeme terminar. No le busco para acusarle de nada. Quiero hablar con él porque su testimonio podría serme útil. Alguien mató al dueño de esa tienda ayer por la tarde, poco después de la visita de su cuñado.

El inspector había soltado la última frase de la misma forma en que podría haber emitido un vaticinio sobre el tiempo del día siguiente o su veredicto acerca de un partido de fútbol: la entonación era rutinaria, distraída. Sin embargo, Alicia sintió que su corazón tomaba un bache, que un impacto blando, como un golpe de toalla, alteraba por un segundo su respiración y el ritmo de su sangre. No supo por qué se ponía tan nerviosa; no conocía de nada a aquel hombre, no había relación directa, tangible, de aquella muerte con la ciudad y el sueño. Pero percibió misteriosamente que alguna ruta subterránea enlazaba aquellos dos cuerpos muertos, el del individuo que no conocía, cuyo rostro no podía dibujar, y el otro que caía sobre ella con la gabardina chorreante de lluvia y sangre, el del rostro que aparecía en sus sueños convertido en una máscara apulgarada y lastimera. De algún modo turbio, el nuevo asesinato volvía la muerte de Benlliure como más auténtica o definitiva.

—¿Cómo fue? —preguntó ella muy despacio.

—Le reventaron la cabeza de tres golpetazos —dijo el inspector Gálvez buscando una postura más cómoda sobre el puf—. La lesión debió producirla algo pesado, duro, metal seguramente. El cadáver apareció detrás del mostrador, bajo una avalancha de figurillas y piezas de armería: arrastró un estante mientras caía, mientras le golpeaban. El móvil no está nada claro, todavía; parece que no hay robo. Eso sí, junto al cuerpo se encontró un libro enorme, así, como un atlas: *Anuario de antigüedades 1979*. El asesino arrancó una página.

La garganta de Alicia intentó tragar saliva: la encontró amarga y áspera, difícil.

—No tema por su cuñado —dijo Gálvez.

—Esteban —replicó Alicia sin levantar la vista—. Se llama Esteban.

—No tema por Esteban —el inspector ensayó una especie de sonrisa de compasión—. El forense ha dictaminado que la muerte se produjo hacia las nueve y media o diez de la noche. La chica de la confitería testifica que vio salir a Esteban de la tienda apenas oscurecía, y luego otras personas la visitaron también. La tienda cierra habitualmente a las nueve, así que se trataba sin duda de una visita previamente concertada: el asesino y la víctima se conocían. No tema por Esteban. Además, él no es miope, ¿no?

—¿Miope?

La mano de Gálvez se sumergió en el bolsillo derecho de su gabán de náufrago y presentó una bolsita de plástico, con algo largo y oscuro dentro. Alicia tardó unos parpadeos en entender de qué se trataba, pero cuando sus ojos lo supieron, el horror y la sed volvieron a dejarla exhausta sobre la mesita de tetería. Apoyó una mano en el muslo.

—Unas gafas de miope —resopló Gálvez—. Un cristal estaba roto, como pisado, quizá en la huida. Unos cuantos de aumentos, el tipo debe distinguir más bien poco. También astigmatismo, vista cansada, seguramente sea una persona mayor. Pero Alicia, me parece que usted conoce esta funda. ¿Se encuentra bien?

Sí, claro que recordaba la funda. Sobre la concha del lavabo, apenas unos días atrás, luego de la fontanería y la novela de S. S. van Dine. Era inútil negarlo: la palidez y la asfixia la habían delatado. Dijo dócilmente que sí y dejó caer la lata de refresco sobre la moqueta, pero por favor que no le preguntara nada más.

La máquina de café se encontraba al final de un pasillo obstaculizado por macetas de plástico que había que recorrer deprisa, para exorcizar la desagradable impresión de que su longitud era infinita, de que jamás llegaría a concluir. De día, la furiosa percusión de las máquinas de escribir y los portazos castigaban el pasillo y resultaba casi imposible llegar hasta la salida con los oídos intactos; ahora que la noche cegaba las ventanas y las oficinas se hacían más enormes, el silencio acrecía la sugestión de inacababilidad del pasillo, convenciendo al visitante de que entrar en su espacio significaba dejarse caer en una órbita de tiempo defectuoso y elástico como una tela de araña. Alicia y Esteban no pusieron ese temor en común, pero los dos sintieron conforme avanzaban hacia el fondo, detrás de los últimos helechos, que sus pasos eran inútiles, que necesitarían un millar de noches como aquélla para alcanzar un objetivo eternamente pospuesto. Mientras introducía las monedas en la máquina —el capuchino era lo único medianamente digerible—, Alicia comparaba su percepción presente de las cosas con esos sonidos distorsionados que emite un reproductor cuando se altera la velocidad de la cinta: las voces se vuelven gañidos amenazantes, se contaminan de una odiosa familiaridad con animales o espectros, pierden esa cercanía que nos hace buscarlas y cobijarnos a su arrullo. El mundo dejaba de ser el lindo Rousseau que siempre había decorado su salón, encima de la estantería de los libros, junto a las jarras de mayólica, para cambiarse siniestramente en un Kirchner o un Francis Bacon de los más deformes (aunque Esteban, siempre tan geométrico él, seguiría optando por un mundo Mondrian o mundo Malevich, porque el mundo era así de poligonal, lo que ocurría era que no nos dábamos cuenta de la regularidad de las figuras, de su repetición, de su ubicuidad, incurable cartesiano). Removiendo el café con la palita de plástico, Alicia se aposentó en alguna de las hileras de asientos de la sala de espera; Esteban la acompañó, con el cuarto Fortuna consecutivo entre los labios. En la pared de enfrente, casi disfrazados por la palmera sintética, media docena de rostros salpicaban un cartel; el rótulo avisaba de que su misteriosa multiplicidad era sólo aparente: *Este individuo es muy peligroso.*

—No tuve más remedio que reconocerlo, Esteban —dijo Alicia después de sorber el café, como respondiendo a una pregunta que nadie le había formulado—. No me dio tiempo a negarlo, a pensar siquiera si quería negarlo. Vio lo blanca que me puse, y claro.

—Bueno, ya está —a Esteban le fascinaba la muchedumbre del hombre del cartel—. Tampoco tenías por qué ocultarlo. No quiero ponerme pesado, pero sabes lo que pienso sobre todo esto.

—Pero Blas, Blas —Alicia se mordió el labio inferior—. No puedo creerlo, Esteban.

Él se echó adelante y se clavó los codos en las rodillas. El humo del cigarrillo le humedecía los ojos.

—Fuera quien fuese, se cargó al anticuario por lo que sabía del ángel. No falta nada en la tienda, el móvil del crimen no parece el robo. Sólo que, mira tú por dónde, han arrancado una página de un catálogo de antigüedades, precisamente la página que me enseñó, donde figuraban todos los detalles de la pieza. No sé si es Blas quien lo ha matado, pero quien haya sido buscaba borrar pistas. Acuérdate de que también quisieron extraviar el libro.

—Pero Blas.

—Blas o quien fuese —dijo Esteban con una ligera obstinación—. Aunque dime tú qué hacían sus gafas allí, en el suelo, junto al cadáver.

—Ahora nos lo contará —Alicia le replicó como defendiéndose de un reproche—. Sólo te digo que me cuesta creerlo, Esteban.

—Sí, te cuesta creerlo. Pero yo tengo la impresión de que están cerrando un anillo, Alicia. Hay un cerco que se está estrechando y tú y yo estamos dentro.

Una voz pronunció sus nombres desde el pasillo: el interrogatorio iba a comenzar. Renquearon hasta la puerta desde la que Gálvez les llamaba y penetraron en un despacho cúbico, donde respiraban un número impreciso de hombres. La luz de una lámpara de mesa rompía verticalmente la oscuridad sofocante de la habitación; Esteban, acorralado junto a un buró, tuvo el temor de que las paredes pudieran desplomarse como una torre de naipes y atraparlos bajo la baraja. Tras la violenta desgarradura de luz se entreveía el rostro de Blas Acevedo, pacientemente apostado sobre una silla: dedicó por un instante a Alicia una mirada de jaguar hambriento, pero ella no pudo reparar en esa amenaza. Sus ojos eran todavía incapaces de desenvolverse con agilidad en el pantano de presencias negras que acababa de engullirla en cuanto había cruzado la puerta; le fueron precisos un par de minutos para aventurar que había alguien más sentado junto a la pared, un sujeto del que fue adivinando paulatinamente los pantalones de franela, una camisa enroscada a la altura de los codos, una corpulenta máquina de escribir. Después de vaciar los pulmones en un suspiro, Gálvez cerró la puerta y se escabulló por alguna esquina. Ahora Alicia sólo presenciaba el haz de luz chocando contra un cenicero de metacrilato que almacenaba colillas encima de la mesa, y la cabeza de Blas Acevedo algo más atrás, quebrada por una enigmática, desagradable sonrisa.

—Bien, señor Acevedo —la voz terrosa del inspector Gálvez habló desde la espalda de Alicia—; quiero que repita usted ante estas dos personas las respuestas que acaba de darme. Tómese el tiempo que quiera, quizá recuerde detalles que se le escaparon en el momento en que me contó lo que sucedió. En primer lugar, ¿es cierto que visitó usted la tienda de antigüedades de Rafael Almeida, la víctima, ayer sobre las diez de la noche?

—Sí —respondió don Blas sin titubear—. Es cierto.

—La tienda estaba ya cerrada —repuso la voz de tierra.

—Sí —la sonrisa de Blas Acevedo hizo un gesto afirmativo—. Cierra a las nueve.

—Luego usted y el señor Almeida habían concertado una cita previa.

—No exactamente —la sonrisa perdió el equilibrio.

—No exactamente —repitió la voz que ocupaba la espalda de Alicia, impaciente—. Pero usted y el señor Almeida se conocían.

La sonrisa, deformada en una especie de grieta carnosa, dejó huir una exhalación; los ojos de Blas Acevedo, cada vez más emparentados con los de un felino, intentaban desbrozar la oscuridad del despacho para buscar los de Alicia a través de las sombras, para abalanzarse sobre ellos. Alicia cerraba los párpados siempre que esa caza furtiva se repetía: el pulso o los nervios agitaban convulsivamente sus pestañas. Entendía con toda claridad que esto era poco menos que asestar un navajazo a Blas, al buen don Blas, pagarle con un golpe de zarpa todos los años en que él había ejercido de padre putativo, años de arreglos fontaneros, de caramelos a Rosa y la dulzura siempre alerta por si se necesitaba un asidero en una tarde más nublada de la cuenta. Estaba destrozando a martillazos lo mejor de su pasado, la vitrina de la porcelana de su vida. Pero no podía evitarlo, se lo había dicho a Esteban. Vio la funda de las gafas de Blas en las manos del inspector y su cara fue transparente, más transparente que ese dudoso vaso de agua que el inspector bebía sobre su puf, rodeado de cosas rotas. Hasta entonces, la preservación de esa felicidad de servicio mínimo que había sido su confianza en los vecinos después de Rosa y Pablo era el requisito intocable para seguir jugando con los enigmas de su sueño, con la ciudad, el libro, el ángel: un crucigrama entretenido a ratos que no contagiaría lo verdaderamente importante, lo esencial, la casilla de seguro de su existencia. Ahora no todo estaba tan claro; no podía pararse a reflexionar mucho en ello, pero parecía dispuesta a prescindir de esas garantías en favor de la aventurada exploración de la verdad, si es que esa cosa existía. Lo sentía, Blas, de veras, pero también él debería comprenderla. Esteban quiso sacar un cigarrillo del paquete: el hombre de la máquina de escribir lo detuvo con un susurro.

—Yo conocía al señor Almeida —admitió don Blas con un leve embarazo, pero con ese orgullo visionario del mártir ante la manada de leones—. Nos conocíamos desde hacía tiempo, desde que una amiga de Alicia, mi vecina, nos presentó. Solíamos tener negocios juntos, compra y venta de relojes, bodegones, de modo que nos veíamos con cierta frecuencia; yo acudía regularmente a la tienda después de que cerrara. Ayer por la noche, sobre las nueve y media, me telefonearon. Una voz de mujer me indicó que debía visitar a Almeida inmediatamente, íbamos a cerrar por fin el negocio que teníamos entre manos.

—¿Qué negocio era? —irrumpió la voz de Gálvez con brusquedad.

—Me extrañó que me llamase una mujer —prosiguió Blas Acevedo, sin inmutarse por la interrupción—. Sé que Almeida tenía una secretaria que le concertaba las citas y ordenaba su agenda, pero conmigo siempre se había puesto en contacto él mismo. De modo que salí de casa y tardé unos veinte minutos en llegar a Puente y Pellón; tengo muchos achaques, la edad no perdona, pero las piernas todavía me responden con soltura. La cortina metálica de la tienda estaba un poco echada sobre la parte superior del escaparate. Había poca luz, apenas una lamparita de cristal verde dentro, cerca del mostrador: todo sugería que la tienda estaba cerrada.

—¿Llamó usted para entrar? —dijo la voz.

—No era necesario —respondió Blas con inmensa, aplastante naturalidad—. Siempre que me esperaba, Almeida dejaba la puerta abierta. Yo entré, como tantas otras veces antes. Estaba oscuro, apenas podían distinguirse las piezas de las vitrinas; la luz de la lámpara verde le daba a todo un aire extraño, fantasmal.

La voz de tierra seca hizo un comentario laudatorio sobre la capacidad de don Blas para prestar ambiente a las descripciones: acababa de ofrecer el escenario literariamente ideal para un crimen atroz, como el que de hecho les ocupaba. La boca de Blas Acevedo volvió a retorcerse para componer aquella sonrisa martirizada, en zigzag, que Alicia no le conocía: confesó que se había pasado la vida leyendo novelas policíacas y que esos protocolos climáticos habían terminado por contagiársele.

—Pero —continuó el anciano como enhebrando una historia que dominaba de memoria, incluso la exacta sincronía de miradas y gestos— me di cuenta rápidamente de que algo funcionaba mal. Mi miopía sólo me permitía advertir que encima del mostrador había un montón de cosas revueltas; saqué las gafas de la funda, investigué con detenimiento: eran piezas abatidas de algún estante, una espingarda con la culata cubierta de sangre.

—Usted la tocó —ordenó la voz de tierra—. Sus huellas estaban en la espingarda.

—Sí —dijo Blas con una poderosa mirada marrón—. La tomé para acercármela a los ojos y comprobar que, en efecto, se trataba de sangre. Ahí ya me puse muy nervioso. Seguí el reguero de objetos derribados y di la vuelta al mostrador: Almeida estaba allí, en el suelo, en un pequeño charco de sangre, con la cabeza girada de forma muy rara hacia la derecha, como un maniquí.

—¿Qué hizo a continuación?

—Me puse muy nervioso —los orificios de la nariz de don Blas se ampliaron—. Las manos comenzaron a temblarme, el pulso de uno ya no es lo que era. Se me cayeron las gafas y no me di cuenta de que se me cayeron. Huí, sí. Estaba aterrorizado, y pensé, muerto de miedo, que nadie tenía por qué saber que yo había estado allí.

En un lento intervalo de silencio, Blas Acevedo escrutó la oscuridad de la habitación con fijeza animal, como intentando taladrar el manto negro tras el que se ocultaban las voces que le respondían. Rascándose los dedos, Alicia volvía a repetirse que aquel individuo que ahora proseguía su caza encubierta a través de las sombras, que aquella cabeza blanca y surcada de estrías, cercenada de su tronco por el violento cono de luz de la lámpara, estaba muy lejos del amable viejecito que en tantas ocasiones le había servido de pañuelo o de muleta, había hecho menos amarga una tarde, menos extraviada la senda de un pensamiento que no se atrevía a desembocar. Ella sintió que algo se movía a su espalda en el despacho, había como un correr de muebles; cuando la voz de barro reseco del inspector Gálvez volvió a sonar estaba más cerca de la luz y la cabeza cercenada, amenazadoramente próxima.

—Hay una pregunta a la que usted no ha respondido. ¿Qué negocios tenía con Rafael Almeida?

La sonrisa, sinuosa y escurridiza, volvió a emerger de los labios de don Blas.

—¿Tengo que contárselo otra vez?

—Repítalo.

Los ojos marrones giraron para barrer agriamente la parcela de oscuridad que debía ocultar a Esteban o Alicia.

—Bueno, la pensión de jubilado da para poco —don Blas cabeceó—. Sí, para bastante poco, sobre todo si uno tiene sus vicios. De joven me aficioné a jugar a las cartas, nada serio en principio. Fue esto de jubilarme, pasarme el día entero sin saber en qué pensar, lo que me condujo a esa adicción. Usted sabe que hay partidas en que la gente se juega la cuenta corriente, los muebles, la casa.

—No puedo creerlo —relinchó Alicia. Era la primera vez que su voz sonaba en la oscuridad, y Blas Acevedo dirigió la mirada hacia ella del mismo modo que un podenco es atraído por un rastro repentino. Su boca era un semicírculo carnoso e irónico.

—Créetelo, hija —dijo con un odioso remedo de la dulzura de antaño—. Perdí dinero, mucho dinero. Mi mujer poseía antigüedades de valor, joyas sobre todo. Poco a poco fui saqueando su secreter, sustituyendo las piezas por bisutería diez veces más barata que encargaba en cuanto alguna pequeña ganancia me permitía reponerme. Rafael Almeida era mi comprador habitual; puedo asegurar que se llevó una buena tajada: mi mujer tenía collares que habían pertenecido a importantes familias de la aristocracia sevillana.

—Lourdes no sabe nada —Alicia respiró con esfuerzo.

—Por supuesto que no, hija —respondió Blas Acevedo a la cortina de tinieblas que le había replicado—. La mataría si se lo confesase. Y espero que tú no seas tan cruel como para asestarle ese golpe.

Una culebra fría coleteó en la espalda de Alicia: entendió que Blas le reprochaba, como derramándole un vaso en la cara, su delación, su desagradecimiento. Deseó con amargura encender un cigarro.

—¿En qué consistía el negocio que tenía ahora con Almeida? —inquirió Gálvez.

—La cubertería de plata —dijo don Blas agachando la cabeza y dibujando un garabato con la mano en el aire, como un gesto de despedida—. Me iba a pagar bien. Pero ahora discúlpenme. No me apetece decir nada más.

El inspector Gálvez condujo fuera de la habitación a Esteban y a Alicia, como ensordecidos por un estruendo que les hubiera desfondado los oídos. El neón del pasillo les golpeó los ojos, y los dos tuvieron que desplomar la vista en el suelo mientras se buscaban apresuradamente el tabaco en los bolsillos de los abrigos. La mano de Gálvez les acercó la llama del mechero, se frotó preocupada la calva que se detenía tímidamente en la frontera de las orejas. Caminaron despacio hacia la máquina de café, sin que ninguno de los tres se atreviese a atajar el silencio. Esteban comprobó, de soslayo, que una lluvia desordenada y frágil comenzaba de nuevo a asperjar los cristales.

—Bueno —resopló por fin el inspector, antes de alcanzar los helechos de plástico—, a primera vista la cuestión parece muy simple. Su vecino, Blas, ha entregado la cubertería a Almeida pero éste no acaba de pagarle. Blas acude a la hora en que sabe que Almeida estará solo y lo liquida para cobrarse la deuda. Luego tiene miedo de lo que ha hecho y huye, dejando allí las gafas. La secreta-

ria de Almeida, a la que también hemos interrogado, afirma que no llamó a don Blas aquella noche,
porque estaba de permiso, y desde la tienda no se
efectuó ningún contacto telefónico con su número.
Todo parece casar en el típico esquema del asesinato por dinero, pero yo no acabo de creérmelo.

—¿Por qué? —dijo Esteban sacando diez
duros: sólo podía aspirar a un exprés.

El inspector espiró con energía, de un modo que el labio retembló ante la corriente de aire.
Echó una moneda de cien en el aparato, sosteniendo el Winston en una orilla de la boca.

—Tómese mejor un capuchino —sugi-
rió—, el otro no hay Dios que lo aguante. Usted
me pregunta por qué, y continúa la comedia. Muy
bien, ustedes dos siguen creyéndose que yo soy gilipollas, pero todos tenemos nuestro orgullo. Yo les
pregunto: por qué creen que he querido que ustedes asistan al interrogatorio. No sé si Blas Acevedo
habrá matado o no a ese anticuario, pero resulta
transparente que el móvil es otro que un mero arre-
glo económico. Queda saber por qué arrancaron
la página de ese anuario de antigüedades, quién
era la mujer que avisó a Blas para pringarle en el
crimen.

—Si no miente —Esteban removió el líquido de color fango que la máquina había es-
cupido.

—Si no miente, por supuesto —la mirada
de Gálvez alcanzó por primera vez una temperatura lo suficientemente desagradable como para in-
tranquilizar a Alicia—. Pero yo intuyo, no sé, que

dice la verdad. Y también me da la espina de que esta muerte está relacionada con la de hace unos días, la de ese ropavejero catalán, Benlliure. Murió en el portal de los Acevedo que, curiosamente, es también el suyo, Alicia.

Luego no sólo ella lo había sospechado, no sólo Esteban era capaz de establecer los hilos. La figura iba formándose extrañamente, dibujándose en el papel golpe a golpe, con sudor sucio y con sangre, la imagen iba apareciendo misteriosamente sobre la lámina mientras se la removía en el líquido de revelado. Una figura que se cerraba, un polígono cuyos lados iban aproximándose, dejando que emergieran a la superficie las aristas principales. Pero el contorno todavía no era reconocible. Con un comentario algo brusco sobre el buen provecho del café, el inspector Gálvez se despidió y prometió que volverían a verse. En cuanto a don Blas, era posible que el juez dictaminara una fianza. Cuando salieron a la calle había dejado de llover, pero el cielo estaba manchado por una muchedumbre de nubes hinchadas y rojas: anduvieron.

—Qué casualidades, sí, señor —Esteban parpadeó—. Resulta que don Blas Acevedo conocía al tipo de toda la vida y nosotros sin enterarnos. Y lo suelta justo cuando no encuentra otra forma de justificar su presencia en la tienda.

—Bueno, se suponía que era secreto.

—¿Es cierto que se lo presentó una amiga tuya? Marisa era amiga de Almeida.

—Yo tampoco lo sabía.

Pisaron charcos en silencio. El letrero luminoso de una hamburguesería se invertía en el pequeño estanque de agua, más diminuto y vacilante.

—La coartada de Blas es demasiado inocente —murmuró Esteban a la altura de una cafetería cerrada—. Demasiado razonable como para confiar en ella. Casi apostaría a que dejó las gafas ex profeso. ¿Tú te acuerdas de *La carta robada*?

—¿Qué? —respondió Alicia con aturdimiento.

—Hay que volver a los clásicos, nena: Edgar Poe. El cuento ese de la carta escondida, que al final estaba encima de la chimenea o de la mesa, no me acuerdo.

—Sí, sí. ¿Qué pasa?

—Acuérdate. El cuento empieza con una divagación sobre dos niños que juegan a adivinar cuántas piedras esconde el otro en la mano. Uno de los niños empieza escondiendo dos piedras. Cuando el juego se repite por segunda vez, no sabe cuántas esconder. Calcula el posible pensamiento del adversario: seguramente el otro creerá que va a esconder sólo una, porque acaba de esconder dos y no va a ser tan bobo como para repetir la misma jugada. Pero cabe un cálculo elevado a la segunda potencia: puesto que el adversario creerá que va a esconder una, esconderá dos, como al principio, aunque parezca lo más tonto. Es pensar contra un espejo. Es lo que ha hecho Blas.

—¿Tú crees? —Alicia le miró con ojos de virgen en tránsito.

—Claro que sí —Esteban se detuvo; un vagabundo roncaba bajo un cartón, cerca—. ¿Cuál es la forma más hábil de lograr que te exculpen de un crimen? Colocando un número elocuente de pistas en tu contra. Alicia, Blas mató a ese tipo. Y lo mató por todo lo que sabía de Da Alpiarça, del ángel.

Ella bufó.

—Esteban.

—Sí, sí —él se encajaba otro cigarrillo en los labios—. El sueño te ha conducido a conocer algún oscuro secreto de una secta, Alicia, una secta que ocupa tu mismo bloque. Los vecinos de arriba que quieren oírte, Nuria que esconde su figura, Lourdes que te da un zumo para dormir, alguien con llave que desmantela tu piso. Benlliure, no sé de qué modo, pero a través de tu sueño, sabe de ti y viene a traerte el ángel. Benlliure te perseguía, quería comunicarte algo. Alguien lo mata, pero él consigue entregarnos su ángel. Vamos reuniendo las inscripciones poco a poco, seguidos de cerca. Ellos, quienes quiera que sean, están detrás de nosotros, conocen perfectamente nuestros movimientos. Nos han ido dejando indicios pero siempre advirtiéndonos que los recogemos con su consentimiento, porque ellos lo desean expresamente. El libro cambiado de estante en la biblioteca que al final aparece, Benlliure que muere pero puede entregarnos la pieza, el anticuario asesinado sólo luego de desvelarnos la inscripción del cuarto ángel, y dónde se encuentra el primero... Quieren que resolvamos el enigma.

—¿Para qué?

—No lo sé, pero nos están empujando poquito a poco, adelante. ¿Y qué solución nos queda?
Habrá que resolverlo para ver qué encontramos.
Estamos dentro de la figura, Alicia, y no podemos
huir.

Era cierto. Tenía que admitirlo de una vez
por todas: estaba cercada, atrapada en el dominó
cerrado de su sueño, y la escapatoria era imposible.
Para practicar una abertura debía someterse dis-
ciplinadamente a las normas de juego, dejarse llevar por la marea del enemigo para comprobar en
qué playa estaba previsto el desembarco. Dando
zancadas militares, Esteban atravesaba la plaza del
Duque con la colilla entre los dientes. Se detuvo
bajo la estatua de Velázquez, lavada por la lluvia.

—Quizá sería mejor que dejases el piso por
un tiempo —dijo—. Podrías venirte con mamá
y conmigo.

—No creo que sea buena idea, Esteban
—a Alicia le molestaba volver a merodear aquella
cuestión—. Mejor me quedo en casa, ya veremos
qué pasa.

—¿Es por mamá o por mí?

—Ya está, Esteban.

Tarde o temprano, también debería encarar esa alternativa, tendría que acabar por dar la
vuelta y decidir el camino, porque Esteban se había aferrado salvajemente a la mano que su irresponsabilidad le había tendido, en una noche en
que era más importante dejarse arrullar y dormirse que pensar en las trayectorias infinitas en que la
vida se multiplica. Algo a la altura del diafragma,

algo que convivía con sus vísceras y le era tan ínti-
mo como la astilla de sus huesos y ciertos temores
irrenunciables, quería alejar de una vez a aquel
sustituto, olvidar la idea de reponer a Pablo bajo
la variante de un cachorro suyo más joven y también más enamorado; pero su inteligencia, la sala
con más luz y mejor acondicionada de ella misma,
insistía en mantener el brazo tendido, en permitir
que él siguiera atenazando su voluntad y sus promesas, porque la repulsa inicial podía ser vencida
por un futuro quizá cercano a esa utopía borrosa
en la que se distraía su miedo. Se despidieron bajo los fogonazos que preludiaban una nueva tormenta: el rostro de Velázquez se cubría de cera o
porcelana. De lejos, casi en la esquina de La Campana, Esteban le pareció a Alicia una tortuguita
apesadumbrada y pobre.

8. Entonces sí sintió que se asomaba al borde

Entonces sí sintió que se asomaba al borde del pozo, que sus dedos temblaban en el antepecho y el estómago comenzaba a anticipar el vértigo de la caída, el largo esófago negro que debía conducir a algún lugar de las profundidades, su cabello ardiéndole sobre la nuca y las orejas y los brazos dando paletazos en el aire hasta que de repente, al final, en la desembocadura de la chimenea, otra vez el mismo bulevar, con una precisión fotográfica las mismas aceras, los mismos, idénticos muros flanqueando como centinelas sus primeros pasos aterrorizados, sus titubeos, la decisión última de hacerse a un lado para tocar las paredes o examinar detalles, arabescos, estucos más nítidos que nunca, más sólidos, reales y espesos que nunca, tan alejados de esa defectuosa entrevisión de nube en un charco que había tenido hasta entonces, como si la avenida y los frontones y las farolas y los autómatas no hubieran sido hasta el momento más que bocetos de un dibujo que sólo ahora terminaba de trazarse, de volverse definitivo y exacto. Ahora la ciudad le golpeaba en los cinco sentidos y los ahogaba, los volvía estancos y mudos de tanto como les obligaba a abarcar, proponiendo dibujos sobre las puertas que hasta aquella noche habían resultado garabatos sin dirección, abandonando en el aire retazos de un verde olor a árboles mojados que su olfato se había resignado siempre, inexplicablemente, a desatender; las aristas de los edificios eran afiladas y violentas como navajas, las arrugas y los gestos poblaban rostros de estatuas que habían sido indiferentes, globales, anónimos; cada estrella de las que manchaban la tapadera de la noche era reconocible y distinta, sin que pudiera traspapelársela entre la marea de constelaciones y lucernarios, las sombras que proyectaban las farolas no se reducían a esa plasta grosera y negra que hasta el momento habían arrojado a los pies de los objetos, sino que poseían gradaciones sutiles, gaseosas, de grises y claroscuros. El charol de sus zapatos era más metálico que nunca, estaba más despierta en el sueño que nunca, hasta temer, por un segundo, que la ciudad hubiera acabado por filtrarse definitivamente, por burlar los controles y saltar la barrera, y que sin saberlo estuviera paseándose por el lado erróneo de la frontera. Pudo sentir sus pensamientos con toda claridad, percibir cómo las premisas iban encontrándose y confluyendo, con esa afinidad de los carriles que desembocan en la vía principal: si la vigilia y el sueño se distinguen tan sólo por ligeros matices de vividez, la ciudad merecía con toda propiedad el ingreso en ese mundo de puertas afuera, el de arriba, el de los cepillos de dientes y el café en el cazo poco antes de concluir de apretarse la corbata. Anduvo despacio, regocijándose con el sonido de cada paso, atenta al eco multiplicado que sus suelas levantaban en las esquinas; se detuvo frente a alguna ventana y vio cómo las sombras fumaban, leían, se invitaban a bailar; exploró bocacalles cuya existencia no había advertido antes y que la llevaron, luego de una alambicada investigación, al mismo punto del que había partido. Visitó el palacio de las Musas, el observatorio, las academias y los ministerios. Mordiéndose los labios, sin que la vacilación le permitiese manejar los pies con toda la presteza que hubiera deseado, se acercó, poco a poco, a la enorme plaza, más enorme, más desértica, más lunar que nunca. Los pabellones le parecieron un cementerio de fachadas infinitas, que repetían obsesivamente la misma progresión de ventanas o nichos hasta borrarlos en la distancia. Oyó el silbido de reptil del viento, lo sintió juguetear con sus cuchillas en el rostro. En medio, el ángel la aguardaba como el príncipe que preside una recepción de legatarios; le vio agigantarse a medida que se aproximaba, hacerse más pesado, volverse un ave helada y negra. Cuando lo tuvo delante, quiso mirarle a los ojos, pero las pupilas de él estaban ocupadas en otra cosa: viajaban sobre la ciudad, sobrevolaban las torres y los techos hundiéndose en la noche como emisarios de una voluntad impenetrable. No tuvo miedo. Pronunció su nombre, *Mahazael,* prestó voz a cada una de las sílabas que horadaban el pedestal y que reconoció fácilmente. Luego regresó el vértigo; la noche se le hizo un embudo invertido donde finalmente todos los astros acababan por resbalar: entendió que la reclamaban en otra parte. Volvió a percibir el roce en la piel, ese aliento de animal dormido, la chimenea la recogió de nuevo, cayó del lado contrario: arriba, hacia el cenagal de sábanas, sabor a saliva amarga y cenicero sucio, donde comprobar aturdida, en números rojos, que apenas eran las cinco menos cuarto.

No pudo llegar a tiempo porque no había terminado de cepillarse los dientes y el timbre del teléfono la sorprendió con las cerdas de plástico cruzadas en las encías; corrió por el pasillo todo lo posible, pisoteó más trozos de cenicero y esquirlas de cristal: apenas consiguió derribar el aparato del respaldar del sofá donde lo tenía apostado, y cuando tomó el auricular sólo le golpeó el oído la señal intermitente de la comunicación cortada. No sospechó nada hasta la segunda llamada, en que el teléfono estaba a mano porque había decidido jugar al rompecabezas con los pedazos de un jarrón oriental y no tuvo más que extender el brazo y comprobar que el hecho de descolgar era casi simultáneo a la interrupción de la línea por la otra parte, una especie de crujido de papel de estraza y de nuevo esa sirena intermitente pegada a su oreja. La tercera llamada se produjo mientras ella estaba en la cocina; se desplazó hasta el salón lentamente, tomándose su tiempo, dejando la oportunidad a aquella mano anónima de abortar el intento antes de que los hilos volvieran a colocar sus bocas frente a frente. Esa vez el desconocido no renunció: sobre una densa cortina de silencio Alicia preguntó dos veces quién llamaba; las palabras se hundieron en aquel vacío sin que nadie las recogiera, la línea volvió a cortarse a los pocos segundos. Regresando a la cocina para terminar de regar las conibras, Alicia encogió los hombros: las tres llamadas consecutivas podían simplemente obedecer a una equivocación, una cabina de teléfono que engulle las monedas antes de que la transmisión pueda establecerse, esas cosas; pero la mitad más suspicaz de ella misma, ese doble que había ido despertando sucesivamente a medida que las dudas sobre sus vecinos rompían el vuelo, sugirió, seguramente socorrida por ejemplos cinematográficos, que también podían llamarla para comprobar si estaba en casa, sola en casa, lo que permitía o vetaba quién sabía qué clase de operación posterior.

Negó con la cabeza, se resistió a seguir pensando, a que los razonamientos le cabalgaran por la cabeza sin bridas ni freno, colocó los macetones debajo del grifo. Pero Esteban había reconocido la noche anterior, la noche previa a su nuevo sueño más acendrado y transparente que nunca, que podía existir una especie de conspiración, de estrategia oculta entre quienes la conocían, por muy disparatada y sacada de quicio que pudiera parecerle la idea, que sí que se lo parecía. Apagó el grifo y se sentó sobre la mesa de la cocina, con un cigarrillo nerviosamente atrapado entre los labios. La ventana daba al patio interior, a las cuerdas entrecruzadas de los tendederos que formaban una especie de carta de navegación aérea; una ventana más abajo se oía el fregadero de Nuria, que almacenaba agua en algún recipiente. Recordó el papel que había hecho el día anterior en la cocina de Nuria, practicando el ballet encima de la mesa, y la atacó una combinación molesta de ternura y vergüenza: no sabía si Nuria merecía o no su terror y su desconfianza, pero no desestimaba los motivos que le habían hecho asomarse a la ventana, buscando elevarse por los tendederos. La razón reiteraba que no había nada que temer, que una trama como la que había tejido Esteban obedeciendo las sugerencias más liberales de su fantasía y alimentado por toda esa literatura tremenda que tanto le gustaba consumir no tenía más remedio que desinflarse por su propio peso; lástima que la razón fuese tan miope, tan sorda, tan incapaz de cerrar las figuras a pesar de tener todas las piezas sobre la mesa, impedida por sus propios protocolos, por su boba deontología científica. Algo por debajo de su estricta razón la apremió, mientras todavía no había terminado de fumarse el cigarrillo frente a la ventana, a que dejase inmediatamente el piso sin alambicarse por más tiempo en pros y contras: ella aceptó ese aviso como se acepta una promesa o un diagnóstico, que las cosas se cumplirán como alguien ha formulado sin que pueda ser de otro modo.

Arrojó al bolso el tabaco, las gafas de sol, su novela francesa, el monedero sin comprobar si necesitaba repuesto. Al tiempo que pulsaba el botón del ascensor cabezonamente rojo —al jubilado del quinto le gustaba pasarse el día del bajo a las azoteas, saludando gente—, se preguntó por el motivo real de su huida: qué la urgía a abandonar así el piso, como desentendiéndose de una cita molesta que era preferible evitar. Y bajando las escaleras a traspiés se respondió que trataba de esquivar una mano, liberarse de los hilos de una amenaza, retirar el pie del cepo invisible que, sin que supiera por qué, sentía cada vez más cerca de sus zapatos. Desembocaba en el recibidor del portal cuando el ascensor se abrió con una especie de aleteo y Nuria figuró dentro de la caja, frente al espejo, embutida en su chaquetón de cuero, como una muñeca dentro del paquete que la niña todavía no se ha atrevido a desenvolver. El encuentro con Alicia pareció retardarla, apaciguar la urgencia con la que había empujado la puerta del ascensor. Al ir a saludarla, Alicia advirtió que algo se había quebrado en el espacio entre sus miradas, que habían dinamitado el puente que conectaba una con otra.

—Hola —dijo Alicia, con una espontaneidad de actor de teleserie—. ¿Adónde vas?

—Tabaco —rezongó Nuria, sin mirarla del todo, emprendiendo los tres escalones que las separaban de la puerta—. Me he quedado sin un cigarro y así no se puede trabajar.

—Te doy uno mío, si quieres.

—No, negro no, por Dios —una sonrisa de lombriz iluminó por un segundo los rasgos de Nuria—. Te lo agradezco igualmente.

La última frase sonó tan cortés y educada que Alicia sufrió la tentación de darle un guantazo. El día, sobre la acera de entrada, era amplio y frío, no había nubes que interfirieran el cielo. La casetilla del portero estaba vacía: una revista, abierta sobre un futbolista vestido de blanco, aguardaba pacientemente a que José ultimara sus recados. Retenidas por unas palabras que no querían salir, Alicia y Nuria no acababan de separarse; por un instante, algo pareció ir a saltar del trampolín de los labios de Nuria, pero ese intento se disipó rápidamente. Lo que los labios susurraron fue:

—Hasta luego, que sigas bien.

No tenía la intención de ejercer de espía, su cerebro no había encontrado todavía el remedio que pudiese neutralizar la inquietud que las llamadas sin respuesta le habían traído. Sus pies la condujeron al bar de enfrente de casa con una especie de automatismo, el mismo con el que pidió café y anís y se sentó en una mesa que ofrecía una visión panorámica de su portal, tras la vitrina y los anuncios invertidos de papas con choco y serranitos. Nunca se había situado así, frente a su portal, abusando de ese anonimato del voyeur y la cámara oculta que permitían asomarse a la espontaneidad de las personas y los sucesos, libres de toda premeditación, limpios de ese barniz de simulación o recelo que impregna todos los encuentros, todas las palabras. Vio entrar a un sujeto con portafolios que identificó nebulosamente como el vecino de arriba, vio que José iba y venía, cargado con martillos; vio dos testigos de Jehová cruzar el umbral estrangulados con corbatas, vio salir a Lourdes y algo le pellizcó el corazón. Por qué rampa miserable le había hecho resbalar la desconfianza de Esteban, en qué estercolero estaba arrojando su paz, las palabras de aliento, el calor de unas manos en las que podía acariciarse el futuro. Se preguntó si todo lo que había oído a don Blas la tarde anterior sería real o si habría mentido, si ella lo habría soñado: el Blas de su pasado y aquel desconocido acorralado en la comisaría eran incongruentes como un rostro y el recuerdo que lo reconstruye. Quedaba apenas una circunferencia castaña en el vaso de café cuando advirtió, sin querer, que Nuria tardaba demasiado para comprar un simple paquete de tabaco: había un estanco una manzana más adelante. Con vergüenza, desaprobó su curiosidad; el mundo y la gente se le antojaban el mero escenario de una representación que continuaba tras las candilejas, en la retaguardia, donde se desenroscaba el verdadero nudo dramático sin que nadie pudiera asistir a esa revelación. La razón y el instinto se repartían su cerebro desdiciendo cada uno las conclusiones del opuesto, como la marea que a cada golpe borra la escritura de la arena. Un súbito ataque de prudencia le hizo cuestionarse por qué no había llamado a Esteban o Marisa, o a Mamá Luisa, para comprobar si había sido cualquiera de ellos quien había tratado de ponerse en contacto con ella por teléfono en lugar de aquel ectoplasma que supuestamente la amenazaba. Se cuestionó si en realidad podía hablarse de conspiración, si debería abandonar preventivamente el piso, si podían terminar en complot los hechos ciertamente inquietantes del presunto crimen de Blas, de la ocultación del ángel por Nuria, del sueño y el zumo de Lourdes y el salón saqueado y patas arriba. Pero si era así por qué no actuaban, por qué no pasaban a la acción y daban la dentellada, qué esperaban de ella, qué gesto estaban aguardando a su alrededor para decidirse; habría pagado sin vacilar el precio de descubrir de golpe que todos sus vecinos pertenecían a una conjura secreta si eso remediaba la incertidumbre en que se debatía.

Al segundo sorbo de anís su atención fue magnetizada de nuevo por el portal. Las divagaciones la habían apartado de la vitrina para concentrarse en la taza vacía y los Ducados, pero ahora una nueva figura reclamaba su vigilancia: una mujer, vestida enteramente de negro, estaba pulsando el número de su portero automático. Alicia entornó los ojos para que la distancia no la confundiera; era su número, no cabía duda, y los guantes negros de la mujer vestida de negro lo apretaban cada cinco segundos, acuciados por una urgencia difícil de disimular. No reconoció a la mujer: un largo abrigo negro la cubría tubularmente hasta las rodillas negras, unas gafas ahumadas tachaban el rostro resguardado bajo un gorro de paño negro. Se movía como una sombra, como un insecto, como el hombre invisible de la película, cubierto bajo su disfraz. De repente, como en una bofetada, Alicia supo que aquella mujer era quien había efectuado las tres llamadas que la habían hecho escapar. El corazón se le envalentonó, el anís y el cigarrillo dejaron de ser importantes; sus ojos verdes viajaban a través de la calle, se clavaban como alfileres en la mujer negra que miraba a un lado y a otro, oprimía el botón, calculaba los movimientos con la sospechosa cautela de un fugitivo. Una mujer vestida de negro, una mujer embozada y clandestina, una equis femenina en la ecuación de segundo grado que había despertado su sueño. Sí, eso es, había una mujer atravesada en todo aquel asunto, una presencia latente y continua que no salía a la superficie, Hitchcock en una película de Hitchcock, que pasa sin verse y es quien gobierna la intriga. Una mujer llamaba a Benlliure al hotel, una mujer avisó a don Blas para que visitara al anticuario, una mujer con peluca roja se hizo pasar por Marisa en su casa. Los conjurados se reunían en torno a una mujer, la Papisa, concubina de Satanás. Una mujer parecía el núcleo del enigma, la nuez del misterio, acaso la misma mujer de negro que Alicia seguía observando sin respirar y que ahora, después de barrer furtivamente con la mirada los dos flancos del portal, ascendía los tres escalones, recibidor adentro, con la misma forzada soltura de un animal mal amaestrado.

La decisión brotó de la atormentada voluntad de Alicia antes de que el cigarrillo acabara de consumirse, sobre el plato de la taza encostrada con los restos de café; pagó sin mirar las monedas, salió a la calle para recibir el azote de un aire metálico y frío. Al cruzar la calzada atropelló a un estudiante con carpeta que escupió un insulto, no se detuvo frente al portal aunque José volvía de alguna parte con destornilladores y le alzó la mano en una especie de saludo admonitorio. Tenía que comprobar si aquella mujer, la mujer de negro, había subido a su piso, si iban a jugar hasta el fin de la pantomima el papel de perseguidor y víctima que el azar había repartido entre ellas. El ascensor estaba a su disposición, pero lo descartó por tortuoso, porque verse aprisionada en el interior de ese cajón oblongo no le serviría más que para sentir que aplazaba piso a piso el encuentro esencial. Remontó los escalones de dos en dos, con el pulso goteándole en las sienes, con la mente vacía como una cinta sin registrar: silencio, una rápida eternidad de silencio. El futuro y sus planes concluían en la inmediata colisión con la desconocida, su imaginación no lograba llegar más allá; no sabía qué sucedería tras la baliza que custodiaba esa misteriosa silueta negra. Los pulmones suspiraron en su pecho como un acordeón roto cuando se detuvo a otear en el rellano: la puerta de su casa se hallaba correctamente cerrada, no se veía a Lourdes ni al otro vecino, sobre la escalera reinaba una aplastante apariencia de normalidad. Subió los últimos escalones con los nervios de punta, esperando encontrar la figura negra en cualquier recodo, esperando que se desprendiese quizá de las macizas sombras negras que proyectaba la lámpara del techo sobre el muro y las baldosas. Se detuvo frente a su puerta, afiló los oídos, acalló la respiración: la falta de indicios sólo contribuyó a alarmarla más todavía. La mujer podía haber seguido su ascenso escaleras arriba, podía haber desistido, podía estar en la azotea, podía visitar a una amiga que no era Alicia, cuyo número había podido equivocar en el tablero del portero automático. Una especie de fatalidad irresistible la obligó sin embargo a sacar las llaves del bolso, a clavarlas en la cerradura de su puerta y girar lentamente el pomo mientras su mirada no se apartaba de la estera azul y amarilla; la misma fuerza desconocida tomó su cabeza y la hizo recorrer la cocina apenas entornada, el vestíbulo donde comenzaban las primeras constelaciones de porcelanas rotas. Dio un paso; un cristal crepitó bajo su pie con voz de rana resfriada; la luz del sol se estampaba sobre la cristalera del balcón, dibujando nítidamente el perfil del sofá, un sillón bocabajo, los bafles: y el contorno de una presencia femenina, inequívoca en la curvatura de las caderas, que sostenía algo pesado en la mano derecha. Alicia pensó vertiginosamente que era ella, que había entrado en su piso, que tenía que hablarle, que le parecía adivinar la cosa que llevaba en la mano. La silueta, advertida por el sonido de la puerta y el cristal pisado, se había vuelto precavidamente hacia el vestíbulo, permitiendo que un rayo de luz desvelara que sus dedos apretaban un objeto de metal negro. El corazón de Alicia no precisó de más datos: la hizo huir con el cerebro cortocircuitado, fuera de servicio por la sorpresa y el espanto. Se le ocurrió que seguir subiendo escaleras podía otorgarle una oportunidad de salvación; las subió con ferocidad, maltratando sus piernas, desoyendo el dolor y la angustia. Aquella escapada imitaba malignamente el argumento de sus más crueles pesadillas de niña: la persecución sobre un laberinto de escaleras que no finalizaban nunca, acosada por un ritmo de pisadas que nunca llegaban a concretarse en un cuerpo, pero que constituían el aviso de una presencia insoportable que buscaba aniquilarla. Como en el terrorífico escenario de antaño, Alicia comenzó a oír ese ritmo bajo ella, uno o dos rellanos bajo ella, tacones que iban golpeando peldaños en su búsqueda. Una fugaz mirada al hueco del pasamanos le demostró que aquel fantasma negro la seguía, aceptaba su juego, asumía su papel de depredador en la coreografía del cazador y la presa. Sintió que el miedo le desinflaba los pensamientos, pero que sus rodillas eran fuertes.

La puerta de latón que accedía a la azotea estaba abierta; la cerradura había cedido desmigada por el óxido muchos años atrás. Alicia empujó con rabia y se encontró rodeada de antenas y de torres, sobre un ajedrez asimétrico de losas rojas que las últimas lluvias habían empapado. Corrió, quizá con el oculto propósito de salir a volar cuando no le quedaran más losas que pisar, resbaló. El muslo y las costillas recibieron una especie de impacto gris, la respiración retrocedió. Vio por el rabillo del ojo que la sombra negra se echaba sobre ella, quiso arrastrarse y no pudo. A esa altura cerró los ojos y vio a Rosita con las trenzas en el vestíbulo, la imagen que siempre había retenido fotográficamente en la memoria para poder refugiarse en ella antes de abandonar este mundo.

Notó que una mano, sin guante, la aferraba por el brazo; se sintió elevar, sintió que sus músculos naufragaban, impotentes para seguir resistiendo. Notó que aquella mano, antes de que el dolor le volviese a visitar la pierna y el costado, intentaba una especie de caricia sobre su frente. La voz que le llegó a los oídos le hizo desear, como una brisa, tener una cuna donde adormecerse, tener sábanas limpias, un dulce perfume a lavanda con el que impregnar los cajones donde se guardaba la ropa.

—Pero Alicia, ¿estás loca? ¿Pensabas saltar hasta la calle?

La melena negra de Marisa se había derramado desordenadamente sobre las solapas del abrigo negro, y sus ojos negros contemplaban aterrados el rostro de Alicia, que no sabía si morirse de alivio o vergüenza. Se dejó levantar y avanzó cojeando hasta una de las barras de los tendederos: las sábanas de los vecinos del bloque ondeaban al aire con el compás naval de una marea. Marisa le tendió un cigarrillo, que ella aceptó sin resistencia, aceptó el mechero de metal negro que la luz traicionera del balcón le había hecho confundir con una pistola; se rió, descargando en la frágil carcajada todo el peso de la angustia que la había asfixiado, fumó agradeciendo el sabor del humo más que nunca: sólo entonces advirtió la incongruencia de que fuese Marisa quien le hubiera otorgado el cigarro, aún más, quien ahora, mientras ella recorría con la vista el populoso cementerio de antenas y espadañas que cuajaba el horizonte, tomara otro Cohiba y se lo plantase en los labios.

—Perdóname, Alicia, perdóname por lo que más quieras —Marisa engulló el humo sin un asomo de remilgo—. Te llamé por teléfono pero no pude hablar contigo. Usé el portero automático y no contestaste. Entré con la llave que me diste para esperar a que vinieras, porque tengo que hablar contigo, tengo que hablar contigo.

La voz, hecha pedazos, bordeaba suavemente el llanto: no, no lloraría, pero sí lo había hecho antes, muy poco antes. No quiso pensarlo y se arrepintió en cuanto lo pensó, pero Alicia pensó que Marisa utilizaba su llave con demasiada confianza; quién le garantizaba a ella que no había estado allí unos días antes, desvalijando cajones. Pero había tantas preguntas que contestar que sumar otra a la lista le pareció inútil: y Marisa, con los dedos temblando en torno al cigarrillo, parecía dispuesta a ofrecer respuestas de inmediato.

—Sé que te estarás haciendo un montón de preguntas, Alicia —Marisa no miraba a la cara—; qué justifica que me presente de esta forma en tu casa, en este estado, en fin.

—Pues sí —replicó Alicia sin indulgencia.

—Ya ves, yo fumando —Marisa fumó—. Lo siento, sé que te he calentado mil veces la cabeza con lo malísimo que es el tabaco, pero creo que me hace falta. Sí, me es muy necesario, por los nervios y todo eso. Le he quitado un paquete a Joaquín y me he escapado de casa antes de que él pudiera seguirme. Está muy suspicaz desde hace dos o tres días, me vigila constantemente. Creo que sabe lo que pasa. Te llamé desde casa pero él estaba delante y no pude hablar. Me coloqué toda esta mierda negra, el sombrero y las gafas para que no me pudieran reconocer. Tenía que verte pero él no debía saberlo. Nadie debía saberlo. Pobre Joaquín.

—Marisa —Alicia recurrió al tono imperativo, a la mirada de las conversaciones importantes—. ¿Qué te pasa?

—Me he enterado esta mañana, por la radio —la voz de Marisa volvía a flaquear, a hacerse líquida—. Han matado a Rafael Almeida.

—Sí, eso es. ¿Y bien?

El resto fue superfluo. El silencio y algún vagido estratégico resultaron todo lo elocuentes que Alicia necesitaba para comprender la desolación de Marisa, la desconfianza de Joaquín, la ineficacia de un exclusivo apostolado dedicado a abstracciones como la astrología o la dietética, la búsqueda del hijo imprescindible por derroteros que el matrimonio le había vetado. Sabía, por alguna escueta noticia de Esteban o quizá de ella misma, que Almeida y Marisa se conocían, que ella había sido su cliente, que de vez en cuando aparecían sobre los muros de su piso antigüedades de un valor escandaloso, que quizá su sola cuenta corriente no hubiera podido conseguir. No molestó a Alicia el silencio, la mentira por defecto que constituía no confiar toda la verdad a una amiga, el trozo de la vida de Marisa que acababa de emerger de las aguas después de una estricta reserva: había comenzado a acostumbrarse a aquella sordera de niña tonta a los secretos ajenos, secretos que los demás habían decidido que su minoría de edad sentimental no podría digerir. Nada del pasado le importunó ahora; el presente era mucho más acuciante y molesto, convertido en un espeso dolor violáceo en el muslo y las costillas.

—¿Desde cuándo, Marisa?

—Dos años —hipó Marisa tirando el cigarro—. No me preguntes si era mejor que Joaquín, seguramente no. O sí, no lo sé. El caso es que no me decidí a prescindir de ninguno de los dos y ahora el destino me ha resuelto el trabajo.

—¿Cómo comenzó?

—Con la jarra de porcelana que tengo en el salón. ¿Te acuerdas? Se la compré a él. Sabes que siempre me ha vuelto loca la porcelana antigua. Me conseguía cosas, yo lo notaba detallista. No sé, Joaquín es bueno y obediente, pero siento a veces que para él no merezco más atenciones que un mueble. Rafael me llevaba a cenar, incluso hubo algún viaje clandestino, bueno, te imaginarás.

—Me imagino —concluyó púdicamente Alicia.

—Tenía que contártelo, Alicia, tenía que desahogarme. Me he enterado y se me ha jodido algo aquí, a la altura del pecho. Me iba a asfixiar, me iba a morir, y Joaquín mirándome, que si me había sentado mal el café. Enterarme ha sido como una puñalada. ¿Me perdonarás que te lo haya ocultado todo este tiempo?

—Resistiré.

—Gracias —las manos de Marisa apretaron otras manos no todo lo tibias que habían esperado—. Sé que debería habértelo contado todo antes, al menos a ti. Pero los dos preferíamos mantenerlo en secreto, no sólo por Joaquín. Apenas nos dejábamos ver juntos por la calle, apenas en las clases de relajación, esas cenas que te he dicho, el cine. Todo resultaba mucho mejor si se mantenía cada cosa en su sitio.

—¿Y podías hacerlo? —inquirió Alicia sin mucha convicción—. Colocar a cada uno en su casilla y no permitir que saliese de ella, quiero decir.

—Sí, sé lo que quieres decir —un destello de recelo aclaró los ojos de Marisa—. Te parece artificial y hasta horroroso dividir así la vida de una, los tenedores en un lado del cajón sin que se mezclen con las cucharas, todo en su lugar conveniente para no estropear el saludable transcurso de la existencia. Sé que para ti no soy más que un poco eso, la salud y el orden, el equilibrio antipático, nada de colesterol, de excesos, de promiscuidad, todo higiénica y anodinamente perfecto.

—Eres tú la que lo está diciendo —contestó Alicia sin rebatirla.

—Ya, bueno. He llorado, pero no lloraré más. No sé si tenía que llorar, no sé lo que el protocolo de los sentimientos ordena en este caso, no sé si he llorado por él, por mí, por Joaquín. Está de más decírtelo, pero te rogaría que esta conversación quedase estrictamente entre tú y yo.

—Por supuesto.

Alicia no encontró qué replicar. Supuso que todas las palabras de consuelo a mano estaban demasiado usadas, eran como pañuelos manchados, y que acaso el silencio resultara más amistoso. Practicó una leve caricia en el pelo negro de Marisa que sonó forzada, sonrió. Pero ella todavía tenía algo que preguntarle.

—¿Fue de verdad don Blas? —la voz de Marisa despertó con un ronquido—. El periódico de esta mañana daba su inicial y el apellido. ¿Fue él?

—No lo sé —dijo Alicia—. Le han interrogado.

—Ironías de la vida. Yo le hablé de Rafael, le envié a la tienda. Una de las dos veces escasas en que habré hablado con él. Me pidió consejo sobre una pieza que quería tasar, no sé qué. Yo le mandé a la tienda y él se lo carga. Es como si yo misma lo hubiera matado un poco, ¿no? Un intermediario.

—Déjalo.

El brazo de Alicia sobre su hombro era más cálido y sincero: anduvieron hasta la escalera. La Palma del Príncipe podía venirles mejor que nunca aquel mediodía.

Había muchos motivos que le hacían desapetecible la visita obligada de cada sábado al pisito de la calle Francos, y no sólo el hecho de tener que velar estatuariamente durante unas dos horas, mientras se enfriaba el café o concluía la telenovela, el cuerpo estrujado de la anciana, incrustada en el sofá, con su angustiosa respiración de lagarto. Alicia podía estar dispuesta a hacer caso omiso de sus repugnancias llegado el caso, pero el piso la acosaba con una feria de atrocidades difícilmente tolerables, que convertían sin remedio la visita sabatina en un viacrucis obligado por la compasión, o por una variante masoquista del hábito que se había avenido a acatar. Recordaba habérselo repetido a sí misma aquel sábado, mientras ascendía con mucho aplomo los cuatro rellanos a pie que prologaban el vestíbulo, el espantoso vestíbulo desde el que le daba la bienvenida, como un latigazo, el rostro de Pablo en la consola, cruzado por alguna sonrisa veraniega del pasado. Ascendía uno a uno los escalones con la mano en el pretil —el metal estaba frío, el muslo dolía con un dolor elástico— y se preguntaba, otra vez, por la naturaleza de esa inercia inexplicable que le ordenaba seguir obedeciendo a la fecha de las visitas, seguir sentándose en el mismo sofá estampado con amapolas o girasoles o adivina qué, girando discretamente la mirada para no darse de frente con la otra foto, la que se escondería como quien no quiere la cosa entre panorámicas de París o robustos muchachotes cargados con togas, porque aquella otra foto, mucho más que la que la recibía desde el vestíbulo con su sonrisa vejatoria, sí constituía una violencia, una declaración de guerra expresa contra su maltrecha tranquilidad a medio zozobrar. La vieja, a la que las ausencias que habían llenado su vida le habían hecho aprender a detestar, sabía perfectamente que Alicia había barrido de su casa todas las fotos de Rosa para llenar una ventruda bolsa de basura que le ayudaría a atascarse menos en los médanos de la memoria; no podía soportar la vigilancia de ese rostro, de esos ojos encerrados en el cristal y en el marco como perdidos bajo la superficie de un lago que Alicia sólo podía repasar con las puntas de los dedos. Sin embargo, Mamá Luisa la dejaba sobre la estantería, perennemente frente a la enciclopedia y el reloj de cobre paralizado en las cinco y cuarto, quizá para darle a entender, con toda la crueldad soterrada con que solía hacerlo, que la niña, o su espejismo, seguía observándola desde alguna parte, reprochándole sus esfuerzos por olvidar. Por eso, siempre que Alicia entraba con los dos besos y la media docena de bizcochitos para diabéticos, elegía estratégicamente el sillón que daba la espalda a los libros, aunque luego la televisión exigiera una complicada dislocación del cuello y los hombros, y entre el naufragio de temas y comentarios que proponía la anciana, se concentraba en contemplar el balcón y las macetas. A Mamá Luisa le fascinaban las conibras, sabía que las de Alicia crecían sanas y esbeltas y se lamentaba con un poco de teatro de que a ella, a pesar de haber intentado criarlas en un par de ocasiones, apenas le durasen quince días. Alicia le repetía, aunque no estaba segura de que la vieja la escuchase, que el cariño era esencial.

—Mamá, usted tiene que regarlas y acariciarlas con amor, que se enteren de que las quiere. Son muy sensibles para eso. Si se dan cuenta de que lo hace sin apetecerle, se niegan a vivir. Se dejan morir de hambre.

Seguramente, se le ocurrió a Alicia, las conibras debían intuir que la vida exige unos mínimos de calidad por debajo de los cuales carecía de sentido seguir clavada en la maceta, abandonada a la fatuidad del porvenir. Lo que le sucedía a ella era que no se decidía a recurrir al método drástico de la inanición pero tampoco terminaba de aceptar la mano que intentaba acogerla, que sólo buscaba eso, acariciarla, cuidarla, protegerla de la intemperie. Y ésa era la mano de Esteban que entonces, a las siete menos diez, aparecía con más de media hora de retraso con el anorak todavía empapado de la noche anterior y una especie de pensamiento oculto en las trastiendas de la mirada. Se aproximó a besar a Mamá Luisa y recibió una presión de los dedos de Alicia en la nuca, un gesto incierto que podía ser interpretado con idéntico asombro por una caricia o una señal de desaprobación.

—Perdonad el retraso, nenas —Esteban se recomponía el cuello de la camisa luego de sepultar el anorak en el lavadero—. Vengo del relojero, el tipo jodido necesita por lo visto dos años para reparar el reloj de papá.

—Lo que le pasa al reloj —rió Alicia— es que ya está para el desguace, y tú esperas un milagro.

—Sé de buena tinta que ese mismo relojero ha resuelto otros casos perdidos —Esteban se cuidó muy mucho de omitir la procedencia de su tintero—. Se llama Berruel. Su tiendecita está en la plaza del Pan, huele siempre a azufre. Cerca del anticuario que tú y yo conocemos. ¿Quieres un café?

El estómago de Alicia apenas había tenido ocasión de digerir el café precedente, pero el convincente alabeo de cejas de Esteban le indicó que el viaje a la cocina era obligatorio. Cruzó el vestíbulo sin mirar a los lados con dos tazas en la mano; Esteban la aguardaba junto a la encimera chupando pensativamente un Fortuna. El cuello de la camisa no le había quedado demasiado equilibrado, aunque él hubiese intentado momentos antes una especie de acomodo más o menos ecuánime entre el jersey y la garganta. Alicia se lo corrigió con manos de mamá atenta, de la misma forma que Esteban le había visto colocar el uniforme a Rosa antes de salir para el colegio, como quien enmienda la indumentaria de un maniquí o una muñeca antes que vestir a una persona, una cosa que respira, escupe y se ensucia. A él esa súbita tentativa de acercamiento, tenerla a la distancia de las narices arreglándole el cuellecito, le provocó un calambre de alarma en la desembocadura del esófago. Por supuesto que toda proximidad podía ser aprovechada para morder con fuerza, pero sospechaba una estrategia encubierta en su salida a campo descubierto, a tiro directo del oponente.

—¿Te llovió anoche? —dijo ella de improviso, abofeteándole sin compasión con la mirada.

—No, apenas —él respondió retrocediendo un paso—. Bueno, me mojé un poco el anorak, habrás visto, pero nada de importancia. Llegué bien, metí a mamá en la cama, me acosté, no pude dormir.

—No pudiste dormir —esa información pareció despertar en la mente de Alicia la necesidad de decir algo—. Pero yo sí dormí, Esteban, y estuve otra vez allí abajo.

—¿En la ciudad? —Esteban volvió a avanzar, y la tuvo otra vez tan cerca que supo que su boca olía a café.

—Sí —dijo ella, abstraída—. Fue más nítido, más claro que nunca. Lo vi perfectamente todo,
como te estoy viendo a ti ahora, como si hubiera
estado despierta. Después de tanto insomnio, ahora
esto.

—El zumo —dijo Esteban fumando con
pasión—. ¿Descubriste algo nuevo?

—No, era lo de siempre, pero más deta-
llado, eso sí. ¿Cómo crees que los sueños llegan
hasta mí?

—¿Volando?

—Sí —ella estrelló las tazas en el fregadero, abrió el grifo con un golpe de kárate—. Anoche dijiste que era posible que existiese relación
entre el hecho de que mis vecinos formaran parte
de la presunta conspiración y el de que yo comen-
zase a soñar con la dichosa ciudad. Crees que he
interrumpido una fiesta privada o algo así, ¿no?,
que me he saltado la valla del cortijo sin que nadie
me haya permitido la entrada.

—Algo así.

—Te parecerá estúpido lo que he pensado
—dijo Alicia dejando irreprochable el asa de las
tazas—, pero si se trata de desentrañar sueños, quizá debería acudir a un especialista.

—¿A un psicoanalista? —Esteban sentenció
su colilla—. Creía que Mamen ya te había preve-
nido contra las maldades del doctor Freud.

—No me has entendido —las tazas se es-
currían en las manos de ella—. Hablo de una adivina. Marisa me dejó hace días una tarjeta: quiromancia, cartomancia, oniromancia, papamancia

y pipimancia. Es por la Alameda, podemos darnos un paseo.

—Sí, pero tendrás que ir sola —dijo Esteban desde la puerta, junto al almanaque con una foto de la Alhambra—. Ven, tengo que enseñarte una cosa.

Mamá Luisa seguía estancada en las imágenes del televisor (un hombre y una mujer cambiaban guantazos por un beso voraz, enorme), de modo que no pudo ver cómo Esteban y Alicia corrían con prisa del vestíbulo al pasillo, donde comenzaban las dos series paralelas de bodegones de caza y aquellos cadáveres de pájaros grises que Alicia nunca supo si eran perdices o pichones. No siguió a Esteban hasta su habitación, al fondo del corredor, de donde él regresó después de un breve tumulto de cosas revueltas con un papel arrugado en los dedos. Se lo tendió a Alicia: la luz diagonal del salón apenas permitía descifrar una confusa madeja de nombres y flechas.

—Me voy a Lisboa mañana mismo —informó Esteban, agachando su voz por debajo de la del galán del televisor, que juraba no volver jamás—. Voy a visitar a Sebastião Adimanta.

—A Lisboa —repitió Alicia, con entonación de descubrir la verdadera identidad de los Reyes Magos.

—Mira el papel —él señaló algo dentro de aquel océano de arrugas y pliegues—. Tenemos las inscripciones de tres de los ángeles, pero nos falta una. La que falta está en Lisboa, y no voy a pedir que me la envíen por fax.

Las sufridas pupilas de ella, empujando la oscuridad hacia el pasillo, descubrieron que ya conocían tres de las líneas que garrapateaban torcidamente el folio:

א .AZAZËL. ☨ .HVMANAQVE.HOMINES.TESIDRV. AETAESME. IN.INSAENE.EVMPTE...

ש .AZAEL. ☷ .DENTE. DRACO. TGIVGERED. ROAGD.MGEGD.MVTEE...

ג .MAHAZAEL. ☦ .MAGNA.PARTE. BISSCSV.VEISEI. PIIEISEIOETI.ISSIE...

—Nos falta un fragmento esencial del mensaje —dijo Esteban mientras se palpaba la mandíbula—. Pero hay una relación que no habíamos constatado hasta ahora, fíjate si somos burros, una relación que no aclara mucho, pero que podría aportar alguna pista. Mira los elementos de cada inscripción: una letra hebrea, el nombre de un ángel, un signito que no conocemos, dos palabras en latín, cinco en ese idioma que suena a cacareo, el conjuro en griego.

—Sí, eso es —el mar de arrugas temblaba en la mano de Alicia.

—Las dos palabras en latín —él la miró como escarbando bajo sus pestañas—. ¿No te suenan? ¿No las conoces de nada? *Humanaque homines, dente draco, magna parte.* Es el principio de los tres últimos versos del poema que descubriste en el libro, el del grabado del dragón que se mordía la cola. ¿Te acuerdas?

Con un chisporroteo entre las cejas, Alicia recordó el grabado: un monstruo escurridizo y circular, arrastrándose por el polvo de un paisaje de hecatombe, manchado de ruinas y grietas. La mano de Esteban había rescatado aquellos versos en el papel, y detrás la enigmática versión castellana: *Dira fames Polypos docuit sua rodere crura, / Humanaque homines se nutriisse dape. / Dente Draco caudam dum mordet et ingerit alvo, / Magna parte sui sit cibus ipse sibi.*

—*El hambre terrible enseñó a los Pólipos a roerse las piernas* —leyó ella, saboreando cada palabra como una especia—, *y a los hombres a nutrirse de sus propios asuntos. El dragón muerde su cola con los dientes y la arroja al vientre, para alimentarse de gran parte de sí mismo.* Luego existe una relación entre estos versos y la inscripción de los ángeles.

—Sí, inscripción que a la vez contiene un conjuro —Esteban se registró los bolsillos en busca del paquete de tabaco: mierda, la cocina—. Inácio da Alpiarça y Achille Feltrinelli fueron amigos en Lisboa. El segundo dirigió en Italia la famosa secta de los Coniurati, y Da Alpiarça rezó al Diablo para salvar su rinoceronte. Los dos estaban vinculados a una secta que rendía culto a Satanás a través de una misteriosa mujer, la Papisa. El *Mysterium Topographicum* es la descripción detallada de una ciudad que no sabemos si ha existido, pero en la que los Conjurados aseguraron reunirse; en esa ciudad hay cuatro plazas con cuatro ángeles, que luego Da Alpiarça fundió con cuatro inscripciones. Y resulta que el contenido de las inscripciones remite, al menos parcialmente, a un poema que cierra el libro de Feltrinelli.

—Cada punto conduce a los otros —reconoció Alicia, dibujando una fugaz geometría en el aire—. Como en un círculo.

—El círculo del dragón —Esteban respondió con ojos llameantes—. *Dente draco caudam dum mordet et ingerit alvo.* ¿Por qué la leyenda de los pedestales señala hacia esos versos? Es más, ¿qué significa ese poema? *Enseñar a los hombres a nutrirse de las cosas humanas.* ¿Canibalismo?

—Tonto —ella sonrió, y la opresiva tensión del aire relajó las cuerdas—. De modo que te vas a Lisboa y me dejas sola.

—Será cuestión de tres o cuatro días —los dedos de Esteban necesitaban un cigarro—. Quiero ver a Adimanta, ver el ángel, charlar con él. Por lo visto, es especialista en ocultismo, quizá sepa algo sobre Feltrinelli o Da Alpiarça. En cuanto al viaje, Lisboa es barato, y siempre puedo tirar de lo que tengo ahorrado para el piso. Cuidarás de mamá, supongo.

Era el momento de decir algo, de encajar la cuña que se encargase de practicar la abertura para lo sucesivo, de efectuar el orificio que oficiase de respiradero. Desde aquella mañana Alicia sabía que el futuro estaba decidido, que tenía que desoír esa remota repugnancia que entendía a Esteban como una prolongación de Pablo, como un rescate rebajado y de saldo de aquel muerto eterno que la había acariciado. Sí, ciertamente Esteban no era más que un alargamiento del epílogo, una continuación de lo mismo con las mismas insatisfacciones pero también las mismas, necesarias garantías. Y aunque el corazón se le rebelaba, se le seguía rebelando ante aquella solución de andar por casa, de conformarse con una provisoria abolición de su hambre, la alternativa debía ser descartada por inaccesible: la soledad, la memoria, la oscuridad, el cese. Debía arrojarse en los brazos de Esteban a pesar de toda esa reticencia de niña mal enseñada a comer, de no me gustan los garbanzos y prefiero el chocolate; no era ninguna traición, él la deseaba, deseaba acunarla y rozar cálidamente el nacimiento de sus cabellos, como su prototipo, como aquel lejano Esteban de antaño. Tenía que darse, enseguida. Pero cuando su boca comenzaba a entreabrirse y la fustigada voluntad la empujaba hacia el cuerpo opuesto, una barrera intangible, un muro que era como negarse a que dos y dos fuesen cinco detuvo sus músculos y le puso palabras en la boca.

—Cuando vuelvas, quiero que hablemos —dijo muerta de vergüenza.

Él la miró con una sonrisa; o era la luz que llegaba del salón, entrecortada y defectuosa, la que le dibujaba ese gesto en los labios. La acarició con dedos de acariciar un peluche, la besó púdicamente en la mejilla. Luego volvió a la cocina, porque hacía mucho tiempo que sus pulmones suplicaban exhaustos otro cigarrillo.

9. Algo en él agradeció el reencuentro

Algo en él agradeció el reencuentro con aquel olor polvoriento a felpa y ambientador barato que servía de protección a otros olores más inconfesables, a esa fragancia del pasado que amalgamaba madera masticada por termitas, sábanas exhaustas, la manteca frita con que se cocinaban guisantes en la angosta cocina de arriba, un trastero con fogón y algunos azulejos rotos. Siguiendo la especie de cartografía que la memoria le suministraba, Esteban se empecinó en exigir la misma habitación, catorce, la que daba al centro de la plaza donde el valiente João I sostenía su bastón de *majorette*. La señora, que también era la misma de entonces, no opuso resistencia a su capricho, y aunque la veintitrés o la treinta contaban con una desahogada bañera que hacía innecesaria la rigidez de sarcófago del plato de la ducha, acabó entregando la llave a Esteban como quien rinde una ciudad sitiada. Era la misma mujer, enorme y parda, con las mismas muñecas abotargadas, la misma, perpetua verruga de lenteja sobre el labio sin afeitar. Esteban ascendió hasta el primer piso para comprobar que la escalera seguía igual de jorobada, inclinada hacia la derecha, torcida por el pisotón de un improbable coloso; atravesó el corredor donde toda aquella coalición de olores se hacía

más exacta e intensa, alcanzó la puerta. Los recuerdos parecieron cesar mientras introducía la llave en
la cerradura y sostenía la maleta —apenas las mu-
das necesarias para tres o cuatro noches, el dolalgial
(nunca se sabe), el libro obligatorio que quedaría relegado a la esquina de la mesilla para acoger el paquete de tabaco, la cartera, alguna postal—; pero al
abrir la habitación comprobó que algo se abría también sobre sus cejas y las imágenes corrían desboca-
das como una jauría. Habitualmente, la memoria le
obligaba a acatar este tipo de simetrías aunque ya
no conservasen sentido, aunque se hubieran vuelto
la liturgia mecánica de quien descree de un sacra-
mento. Hallaba un morboso placer en cotejar su felicidad pretérita con el extravío de ahora, en colocar
cada uno en su plato de la balanza para tantear el
peso específico de uno y otro. Aproximándose al
ventanal para retirar las cortinas recordó aquel descomunal árbol de Navidad que en la Lisboa del pasado, unos cinco años atrás, suplantaba a la estatua
de João I de la que ahora sólo entreveía las ancas
más indignas de la montura. Hacía años que no se
acordaba de Eva, seguramente porque ese pabellón
de la memoria no merecía ser revisitado, pero
ya desde que descendió del tren hacia las siete de la
mañana, con un torpe amanecer que no se decidía
a romper sobre las zancas gigantes del Ponte 25 de
Avril, supo que esta breve visita llevaría el estigma
de ese amor antiguo, de esos veinticinco meses en
común confortables y tediosos que ella se atrevió a
concluir en una tarde de lucidez. De otro modo, sonrió Esteban aquella mañana, todavía seguiría arras-

trando la misma, bondadosa rutina de mesas camilla, películas azarosamente atrapadas en un videoclub, Bitter Kas e higiénicas vacaciones navideñas
cada mes de enero. Agradeció a Eva su valentía para cercenar los lazos que los estaban atrapando a uno
contra otro sin que, cada vez más, ellos desearan ese
lastre, y aunque durante unos meses él sintió que le
faltaba algo a la altura de los crepúsculos, pronto tuvo que reconocer que la compañía que necesitaba
era otra, algo más acorde con la persona imposible
que su hermano ya le había arrebatado. Esteban quiso zanjar aquella bifurcación de sus recuerdos sacu-
diéndose la cabeza, obligándose a cumplir el trámite
de desalojar la valija y repasar los planes de la jornada. El pulmón le dolía algo por todos los cigarrillos fumados, aunque el cansancio no era excesivo.
Había viajado en tren toda la noche acunado por el
vaivén de las evocaciones, sintiendo vagos destellos
de esperanza cada vez que dirigía el pensamiento en
la dirección de cierto rostro. El amanecer, una cenicienta marina de Turner con siluetas grises y niebla,
se fue abriendo mientras el taxi le conducía por la
avenida Ribeira das Naus hasta el hotel dos Fan-
queiros y una Lisboa agotada y sucia despertaba tras
los cristales. Quizá algo de cortesía con su organismo hubiera sugerido que dedicase el resto de la mañana —eran las ocho— a descansar y dormirse, pero prefería atajar cuanto antes los enigmas que le
habían llevado a aquella ciudad, la ciudad del pasado. Porque Lisboa era una ciudad que siempre parecía suceder en el pasado, o eso había leído en alguna parte.

La *cafetaria* en que engulló una napolitana con un café que sabía a resina tenía los muros tatuados con infantiles ilustraciones de la Torre de Belém y del marqués de Pombal, condensado de un retrato anónimo que rubricaba todas las guías turísticas. Mientras se enredaba con las monedas y a duras penas conseguía colocar el importe exacto del desayuno encima del mostrador, rogó en un portugués adulterado con latín e italiano que le prestasen un listín telefónico: quería comprobar la información de Almeida. El camarero, largamente adiestrado en descifrar los borborigmos de los turistas, le entregó un enorme volumen con trozos de pasta arrancados a mordiscos, que un cómico cordel de tendedero agarraba a la barra. A Esteban no le fue difícil dar con la dirección correcta, a la vez que salvaba del paquete de Fortuna el penúltimo cigarrillo: la Fundación Adimanta contaba con dos teléfonos, y una tipografía milimétrica la ubicaba en Largo das Portas do Sol, número cuatro. «Alfama», respondió el camarero cuando Esteban le inquirió por esa calle, como si aquellas tres sílabas lo explicaran todo, como si fuese innecesario registrar más allá. Cubierto por una densa tapadera de niebla, atravesó la Praça da Figueira hasta Rossio; arriba, algo a la izquierda, el Castelo de São Jorge quedaba truncado en un brusco muñón de tierra y casas estrujadas. Podía cubrir el trayecto a pie y de camino desatascarse los bronquios con las crueles cuestas lisboetas, pero la gravitación de ciertos recuerdos, que desde la noche anterior le seguían obligando a orbitar alrededor de lugares, nombres, ceremonias, le hizo tomar el eléctrico 28, cargado de americanos con zapatillas de lona. Él y Eva habían convenido que Lisboa sólo se revela si se la mira a través de la ventana de un tranvía, a través de esa mirilla o de ese vidrio esmerilado que sabe alterar el color del aire, y sólo sentado en aquella balsa plañidera de madera y óxido podía ir descubriéndose la Lisboa desnuda, el teatro cinético de una ciudad que discurre apaciblemente por los cristales, siguiendo una relojería secreta que ordena la alternancia de escenarios, calles plomizas habitadas por funcionarios, breves iglesias blancas, casas desordenadas y rotas como abandonadas sobre depósitos de escombros. El tranvía dejó a un lado la Sé, con toda su grosería guerrera, y Esteban percibió que, al tiempo que ascendían una cuesta arañando quejumbrosamente los raíles, su alma emprendía un ascenso paralelo, dejando el pasado en tierra para encaramarse hasta las ofertas más suculentas del porvenir. Alicia le aguardaría al regreso de aquella fugaz excursión, dispuesta, por fin, a dejar todos los sentimientos en claro, a no permitir que estúpidas objeciones obstruyeran el ejercicio de una posible felicidad sin interferencias: el futuro era ese sendero despejado hacia el que los acontecimientos iban invitándole amablemente a pasear. Y sus labios aprobaron con una confiada sonrisa esas garantías que le hacían elevar y elevar la imaginación, como el tranvía que ahora, recién apurada una exigente curva, se detenía para vomitar jubilados rubios cargados con cámaras.

Un azulejo sobre una fachada bombardea-
da de desconchaduras le avisó de que también era
aquélla su parada: Largo das Portas do Sol. Los turistas rubios, de carne colorada y orejas transparentes, corrían en rebaño hacia el Miradouro de Santa
Luzia, donde la maleducada niebla de la mañana
apenas les permitía distinguir una confusa masa de
algodón y edificios amputados. Esteban se detuvo
frente a la estatua de São Vicente y observó el semicírculo en forma de hoz que practicaba la ciudad en
aquel punto, derramando una cascada de tejados y
azoteas sobre el estuario del Tajo; el mar y el puerto
habían sido aniquilados por aquella ola enorme de
espuma blanca. Aun así, se entretuvo en contar las
torres de los campanarios que descollaban como
mitras entre la muchedumbre de casas aplastadas;
Alfama era un frágil acordeón de tierra que descen-
día hasta la costa. Fumó entero un cigarrillo acoda-
do en la baranda, pensando que la niebla hacía a
Lisboa más extrema, más liminar, más finisterraica,
arrinconada en el extremo del mundo, en equilibrio sobre aquella esquina de la península donde
comenzaba un nuevo orbe desconocido y extraño: la ciudad parecía disolverse obedientemente en
la nada, último testigo de un continente que concluía. Luego, cruzando la calle, vio que una carnosa
mujer vestida de negro tendía toallas, que un hombre calvo con camiseta se asomaba a la ventana para
exhibir obscenamente un tatuaje carcelario. La música que le llegó a los oídos cuando por fin se detuvo frente al número cuatro debía provenir de aquella ventana: hubiera deseado un fado para hacerse la

composición de lugar justa, pero se trataba de una irrespetuosa melodía tropical. La puerta, de vidrio y tabla, estaba entreabierta; dentro se adivinaba un oscuro vestíbulo del siglo pasado, baldosas intentando un ajedrez deficiente. Un cartel estampado sobre el cristal anunciaba solemnemente que la Fundación Adimanta iniciaba su ciclo de conferencias semestrales el día dieciséis, con el apasionante lema *A vida depois a morte: testemunhos de viageiros,* para proseguir durante un puñado de sesiones con cuestiones no menos acuciantes, *A verdade sobre as civilizaçãoes perdidas, Segredos da reencarnaçao, Tao e Mandala.* Una escueta línea advertía al final, sobre una especie de ojo egipcio que debía de ser el logotipo de la fundación, que la entrada era libre.

El intenso hedor a lejía del vestíbulo apenas lograba disfrazar el peso de la humedad, la proximidad de la sal y los sumideros. El ajedrez de baldosas reptaba hasta un patio interior dotado de una inquietante luz grisácea, una escalera de la anchura de unas espaldas caracoleaba hacia pisos superiores. Esteban se detuvo frente a la mesa de caoba vieja que flanqueaba la entrada; sobre la madera alguien había olvidado una revista de pasatiempos, un calendario, un lápiz, un timbre de cobre. El tiempo parecía correr defectuosamente en el interior de aquel zaguán mal oreado: el conserje, o la persona pequeña y morena que cumplía esa función, tardó un lapso intolerable en aparecer. No entendía el castellano, no entendía el idioma mestizo que había inventado Esteban. Sacudía simiescamente la cabeza a cada palabra con una especie de enardecimiento, como intentando liberarse de una inculpación, de un acoso. Esteban pronunció el nombre de Sebastião Adimanta dibujando cuidadosamente cada vocal con los labios, hasta que el rostro de gorila practicó una seña de aprobación. El hombre subió las escaleras a trancos, las volvió a bajar; su mano velluda ordenaba ascender al piso de arriba.

Una luz gris le recibió al coronar la escalera: cinco ventanales se abrían sobre el resplandor de cuarzo del patio, a un lado de un pasillo descoyuntado en ángulos rectos que de trecho en trecho ocupaban viejos bancos de madera, pequeñas litografías con imitaciones de dibujos de Blake. Esteban avanzó por el pasillo; se detuvo frente a cada una de las puertas que encontró, donde un cristal le fue advirtiendo sucesivamente que grupos de personas sentadas en pupitres escuchaban a hombres que cubrían pizarras de signos o jugaban, en círculo, misteriosas partidas de naipes. Algunas de las aulas estaban deshabitadas, a oscuras, impregnadas del olor a lejía que también había detectado en el vestíbulo. El pasillo era interminable: cada ángulo recto prometía desembocar en la conclusión, en escaleras o una salida, pero perpetuamente se repetía la luz de ceniza, los bancos y las litografías como en un museo abandonado. Finalmente, tras un último recodo, Esteban comprobó que el pasillo finalizaba en una puerta entreabierta. Apretó el paso, la detonación de sus tacones en las baldosas le pareció monótona igual que la lluvia. Se detuvo antes de entrar, miró comedidamente desde el vano sin querer penetrar en la habitación: sobre una ventana de montantes castaños figuraba la estatua de São Vicente frente a la que había descendido del tranvía, y la confusa cascada de tejados que formaba Alfama derramándose hacia el Tajo. La estancia, luminosa y cuadrada, tenía ese aspecto de oficina avejentada, de casino para jubilados que tienen muchos interiores de Lisboa; los muebles pertenecían a una venerable estirpe del pasado que no podía desmentir su caducidad y su cansancio: una maciza mesa de despacho cubierta de papeles y paquetes, sillas con los respaldares rayados, un distante archivo de metal gris que sostenía un ventilador viejo e inútil, como una flor entre alambres. Sobre las paredes, en los espacios aislados que no ocupaban masas de libros, flotaban retratos de hombres sepias, entre los cuales Esteban creyó reconocer a Emmanuel Swedenborg. La única persona que ocupaba la habitación no parecía haber advertido su aparición; a un lado, junto a los estantes, consultando el índice de un libro, había una mujer en lo alto de dos piernas enormes. La falda de tubo azul concluía en sus rodillas, dejando al aire dos tibias finas y duras como mástiles blancos; el pelo, recogido en una trenza, le caía en espigas sobre la blusa. Los ojos se entreveían azules y sólidos tras las lentes. Esteban tosió, la mujer le dirigió una pregunta musical en un portugués que él no comprendió. Intentó disculparse en su esperanto recién inventado, y entonces la mujer creyó reconocer el acento.

—Es usted español —dijo la mujer en un castellano duro, de consonantes perfectas.

—Sí.

—Entre, por favor, siéntese —la mujer dejó el libro en el estante, observó el aspecto de Esteban con un fugaz interés—. Me han avisado de que quería ver al señor Adimanta.

—Eso es.

—Yo soy Edla Ostmann, la vicedirectora de la Fundación —Esteban apretó una mano de dedos como agujas—. Yo le atenderé, si tiene la amabilidad de decirme a qué se debe su visita.

El lenguaje de la mujer era melódico, había un encanto orquestal en el modo que tenía de ordenar las palabras. Sentado en la vieja silla, Esteban se sintió confortado, satisfecho, como si le acariciasen.

—Mi nombre es Esteban Labastida, soy periodista. Trabajo para el semanario cultural *Esfera*. Estamos preparando un monográfico sobre el Diablo, y me han informado de que su institución cuenta con una biblioteca y un pequeño museo dedicado al tema.

La mentira había resultado todo lo convincente que puede resultar la confesión a bocajarro de un desconocido, al que no se le supone en principio interés en alterar la verdad. Mientras atravesaba el pasillo Esteban había ido elaborando su coartada paso a paso, cuidando infinitesimalmente los detalles del engaño para que sonase tan incontestable como un pasaporte en toda regla. Sin embargo, la mujer le miró de un modo que le hizo rezagarse en el asiento, apretando contra el respaldar las acorraladas vértebras. Los ojos de la mujer eran traslúcidos y limpios, y parecían filtrar el embuste de Esteban, hasta hacerle sentir que su presentación había sido estúpida. Luego la mirada azul descendió a la mesa, donde las manos de la mujer tomaron una cajetilla surcada de volutas doradas. Ella ofreció unos puritos pequeños y negros que transpiraban un suave aroma a madera, Esteban negó.

—De modo que es usted periodista —dijo la señorita Ostmann colocándose el cigarro en la boca, y Esteban supo inmediatamente que estaba al tanto de la mentira—. ¿Qué busca exactamente?

—Verá —por un momento, las palabras se atascaron en la lengua de él, como si le resultase imposible recomponer la detallada justificación que había planeado antes—. He reunido información sobre algunos casos de conjuras satánicas, sectas, sacrificios, estas cosas. En todas las monografías que he consultado se citaba a la sociedad de los Coniurati, dirigida por Achille Feltrinelli, como uno de los grupos más relevantes de la historia del satanismo. Y, según parece, su fundación posee objetos que pertenecieron a miembros de esa sociedad.

Los ojos de Edla Ostmann parecían dos telescopios apostados simétricamente a ambos lados de una boca que fumaba, elaborando complicadas caracolas de humo: toda oscuridad, toda niebla, todo velo se deshacían ante la potencia bifocal de aquellas dos lentes azules. Lentamente, sin querer advertirlo, dándose cuenta de la misma forma en que se sabe que la suela del zapato ha pisado un chicle, Esteban tuvo conciencia de que estaba ingresando en una compleja danza ritual en que el cumplimiento obediente de su papel era requisito inexcusable para la consecución del objeto que perseguía, aquel por el que había sufrido una larga noche de insomnio en un tren con quemaduras de cigarrillos, emboscado por los recuerdos. La señorita Ostmann conocía la mentira, el fuego turquesa de sus ojos había incinerado su coartada y aun así proseguía el ballet, realizaba cada uno de sus movimientos con toda la naturalidad que se espera de una bailarina bien entrenada; Esteban vislumbraba que estaba permitiendo que se acercase al centro de la tela, que avanzase hasta el núcleo de la estrella de hilo blanco, hasta que la picadura le hiciese imposible la huida. Pero no tenía más solución que avanzar paso a paso, arriesgar su integridad para la saturación de la incógnita.

—No quiero que se haga una idea equivocada de nuestra institución —dijo Edla Ostmann como pronunciando la frase escrita para ella en un libreto—. No somos una secta ni alimentamos sentimientos sectarios, y mucho menos de corte satánico. El señor Adimanta fundó esta sociedad con el concurso desinteresado de una serie de suscriptores para el estudio científico de los fenómenos paranormales, campo en el que podemos preciarnos de habernos convertido en una entidad pionera. Nuestros especialistas no sólo registran, clasifican y describen toda clase de experiencias relacionadas con el espiritismo, la percepción extrasensorial, la telequinesia y la lectura de pensamientos, sino que son capaces, en nuestros laboratorios habilitados a tal efecto, de implementar las capacidades de aquellos sujetos que han mostrado aptitudes rudimentarias para el uso sobrenatural de su energía psíquica. Aparte de centro de investigaciones, nos hemos convertido, también y sobre todo, en escuela parapsicológica.

—¿Y su museo? —replicó Esteban, atajando aquella farragosa retahíla publicitaria.

—Todo a su tiempo, señor Labastida —el agua azul de los iris de Edla Ostmann se aclaró, y pareció poder entreverse un fondo de piscina—. Si va a escribir en su revista sobre nosotros, le sugiero que comience dejando claro ese punto: nos dedicamos a la investigación y no al sectarismo.

—Lo dejaré bien claro.

Para celebrar su reciente empleo como periodista, Esteban había comprado en la tienda de la estación una inverosímil libreta roja y un bolígrafo que se negaba a escribir, grabando surcos en la hoja cuadriculada antes de soltar a regañadientes un precario hilo de tinta. Esteban trazó violentamente cuatro o cinco abreviaturas en el papel, esforzándose en que quedara patente que obedecía las condiciones de la señorita Ostmann; luego dejó la libreta sobre la mesa, junto a un abrecartas en forma de lechuza, y pidió permiso para fumar. La mujer, reclinada sobre el asiento de cuero agrietado, cruzaba las piernas inacabables para aspirar el humo de su cigarro, con el que la mano derecha dibujaba en el aire letras grises y efímeras. El fósforo que ella le tendía quemó el Fortuna de Esteban mientras la mirada azul le bañaba en una especie de curiosidad lúbrica, esa que hace a la imaginación desnudar a los desconocidos que pasean por la calle. Más que tentarle, esa mirada no trajo más que una salpicadura de alarma a Esteban.

—Tenga la amabilidad de seguirme —la mujer se puso en pie, y volvió a observarle desde la altitud de sus piernas—. Quiero que vea algunas cosas.

Volvieron al pasillo, a los bancos de barniz rancio, a aquellas descuidadas imitaciones de Blake. Durante los primeros pasos, Esteban trató de orientarse cotejando el camino que acababan de emprender con el que él había seguido para llegar hasta el despacho, pero dos ángulos rectos y un brusco desvío que chocaba contra un ventanal cerrado sabotearon su propósito. Se limitó a secundar los pasos de la señorita Ostmann por los corredores, los impactos metálicos de sus tacones contra el embaldosado. Iba hablándole a medida que caminaba, pero la voz, distorsionada por el taconeo y la altura, era difícil de descifrar.

—Quiero que observe algunos de los laboratorios en que trabajan nuestros especialistas. No, no les interrumpiremos, el cristal de las aulas nos permitirá contemplarlos sin interferir. Espero que tome buena nota de todo para su artículo.

—Por supuesto.

El cristal frente al que se detuvieron mostraba una sala oscura, ocupada por un número incierto de individuos sentados en pupitres; la luz, porosa y vaga, apenas permitía adivinarlo, pero Esteban entrevió que unos cables finos como espigas conectaban los pupitres a las sienes de los hombres, parcheados de electrodos. Al final del aula, junto al encerado, un sujeto envuelto en una bata blanca señalaba objetos en una pantalla: el proyector de diapositivas arrojaba sobre el rectángulo una estrella, una montaña, un sacapuntas, la luna.

—Este ejercicio está basado en los experimentos de Thorndike sobre la estimulación —dijo la señorita Ostmann chupando brevemente su cigarro—. Nuestros alumnos son individuos dotados de incipientes capacidades extrasensoriales, que este tipo de trabajos ayudará a desarrollar. Se trata de un ejercicio estándar de telepatía. El profesor piensa en un objeto y los alumnos deben leerlo en su mente. Si la percepción es adecuada, un electrodo estimula el hipotálamo del sujeto; si yerra, se le administra una pequeña descarga. Todo muy elemental, como puede ver, y científico. Tome nota.

Esteban garrapateó la libreta para satisfacer a la señorita Ostmann. No había cenicero, no sabía dónde arrojar su cigarrillo: el pasillo era limpio y amenazador como el de un hospital.

—¿Quién puede ingresar en su escuela? —inquirió, súbitamente inspirado por un prurito de curiosidad periodística—. Imagino que contarán con un severo proceso de selección.

—Imagina bien —respondió ella, emprendiendo de nuevo la marcha por el corredor—. A los aspirantes se les realiza un examen previo y una serie de tests. Tratamos de depurar nuestra cantera, de filtrar aventureros y curiosos, que los hay muchos. La Fundación Adimanta tiene una reputación, señor Labastida, y debe conservarla: debemos estar muy seguros de qué clase de material se talla en nuestras aulas.

—¿Y se presenta mucha gente a esas pruebas?

—Más de la que piensa —Edla Ostmann adquirió de repente una aspereza burocrática—. Y más que se presentaría de no ser por la exigencia de un requisito que también ha servido de caballo de batalla para el grueso de nuestros detractores. Para efectuar el examen, el aspirante debe ingresar en cierta cuenta corriente la cantidad de doscientos dólares americanos, para los gastos de la prueba, sobre todo. Nuestros enemigos nos llaman estafadores. Pero escriba en su periódico que tampoco pueden pretender que nos convirtamos en hermanitas de la caridad.

—Escribo.

Antes de llegar al cabo de otro pasillo enrevesado y tortuoso como una cañería, atravesaron otro ventanuco de cristal tras el que se celebraba una especie de juego de cartas; el individuo de la bata blanca colocaba el mazo de la baraja sobre una mesita con tapete alejada tres metros de la primera hilera de pupitres. A continuación mostraba, con la palma abierta y esa radiante pomposidad del prestidigitador televisivo, el primer naipe del mazo: un cuatro de rombos. Hablaba al grupo encogido en los pupitres, pero las palabras morían antes de alcanzar el cristal. Según explicó la señorita Ostmann, se trataba de un ejercicio de telequinesia:

los alumnos debían tratar de colocar sucesivamente, sin moverse del asiento, la última carta de la baraja en primera posición. Esteban asintió y prosiguieron el camino; su pensamiento se abstuvo en todo momento de admitir o repudiar las extravagantes enseñanzas de la Fundación Adimanta: no le parecieron tan descabelladas después de todo, en este incongruente universo nuestro donde ya sólo lo ordinario resulta sorprendente. Alcanzaron una puerta de metal cubierta de postillas; años atrás había estado pintada de color verde. Era la puerta de un montacargas que debía conectar con la planta baja. Edla Ostmann pulsó un botón, un chirrido afilado como el que hacía el tranvía al ascender las cuestas de Lisboa fue llegando paulatinamente a través de la pared. El interior de aquella jaula oxidada y triste podía contener a duras penas a la elevada señorita Ostmann. Durante el breve trayecto, Esteban se distrajo en mirar las rodillas que velaban las medias: las encontró hermosas y sólidas. Acostumbrados a la luz de cuarzo que empapaba de blancura toda la planta superior, los ojos de Esteban sólo pudieron distinguir a duras penas la sala que les recibió al abrirse de nuevo la puerta del ascensor. Dio tres pasos, siguiendo a Ostmann, sintió que sus suelas pisaban algo elegante y duro, quizá mármol. Lentamente fue materializándose a su alrededor la larga biblioteca, los dos muros estirados hasta el patio que eran un oscuro mosaico de lomos y nervaduras. Le llegó el olor inconfundible del papel viejo, del cuero, ese olor mestizo a madera y agua estancada. Los títulos no podían interpretarse con facilidad:

había algunos hebreos, griegos, pero la mayoría eran en latín. Leyó con una sonrisa entre divertida e irónica sobre los dientes: Richard Bovet, *Pandaemonium;* Bartholomäus Anhorn, *Magiologia;* Peter Binsfeld, *Tractatus de Confessionibus Maleficorum et Sagarum;* Balthasar Bekker, *De Betoverde Weereld.* La voz de Edla Ostmann casi le sobresaltó; lejana y vibrante, delataba la verdadera longitud de la sala.

—Tome alguno, si quiere; pueden serle útiles para su reportaje. El señor Adimanta le permite consultarlos.

Sólo entonces advirtió que la mujer le hablaba desde la otra punta de la habitación, sobre el cristal que daba al patio, y que una sombra pequeña y estática reposaba junto a su pierna. Esteban avanzó en un tiempo que le pareció excesivamente dilatado, se detuvo frente al cristal: el señor Adimanta era un viejo cuerpo encarrujado, inerte, atrapado en un traje gris con corbata, encarcelado en una silla de ruedas. Alguna cruel enfermedad había desbaratado sus articulaciones y había saboteado sus miembros, dejándole sacos de piel blancos e inútiles. Era un cadáver de una intensa mirada azul. A Esteban le sorprendió hallar un fuego tan pujante en aquellos dos iris diáfanos, que, curiosamente, poseían el mismo brillo de inteligencia puntiaguda que los de la señorita Ostmann. Con algo de inquietud comprobó que, en el lapso diminuto de un segundo, un destello indefinible circulaba de la mirada del viejo a la de la mujer; Esteban tuvo la sospecha de que algún circuito misterioso permitía ese tráfico de impresiones.

—El señor Sebastião Adimanta —dijo Edla
Ostmann señalando el bulto arremangado en la silla de ruedas—. Un desgraciado accidente lo reclu-
yó en este pobre cuerpo, que la inactividad destruye
un poco más cada día. Su cuerpo es una máquina
rota, pero su mente brilla más limpiamente que la
de todos los cuerpos sanos. Al principio, después de
su accidente, el señor Adimanta maldijo al Creador
y quiso buscar consuelo en el suicidio. Pero pasado
el tiempo, no pudo sino agradecer a Dios que le hubiera distinguido con este honor: había sido exone-
rado de la materia, era un puro espíritu que podía
dedicarse libremente a pensar, a emprender el vuelo.
Como puede comprobar, los ojos son la única parte de su anatomía que todavía tolera algo de movimiento. La comunicación entre su mente y el mundo es imposible por conductos meramente físicos.

Los ojos del anciano aprobaron las palabras con un cansado parpadeo. Esteban pensó en
Dumas, en el Conde de Montecristo, en el viejo
Noirtier de Villefort, también reducido a dos ojos
aprisionados y locuaces; pensó que su vicio irremediable era la literatura, que su vida era el territorio borroso que quedaba más allá del argumento
de algunos libros. Sebastião Adimanta, fundido a
su silla, lograba a la luz indirecta del patio una ma-
jestuosidad de estatua sedente; pétreo y sereno, parecía emular a los gigantes eternos de Abu Simbel.
Los ojos azules pensaron algo; inmediatamente la
señorita Ostmann comunicó:

—El señor Adimanta está al tanto del motivo de su visita. Habitualmente no recibe a periodis-

tas, porque suelen ser individuos de objetivos estrechos, pero usted le intriga porque ha venido preguntando por los Coniurati. ¿Qué busca, en concreto?

—Creo que ya se lo he dicho —respondió Esteban, advirtiendo que sus palabras le conducían, de una en una, hacia el vértice de la tela de araña—. Leí sobre los Conjurados en alguna enciclopedia. Creo que fundaron una ciudad, donde había estatuas de ángeles.

La rueda de la silla emitía al girar un desagradable chillido de rata pisada; la señorita Ostmann empujó el cuerpo inútil de Sebastião Adimanta hasta que Esteban lo tuvo delante de los zapatos. Los ojos del anciano, más vivos y eléctricos que nunca, señalaban la larga hilera de libros de la derecha; amonestado por ese gesto, Esteban miró vagamente los volúmenes: la mujer le indicó un estante y un lugar precisos. Extrajo del muro un libro aristocrático y oscuro, que le ocupaba hasta el antebrazo. La portada no contenía ningún título, sólo la confusa marisma de grietas y desconchaduras que le habían impreso la humedad y el tiempo. En la primera página, perfectamente conservada, leyó en triángulo el incipit que ya conocía:

MYSTERIUM TOPOGRAPHICUM
ACHILLEI FELTRINELLII
Seu arcanae caliginosae eximiaeque urbis Babelis
Novae
Descriptio, a ministribus Domini nostri
Exaedificata ad maiorem sui
Gloriam

—Ahí tiene, el *Mysterium Topographicum* —le dijo la mujer, o el anciano—, una obra única, rarísima, buscada con idéntico fervor por los fanáticos del satanismo y los cazadores de curiosidades. Es un auténtico ejemplar, modélicamente conservado, de la edición del cincuenta y cinco, la primera.

—No está demostrado que fuese la primera —replicó Esteban pasando con cuidado las hojas—. No hay fecha ni lugar de edición.

—Eso es, señor Labastida —los ojos de Adimanta sonrieron fríamente—. Por supuesto que usted no es un periodista como los demás. Se le ve llegar de lejos, hay en usted otro talante, más interesante, si me lo permite, más apasionado. Usted debe de leer bien el latín. Hágame el honor de recitarme la primera línea de la obra.

Esteban obedeció con la desagradable sensación de irse internando progresivamente en una ciénaga, primero los tobillos, luego el muslo, luego ese fango asfixiante empezaba a rodearle la cintura: *Moses affirmat* (*Genesi* cap. XI v. 4) *ut homines aedificaverunt turrem altam quam caelo ad Deum ad duellum provocandam. Nos aedificamus urbem totam ab gloria sua obsistindam.* La voz de Edla Ostmann ofreció la versión en castellano con una especial contundencia en las pes y las eles:

—*Moisés afirma que los hombres construyeron una torre alta como el cielo para desafiar a Dios. Nosotros construimos una ciudad entera para combatir su gloria.* Una ciudad entera, consagrada a la rebeldía, a la apostasía, a la deserción de Dios. El retorno de Babel, la ciudad sacrílega. Una ciudad de sueños, hecha de sueños, una arquitectura de sueños. Observe los grabados, son impecables. Un compatriota de esta casa, Inácio da Alpiarça, los diseñó uno a uno en torturadas noches de insomnio. Los grabados han sido repetidos en muchos otros libros de publicidad irreverente, libros de grabados donde entraban Piranesi, Doré, las páginas también exquisitas de Robert Fludd; por eso no es improbable que alguno de los dibujos le resulte familiar.

Todos le resultaban familiares, todos despertaban en su ánimo, a medida que iba atravesando las páginas con una angustia creciente, el vestigio de algún sentimiento soterrado que le hablaba de una vida anterior, prenatal, imposible, relacionada turbiamente con aquella ciudad lunar y aterradora. Cada ilustración le traía ese horror antiguo que no posee nombre ni objeto, ese miedo atávico a desenterrar una memoria hecha retazos que el nacimiento borró, permitiendo apenas la inquietud de unas ruinas. Le había ocurrido alguna que otra vez, con los cuadros de Magritte y ciertas músicas, descubrir con una película amarga en el dorso de la lengua que de un modo u otro conocía aquella situación, aquella imagen, aquella combinación de escalas, pero que su identidad y sus certezas cartesianas, el espejo y el DNI, habían venido a desalojarlas, haciéndolas ajenas y amenazantes.

—Es uno de los doce ejemplares que sobrevivieron a la hoguera —continuó Edla Ostmann—. Sólo doce en todo el mundo, y uno de ellos está aquí en la biblioteca de la Fundación, la biblioteca más completa sobre satanismo, brujería y demonología que existe en la Tierra. En la Biblioteca del Vaticano hay cinco ejemplares, en la del Kremlin dos. Otro en la Universidad de Upsala, otro en la de Sevilla, uno más en la Biblioteca del Congreso de Washington. Salvo el de la Colección Okono, de Tokio, todos pertenecen a instituciones públicas. Lo que es decir: todos precisan de farragosos permisos y licencias para ser leídos, para ser estudiados. Aquí está a su entera disposición.

Los ojos de Esteban habían caído sobre la última página, aislada del resto del texto por dos o tres inexplicables pliegos en blanco. Volvió a reencontrarse con el monstruo circular que encabezaba aquellos cuatro enigmáticos versos, el dragón de mirada estupefacta sobre un paisaje de holocausto nuclear. Recordó su fugaz conversación con Alicia, el Ouroboros, el eterno recomienzo; y no le fue necesario leer las líneas que seguían debajo para recuperar la música misteriosa del acertijo: *El hambre terrible enseñó a los Pólipos a roerse las piernas...* Los iris azules de Sebastião Adimanta se habían aupado ansiosamente sobre la portada del libro y contemplaban el grabado del dragón, colapsados por una especie de excitación o furia.

—También a usted le intrigará ese grabado, como es natural —dijo la señorita Ostmann—. Relegado al final del libro, sin aparente relación con el resto. Pero fue impreso con la obra desde la primera edición. Para su información, no es original: es uno de los emblemas del *Scrutinium Chymicum* de Michaël Maier acompañado de su epigrama correspondiente. El *Scrutinium* fue un texto alquímico compuesto en el siglo XVII, de evidente inspiración rosacruz.

—¿Y qué hace aquí? —dijo Esteban.

—Ésa es una pregunta difícil de contestar —dijo Ostmann mientras los ojos de Adimanta refulgían—. Seguramente se trata de un aviso, seguramente haya una clave. El Ouroboros, la serpiente que se muerde la cola, es símbolo de la obra alquímica y, por extensión, de toda obra, de toda empresa. Seguramente sea también un símbolo de la empresa de la restauración: el Coronado de Estrellas vuelve a la Tierra. Todo son hipótesis, desde luego.

—Pero este texto se repite en los ángeles.

Los iris de Adimanta giraron cíclicamente, como un calidoscopio de cristal y escarcha; resultaba imposible predecir si la altura de su interlocutor, si su desusado conocimiento de los detalles de una historia secreta le alentaban o le producían desagrado. Por un momento, con terror o vértigo, Esteban entendió que aquellos ojos eran las dos diminutas troneras azules que conectaban el universo con una mente abismal, con un inaccesible estercolero de sabiduría que vivía perpetuamente entregado a su onanismo, a su contemplación, a mitigar el tiempo perdiéndose en la voluptuosa complejidad de sus propios laberintos. Los ojos indicaron una dirección; Edla Ostmann masculló algo en portugués, que Esteban no comprendió hasta que salieron al patio y la luz blanca bañó sus pestañas: *O museu.*

Meses más tarde, compulsando revistas y algunos libros descorteses, Esteban sabría que Sebastião Caumedo, el hombre que había sido Adimanta antes de convertirse en un pelele relleno de arena sobre una silla de ruedas, había nacido en Santarém en 1932. Entre sus posesiones de juventud no aparecía ninguna que anunciase su posterior dedicación a la exploración de realidades esotéricas: a los veinticuatro años tenía algunos libros, tenía una novia transitoria, una carrera de ingeniero naval truncada por el tedio, tenía a toda la policía de Lisboa en los talones por haber matado a un hombre. Se ignoraban los motivos de la riña, pero parecía demostrado que había sido el joven Caumedo, un individuo espigado y de ojos nórdicos, quien se había ensañado una noche con un matón del puerto en una taberna hasta desenterrarle el hígado a cuchilladas. La persecución le condujo hasta Angola, donde cambió su nombre por el de Sebastião Açorda, y donde malvivió escribiendo crónicas para un periódico local. Buscando la fortuna o la purga de su crimen, ingresó en las milicias coloniales; una tarde su división partió hacia el norte, a sofocar una sublevación que amenazaba la frontera con el Congo Belga. Cerca de Macocola, su grupo cayó en una emboscada y se vieron obligados a batirse: según el testimonio del oficial a su cargo, Sebastião Açorda luchó con valentía, vaciando su fusil y defendiendo la vida a golpes de machete. Antes del amanecer, una bala enemiga le astilló el cráneo; Açorda cayó sobre un reguero de cadáveres y se le dio por muerto. En el hospital de Luanda adonde fue trasladado comenzaron a evidenciarse los extraños síntomas de su lesión: no habían quedado secuelas físicas, pero el cerebro se le nublaba de ideas incongruentes que no sabía de dónde procedían. Con el tiempo fue entendiendo que se había vuelto sensiblemente más receptivo a los pensamientos ajenos, que las sensaciones y propósitos de los demás se filtraban en su cabeza y podían leerse compulsando sencillamente al trasluz las marcas que habían dejado en su mente. Sebastião Adimanta, el adivino, nació en 1964 sobre un vistoso cartel de circo en que compartía estrellato con una contorsionista y un domador de libélulas. Recorrió Angola durante cinco o seis años ofreciendo su número de adivinación en bares y teatros, acompañado de una torva mulata llamada Letizia Olaias con la que se había casado después de algunos meses de amancebamiento. Fue consiguiéndose paulatinamente una fama de hombre misterioso, dotado por la naturaleza de una aptitud milagrosa para desentrañar los secretos que escapan a la inteligencia del hombre normal, y por fin él mismo llegó a la conclusión de que su enfermedad, si podía llamarla así, debía servirle para bucear en lo más recóndito de los enigmas de la mente, velados al común de los mortales. Volvió a Portugal solo, continuó con su espectáculo, consiguió una precaria popularidad. En 1978, sin que fuese capaz de predecirlo, un camión le arrolló en una avenida de Lisboa: no lo mató, pero lo rebajó a un inerte muñeco que no podía empujar su silla de ruedas. Buscó suicidarse con venenos asistido por amigos, nadie quiso cargar con las responsabilidades penales, se quedó solo. Había reunido una modesta fortuna antes del accidente, dicen que haciendo vaticinios sobre lotería y quinielas, de modo que pudo abrir una fundación a su nombre dedicada al estudio de temas esotéricos. Veinte años después, el método de financiación no era demasiado claro; aparte de las mensualidades de sus estudiantes, la sociedad sobrevivía con un oscuro sistema de cuotas que abonaban sus afiliados en todo el mundo. Muchos no daban sus nombres.

Salvo en casos muy específicos, el azar era el principal responsable de la caótica combinación de curiosidades y rarezas que ocupaba el museo de la Fundación Adimanta. La sala, rectangular y desproporcionada, repetía la distribución de la biblioteca; para observar los grabados y las pinturas que se apiñaban en los muros, había que esquivar intermitentemente dos o tres trípodes estratégicos, que servían de atalaya a imágenes de madera o cerámica. A medida que el eco convertía sus pasos en golpes secos y amenazadores, Esteban sintió ese miedo honorífico de ser el único visitante de un museo; a veces, desde pequeño, había creído que de noche los museos, cerrados al público, eran escenario de encuentros secretos, los de los personajes de las telas que aprovechaban el silencio para huir de sus marcos, para recorrer las galerías y saquear los bodegones o intervenir en alguna batalla poblada de lanzas. Todas las piezas de la colección de Adimanta tenían un denominador común; todas, directa o remotamente, es-

taban vinculadas a horrores y supersticiones anti-
guos, esas pesadillas que sabían a sed y a insomnio
en mitad de las madrugadas, esas presencias que se
intuían en los relatos que ocupaban las noches alrededor de una hoguera, esa fauna abisal y truculenta
que había asustado al hombre desde su infancia en
las cavernas y que ahora se asomaba a la luz de lámparas indirectas ocupando estampas o pedestales. La
imagen trágica de un príncipe rebajado a monstruo
se repetía en todas las representaciones: la de una
distante figura de terracota persa, que mostraba cabeza de perro y alas de grulla; la de las bandadas de
criaturas contrahechas, disparatadas, que acosaban
a San Antonio en varios grabados paralelos; la del
reptil que mordía el suelo bajo la espada de San
Miguel u otro oficial de los ángeles, en lienzos velados por el tiempo con una niebla marrón y densa.
Pero el Diablo no era el único protagonista del museo, aunque sí resumiese indirectamente la intención de sus piezas; también había testimonios del
apostolado del Diablo en la Tierra, vetustos hierros
y aparejos de tortura que habían servido para disua-
dir a sus acólitos, punzones y tijeras que se usaban
para desenmascarar brujas. Por fin, al final del corredor rectangular, junto a una ilustración del *Paraíso*
de Milton, Esteban halló lo que buscaba: el último
ángel, el cuarto miembro de la camada, idéntico a los
otros, se dejaba bañar por la luz de los focos como
una pieza más, como una estatua rutinaria, olvidada
del proceloso pasado de muertes y sacrilegios que le
tenía por protagonista. El animal que vigilaba junto
a la tibia izquierda era un león; el pedestal ofrecía

las líneas de signos que Esteban esperaba, y que copió aplicadamente en su libreta:

.SAMAEL. .DIRA.FAMES.VSVTSVC.EDRDD.ESADVDC...

—Hace años —dijo la señorita Ostmann con voz de ventrílocuo— hubo en París un mago húngaro que ofrecía una versión bastante heterodoxa del libro del Génesis. Stanislas de Guaita, que así se llamaba, defendió que cuando Dios pronunció la famosa fórmula *fiat lux* no estaba encendiendo las lámparas del mundo ni dividiendo la luz de las tinieblas, como han querido generaciones enteras de escoliastas bíblicos. Ese «hágase la luz» fue la creación de la primogénita de las criaturas, aquella que era de por sí la antorcha del mundo: Lucifer, el Portador de la Luz, el ser más hermoso que ha conocido el universo. Era príncipe de la jerarquía más pregnante de ángeles, de los Serafines, según Suárez. Ciertas leyendas afirman que llevaba incrustada en la frente la Estrella de la Mañana; otras que lucía una diadema con una gema de potentísimo brillo. Pero usted sabe que este ángel fue sedicioso.

La silla de ruedas avanzó a lo largo de la sala: aquel chillido insoportable de animal apaleado arañó los oídos de Esteban.

—El libro de Isaías relata que Lucifer quiso escalar el Cielo, instalar su trono sobre las estrellas de Dios, sentarse en el Monte del Testamento. Santo

Tomás atribuye su rebelión a la soberbia, que le instigó a emular a su creador, y Duns Scoto le culpa de un enigmático pecado de «lujuria espiritual». Para Tertuliano, San Gregorio de Nisa y San Cipriano, el Príncipe de las Criaturas tuvo envidia del hombre, creado a imagen y semejanza del Altísimo, y eso le movió al motín. Suárez propone que se negó a adorar a Dios encarnado, porque él, un puro espíritu, no se arrodillaría ante un animal hecho de pasiones y sangre como el hombre; Ambrosio Catarino, arzobispo de Ponza, sostuvo en el siglo XVI una tesis interesante: que Lucifer sintió despecho porque quiso que el Verbo se encarnara en su persona. Los ángeles se sublevaron, una batalla descomunal se libró en el Cielo. Johann Wier, en su *Pseudomonarchia daemonum,* calcula que el ejército rebelde constaba de 6.666 legiones, de 6.666 soldados cada una. El final ya lo conoce: *Videbam Satanam sicut fulgur de Coelo cadentem.*

Los ojos de Adimanta se mantuvieron cerrados unos segundos, como tratando de apresar una nube de recuerdos que se descomponía; Esteban respiraba sin hacer ruido, temeroso de vulnerar los dramáticos silencios para pasar la hoja de la libreta o cambiar de posición.

—Lucifer fue exiliado al fondo del mundo, encadenado en una poza hedionda desde donde se consagró a tejer su venganza. Su nombre pasó a ser Satanás, Belcebú, Astarot, Leviatán. La gema que coronaba su diadema cayó de la frente y quedó en poder del arcángel San Miguel, con la que luego fabricaría el Santo Grial que recogería la sangre de

Cristo. Lucifer se convirtió en una criatura monstruosa, que arrancó a Dante un hermoso comentario en el *Inferno: S'ei fu si bel com'egli ora brutto...*
Entonces comenzó la labor secreta de conjura, de
conspiración, de espionaje: repartidos por el mundo, sus agentes se dedicaron a preparar el regreso.
Se multiplicaron los sacerdotes de Satán, auténticos
artesanos del mal. Y aquí me permitirá que haga un
inciso: ¿conoce a Arthur Machen?

La pregunta había desarmado a Esteban, que
deseó súbitamente encender un cigarrillo. Sus movimientos, la lenta maniobra de abandonar la libreta
en el bolsillo del anorak para ganar tiempo o una
respuesta adecuada, se grababan en los iris azules del
anciano con precisión miniaturista. Esteban tosió.

—Un escritor de novelas de terror —apuntó tímidamente.

—Sí —la mano de Edla Ostmann se situó
sobre el respaldar de la silla de ruedas—, suele ser
citado como precursor de Lovecraft, aunque me
temo que sus intereses son ligeramente distintos.
En un fragmento de su novela corta *The white
people* que también citan Pauwels y Bergier, Machen explica que el verdadero mal, el Mal con ma-
yúscula, poco o nada tiene que ver con esas minucias que consideramos mal en la vida doméstica.
El auténtico malvado, como el santo auténtico, son
criaturas más extrañas e infrecuentes que la hidra
o el unicornio. El verdadero mal está relacionado
con el espíritu, no con la materia, con la teología y
no con la tecnología. El pobre borracho que mata
a su mujer a patadas está tan lejos del mal como lo

está de la caridad la vieja que da limosnas a los indigentes de la calle. Uno puede ser terrorista y ser bondadoso; cualquiera puede ser un atento ciudadano, un perfecto padre, un filántropo reconocido y ejercer la clase más químicamente pura de la maldad. No en vano Shakespeare nos advierte que el Señor de las Tinieblas es un perfecto caballero.

—¿En qué consiste el mal, entonces? —interrumpió Esteban.

—Permítame que deje esa pregunta sin contestar —la señorita Ostmann sonrió—. Usted me pide algo así como que le describa el estado de gracia o la nada previa a la creación. Conténtese con esta escueta fórmula: el mal es negación. De cuanto usted pueda imaginar, el mal siempre es lo otro, lo opuesto. Muchos de los que pasean inocentemente por la calle bajo la máscara inocua de tenderos, de vendedores de lotería, de prostitutas, de empresarios, pueden formar parte de esa siniestra cofradía de cisnes negros. Son adoradores de Satán, del lado oscuro, de lo contrario. Secretamente preparan desde hace siglos el advenimiento de un orden de cosas que debe consistir en la antítesis exacta del que conocemos. Lo que trato de decirle es que el mal es un concepto metafísico y no moral.

—¿Desde hace siglos? —los labios de Esteban deseaban apasionadamente un cigarro.

—Sí, desde hace siglos. El hombre suele estar descontento de lo que tiene y exige a esa pobre criatura con cuernos que prepare un programa de oposición —el viejo parpadeó—. El satanismo tiene una larga y prolija historia. Gilles de Laval, mariscal de Rais, descuartizaba niños en el siglo XIV para oficiar misas negras. El marqués de Villena, traductor de Dante y Virgilio, se autoinmoló con el fin de adquirir el conocimiento del infierno, con el que resucitaría dotado de cuerpo e inteligencia nuevos. Catalina de Médicis, reina de Francia, llevaba sobre el estómago una piel de niño degollado con cifras y letras para invocar a Satán. Diversos tratados dan fe a partir del siglo XVI de la existencia de conjuras demoníacas: la *Questio lamiarum,* de Samuel de Casini, el *Tractatus de Strigiis,* de Bernard de Cóme, el *De striginagarum daemonumque mirandis,* de Silvestre Mazolini, y también los libros de Barthélemy de Spina, Jacques van Hoogstraeten o Pedro de Ciruelo. En 1667, Milton demuestra ya admiración abierta por el Diablo, y lo presenta en su *Paradise Lost* como una especie de rey exilado que merece nuestra admiración. Los *Masnadieri* de Schiller tratan de convencernos de que es preferible arder en el infierno en compañía de espíritus audaces y contestatarios que compartir la gloria «con todos los imbéciles vulgares». A fines del XVIII, Leopardi redacta un himno a Satanás, en lo que le seguirán Giosué Carducci y Michelet, que atribuye el progreso humano a la mano de la rebeldía demoníaca. Los nombres pueden multiplicarse: Byron, Vigny, Erhard, Bierce. Hoy día existe en los Estados Unidos una Iglesia Oficial de Satanás, cuya biblia, redactada por un tal Anton La Vey, propone una labor sistemática de desobediencia y rebelión.

—¿Y los Coniurati? —dijo Esteban.

Los párpados velaron la intensa mirada azul del anciano, dando a entender que esa respuesta debía esperar. Edla Ostmann echó una manta roja y negra sobre sus piernas trabucadas y dio lentamente la vuelta a la silla, en dirección al patio. A Esteban se le ocurrió por un instante que el propio Adimanta también formaba parte de su museo, que era otra pieza de aquella colección contradictoria que rendía homenaje a un príncipe destronado: su cuerpo inane pertenecía más a aquel orden de objetos minuciosos y repelentes que al orden doméstico que comenzaba tras la puerta de su museo. La silla fue alejándose con su voz chillona hasta detenerse frente a la blancura de la cristalera; allí la señorita Ostmann se volvió y dijo a Esteban:

—¿Hasta cuándo estará en Lisboa?

—Dos o tres días —respondió él.

—Nos veremos mañana, señor Labastida —dijo ella.

Por fin podía sacar el paquete de tabaco.

La maleta y las dos bolsas de viaje habían encontrado el espacio preciso en el maletero, pero esa lámpara estrambótica con pájaros en relieve de la que Mamen se había enamorado en un escaparate del paseo de Gracia exigió dos o tres tentativas de acomodo, hasta ocupar los dos asientos traseros con la ventanilla de la derecha abierta para que los pájaros pudieran asomar tímidamente las cabecitas. Alicia no habló mucho en el camino de vuelta del aeropuerto: conducía con las manos acopladas al volante, con un mecanicismo que no se sabía si era indicio de concentración o ausencia; Mamen interpretó que el retraso de media hora de su avión había minado la frágil capacidad de su paciencia. Pero lo que ocurría en realidad era que, a pesar de dirigir el Clio rojo por la ronda de Capuchinos frenando debidamente en cada semáforo —la lámpara de los pájaros se cimbreaba detrás y Mamen miraba con horror—, la mente se le escapaba de su natural recipiente y emprendía, solitaria, un viaje de quinientos kilómetros de distancia. Esteban la había telefoneado la noche anterior y le había puesto al tanto de los nuevos hallazgos; le dictó el mensaje del cuarto ángel, que fue un poco como no decir nada, le describió el encuentro con Sebastião Adimanta y su secretaria con una pasión y un verismo que, después de verlos con una nitidez fotográfica en su imaginación, Alicia sintió el impulso de largarse a Lisboa en aquel justo instante en vez de tener que resignarse a morderse los labios. Toda su conversación de anoche se había reducido a dar cuenta de aquel trámite del ángel y una ciudad portuaria que Alicia sólo conocía por postales indirectas: aunque ella hubiese deseado unas palabras comprometedoras, temerarias, de las que le hubieran hecho colgar el auricular con un leve temblor en los dedos, el diálogo esquivó las confesiones verdaderamente capitales, las únicas que disculpaban una conferencia a la una y media de la madrugada, y se limitó a sugerirlas sin precipitarse en sus aguas oblicuas. Ahora, Alicia se repetía pendularmente que querría y no querría haber escuchado esas palabras dedicadas a su oído; querría porque habrían fortalecido su decisión de empezar a crear un recinto de sentimientos para Esteban donde parecía no haberlo; no querría porque las palabras habrían sido el último puesto fronterizo, la baliza que indicaba que no cabía marcha atrás. Pero tenía que espantar, de momento, todas esas contradicciones molestas como moscas que la estaban haciendo desatender a la pobre Mamen, resignada tras las gafas de sol a enfrascarse en los parques veloces que atravesaban el parabrisas. Alicia trató de encontrar el tono más esmerado que pudo cuando preguntó:

—Bueno, cuéntame. ¿Qué tal por Barcelona?

Mamen la miró, extrañada de descubrir que Alicia tenía voz en la garganta.

—Mujer, si has bajado al planeta Tierra —dijo buscando el tabaco en el bolso—. Te lo he dicho antes, un aburridísimo congreso sobre patologías y trastornos socioafectivos. Cambiar impresiones con colegas en la materia, escuchar comunicaciones y mesas redondas especialmente diseñadas para combatir el insomnio, alguna cena, algún intento de ligue. Poca cosa. Barcelona, eso sí, es divina. A mí me dejan fría los espacios abiertos, todo es enorme, hay mucho cielo. Y por aquí, ¿qué tal? ¿Esteban?

—Esteban está en Lisboa —respondió Alicia alarmándose súbitamente de su propia información.

—En Lisboa —Mamen repitió el nombre con el cigarrillo en la boca—. Qué bonita ciudad

Lisboa, también me encanta. ¿Tú has estado alguna vez?

—No, nunca.

—Es preciosa, tiene un aire así, decadente. ¿Y qué hace Esteban allí? ¿Está de vacaciones?

—No exactamente.

Sabía que confesar los motivos del viaje de Esteban era destapar la caja de los truenos, admitir que había llevado hasta un límite disparatado una obsesión de la que debería haberse deshecho en cuanto Mamen le ordenó el olvido, junto con la socorrida receta de tranquilizantes. Con voz fallidamente segura, Alicia informó de que la bola de nieve del ángel y el libro había seguido rodando por la ladera, y de que muchos más misterios y un par de cadáveres también se habían sumado a la avalancha; sí, podía ponerse seria, abroncarla, podía decirle que era peor que una niña pequeña, pero la trama se había ido complicando a sus espaldas, el telar iba creciendo hilo a hilo y al final había concluido por envolverla, atrapando también al pobre Esteban, que claudicaba porque estaba enamorado. Mamen bufó tal y como se esperaba de ella y se fumó dos cigarros sin volver a encajar un solo comentario hasta que estuvieron frente a la Torre del Oro y quedaban escasos metros para que el coche divisase el portal de su bloque. Desde una doble fila disculpada por las luces de emergencia fueron bajando el equipaje; hasta que no estuvieron arriba, acera, vestíbulo y ascensor mediante, Mamen no le espetó:

—Alicia, eres una irresponsable.

Sí, sí, ella reconocía todo eso. De acuerdo, debería haber seguido sus preceptos y haber aplastado su obsesión cuando todavía no tenía tamaño para suponer una amenaza; pero todos esos lamentos estaban de sobra ahora. Por algún extraño proceso de ósmosis, la realidad, la realidad externa y doméstica de todos los días, había acabado por empaparse de las extrañas condiciones de su sueño, del zodíaco de misterios y enigmas que lo circundaba. Sin que ella hubiera activado un músculo para vincularlos, el reino de dentro y el de fuera habían convenido una especie de pacto, caminaban simétricamente siguiendo cada uno al otro e injiriendo de forma mutua en los asuntos del contrario. Ella podía estar volviéndose loca, pero existía una incógnita real y objetiva que resolver. Por qué aquel hombre del bigote la buscaba, por qué Nuria tenía un ángel como el de la ciudad; cómo coincidía el plano del libro con el urbanismo de su sueño, por qué precisamente se sospechaba de don Blas en el asesinato del anticuario, sí, el anticuario amigo de Marisa.

—Rafael Almeida —dijo Mamen con la frente de cera.

—Sí. ¿Lo conocías?

Un leve titubeo desveló que sí lo conocía. Mamen tuvo un momento de flaqueza, pero se recuperó rápidamente; habló de preparar café, de quizá mejor una manzanilla. El piso estaba ocupado por un espeso olor a cerrado, que parecía emanar de los muebles y los objetos estáticamente dispuestos en el salón de color salmón. Alicia corrió a dejar la lámpara de los pájaros en una esquina, frente a una reproducción de Matisse que tenía un vago aire de girasol azul marino. Le llamó la atención una antigua talla de Santa Isabel que reposaba debajo, en una mesa de patas cortas junto al sofá; se agachó, la tomó, la miró. Las conclusiones se formaban con creciente rapidez en su renqueante cerebro, y sentía como que las piezas de un enorme mecano acababan por ensamblarse.

—Se la compré a Almeida, precisamente —dijo Mamen, que había aparecido repentinamente detrás de Alicia, fumándose un cigarro—. No te vayas a imaginar nada, simplemente lo conocía.

—No me imagino nada —replicó Alicia dejando la talla en su sitio, entendiendo perfectamente qué es lo que debía imaginar.

—Lo conocí a través de Marisa y le hice un par de compras, nada más. Sí, yo sabía lo suyo con Marisa. No me extraña, era un tipo atractivo, atento, el pobre de Joaquín es tan bueno como soso. Y han acusado a tu vecino de haberlo matado, dices.

—No, no lo ha matado. Simplemente está bajo sospecha. Él también conocía a Almeida, estaba allí cuando él murió. Bueno, ya te contaré.

Pero debía ser más adelante. El reloj que les miraba desde encima del televisor iba bajando progresivamente el bigote derecho y les advertía que se acercaban las seis y media. Alicia tenía una cita.

El inspector Gálvez la aguardaba indolentemente aplastado en un banco frente a la Isla de la
Cartuja y las arquitecturas sintéticas de la Exposición Universal; el crepúsculo se duplicaba en el
río y manchaba las aguas con una corriente de sangre que a ratos rompían las flechas plateadas de las
piraguas en competición. Cuando Alicia alcanzó
el paseo todo lo rápido que pudo, siempre guiándo-
se por la media luna del puente de la Barqueta para
alcanzar el lugar de su cita, comprobó de lejos que
el inspector parecía una figura soñolienta o derro-
tada, que fumaba un insignificante cigarrillo al que
daba la oportunidad de quemarse sin esfuerzo entre
sus dedos. La voz de Alicia pareció despertarlo, devolverlo al lugar al que su cuerpo lo había arrastrado; se puso en pie después de sacudirse los pantalones, saludó con su habitual cortesía de película,
sugirió que caminasen. Una pareja haciendo footing
les adelantó apenas emprendido el camino: desde
detrás, la coleta rubia de la muchacha parecía una
mano que se despedía. Alicia no podía saber si era
un espejismo de la fatiga que interfería su forma de
razonar y de expresarse, pero le pareció que el comportamiento del inspector era más pausado y más
sigiloso que en otras ocasiones, como si cada uno
de los gestos y las palabras exigieran una madurez o
una inspección técnica antes de ser efectuados. Por
eso a Alicia se le antojó insufriblemente teatral el
modo que tuvo de extraer el paquete de Winston
de su gabán de indigente y colocárselo en los labios,
ese modo que tienen los malos actores de ostentar
que están realizando un acto de una trascendencia

crucial en el desarrollo de la acción para que el público se entere. Alicia respiró con energía; del río llegaba una brisa amable que cimbreaba los juncales de la orilla y hacía sonreír a los jubilados esparcidos por los bancos. Ella rechazó el Winston del inspector, prefería un Ducados.

—Vuelvo a agradecerle que me haya concedido un poco de su tiempo —reiteró ceremoniosamente Gálvez—. Sé que todo esto debe resultarle muy molesto, pero póngase en mi lugar: me pagan para que rellene atestados. Si le digo la verdad, en el fondo les agradezco que me hayan brindado un caso como éste. Uno se pasa la carrera lidiando con yonquis, estafadores, gentuza de pésima catadura moral. Es la primera trama intelectual que tengo: antigüedades, estatuas, satanismo. Todo un lujo.

—¿Satanismo? —repitió Alicia aquejada de una súbita sordera.

—Oh, claro, olvidaba que su papel la obliga a negarlo todo —Gálvez ensayó un gesto a lo Bogart poco efectivo—, o a hacerse la nueva. Les dije a usted y a su cuñado que el móvil de Acevedo me parecía demasiado increíble: un jubilado no iba a arriesgarse a partirle la cabeza a nadie para disfrutar los diez cochinos años de vida que le queden de un dinero mal ganado. La clave estaba en aquel anuario, aquel libro enorme arrumbado junto al cadáver con una página arrancada. Me puse en contacto con otros anticuarios, y luego de mucho buscar di con un ejemplar entero del mismo volumen. En la página que faltaba se hacía referencia a un ángel, un grupo de cuatro ángeles para ser exactos, estatuas de bronce fundidas por un portugués que adoraba al Diablo. Realmente, es un caso de película.

—Si usted lo dice.

La noche comenzaba a gangrenar el cielo, los deportistas y las madres con carritos se espaciaban para dejar lugar a otro tipo de población, mujeres dudosas, jóvenes con botellas de whisky camufladas bajo arrugadas bolsas blancas. Arriba, a la izquierda, en la calle Torneo, la luz de las farolas y la de los coches se combinaba para crear un intenso hormiguero amarillo. Gálvez hizo una pausa y aspiró el humo; cada uno de sus gestos parecía estar dictado por un ensayo previo.

—Llamé a Barcelona —prosiguió—, hablé con la viuda de Benlliure. Ella reconoció haber visto en el taller de su marido una estatua parecida a la que le describí por teléfono, de las mismas dimensiones de la caja que se halló en su habitación de hotel después de su muerte. El anuario decía que uno de los ángeles, porque eran cuatro, como le he dicho, se había extraviado tras la guerra. Excuse que no me detenga en contarle toda la historia, pero me haría sentirme como un imbécil. Limítese a negar si quiere.

—Bueno —tosió Alicia, incómoda.

—Un ángel resultó extraviado tras la guerra, otro fue destruido. Ignoro de dónde lo sacaría Benlliure, pero parece evidente que el que él poseía era el ángel perdido. Parece ser que cada ángel llevaba una inscripción en el pedestal que servía para reconstruir un antiguo conjuro satánico: con ese fin habían sido fundidas las figuras para unos locos del siglo XVIII. El anuario especificaba que otra de las estatuas estaba en Lisboa, adonde tengo entendido que ha viajado ahora su cuñado, y que una última pertenecía a Joan Margalef, un viejo coleccionista catalán. Traté de contactar con él, había muerto.

—Vaya por Dios —Alicia quería ser indiferente.

—Hablé con su hijo, un tipo frío y bastante estúpido. Sus herederos han liquidado toda la colección, si el viejo levantara la cabeza. El ángel había sido vendido. No recordaba a quién, fue hace meses, después de tantas transacciones no podía pedirle nombres. Tuve que repetirle que era policía, que se trataba de una investigación criminal. Al final me soltó que la compradora había sido una mujer joven, de Sevilla.

—Una mujer joven —masculló Alicia aplastando su colilla con el talón.

—Eso es. ¿Se le ocurre algo?

Mejor era que no se le ocurriese nada. Ahora su cráneo parecía una jaula de abejas, de insectos furiosos colisionando rabiosamente los unos contra los otros en el interior de su mente a oscuras. Los indicios iban señalando cada vez más al lugar que habían acordonado las primeras sospechas, el miedo de los primeros días iba hinchándose como un enorme absceso repugnante que tendría que terminar por estallar: pero ella no quería estar allí para entonces. A pesar de que las suspicacias iniciales de

Esteban deberían haberla vacunado suficientemente, seguía pareciéndole una atrocidad admitir algo a lo que cierto sentimiento alojado en algún sótano de su corazón se negaba con una pasión rotunda, tratando de hallar eximentes o alternativas. Se le ocurría algo, sí, se le ocurría alguien, y preferiría huir y cerrar los ojos y dormir un desahogado paréntesis de dos mil años. Mientras buscaba atolondradamente otro cigarrillo en el bolsillo del abrigo, Alicia advirtió que los ojos del inspector la escrutaban con un énfasis malicioso: de inmediato intuyó cuál era la cadena de pensamientos que desembocaba en aquella mirada.

—Un momento —balbució ella—. Usted piensa que yo...

—Yo no pienso nada —la interrumpió Gálvez, apartando la vista—. Sí le ruego, por favor, que no se ausente de Sevilla en unos días aunque sienta la necesidad impostergable de hacer un viaje, como su cuñado. Un asunto de satanismo. Vérselas con fanáticos no es un plato de gusto. ¿Se fijó en la marca que tenía Benlliure en el antebrazo cuando lo encontraron? Sí, tiene que recordarla.

—La marca.

—Dos tes invertidas —la mano de Gálvez hizo un breve dibujo en el aire—. Ese dibujo se repite en la inscripción que el anuario le atribuye al ángel destruido, Mahazael. En realidad, si se ha dado cuenta, cada uno de los ángeles lleva una pequeña marca en el pedestal aparte de la letra hebrea y la leyenda. He leído algunos libros. El tema es interesante.

—¿Qué ha descubierto? —inquirió Alicia
con la paciencia al borde de un precipicio: las di-
gresiones de Gálvez la exasperaban.

—Son *stigmata diaboli* —respondió él haciéndose el interesante—. Marcas del Diablo. Los
demonólogos explican que se trataba de una pequeña cicatriz o tatuaje con que Satanás señalaba
a sus acólitos para que pudieran reconocerse entre
ellos o resistir el tormento llegado el caso de deten-
ción. Algunos estudiosos apuntan que dicha marca suele emplazarse en zonas recónditas del cuerpo, zonas habitualmente cubiertas por la ropa, o
también en las axilas, los hombros, el interior de
los párpados o el ano; en las mujeres, se elige el pecho o la zona del sexo oculta por el vello.

Por un momento, Alicia temió que Gálvez
amenazase con inspeccionarla en busca de la maldita marca; estaba nerviosa, se había hecho com-
pletamente de noche y un viento inquietante le
cubría el rostro con una cortina de pelo. Miró el
reloj sin ver la esfera, dijo que era tarde, dio la mano al enorme gabán estrecho y huyó disimulando
sus ganas de correr. El inspector se quedó fumando junto al río: la pequeña cebolla azul de la luna
ya se reflejaba en las aguas.

10. Rua do Chão da Feira

Rua do Chão da Feira: la última vez que Esteban ascendió aquella cuesta sádica tuvo que detenerse a mitad de camino para esperar a Eva, que llegaba arrastrándose y resoplando como un niño asmático, y ayudarla a apoyarse contra la muralla del castillo, mientras buscaba en la mochila la botella de agua que pudiese aliviar su asfixia. Un japonés de rodillas huesudas se acercó y preguntó amablemente si podía ser de alguna ayuda, no hizo falta. Eva no toleraba rampas como aquéllas, no estaba hecha para viajes con impedimentos: las vacaciones debían ser un asueto en el sentido más literal de la palabra, un descanso, de forma que todo esfuerzo añadido estaba de más. El nombre de la calle era el mismo, Rua do Chão da Feira, el camino de adoquines salteados seguía elevándose y bordeando la empalizada del Castelo de São Jorge, recientemente restaurado a golpes de yeso y cemento poco detallista: pero el marco del ascenso que Esteban recordaba parecía haberse modificado imperceptiblemente, quizá por efecto de la luz; nada quedaba en la incierta niebla malva que le rodeaba de la luz suavemente caliza de Lisboa en diciembre. Concluyó, apretando el paso hasta que le dolieron los muslos, que la memoria fabrica el pasado en vez de devolverlo, que la memoria es una imaginación aquejada de timidez, que no se atreve a echar a volar libremente sus invenciones. La Lisboa de aquella Navidad de cinco años atrás era una ciudad sepultada, inexistente, un dédalo de calles y encuentros esencialmente distinto de la ciudad en la que ahora había desembarcado, buscando el cabo de un hilo que pudiese conducirle al futuro que le correspondía: nada tenía que ver el presente con su recuerdo, aquella excursión tierna y aburrida de entonces con la búsqueda precipitada que efectuaba ahora. Y supo, poco antes de alcanzar la Porta de São Jorge, donde Edla Ostmann le había dado cita, que del mismo modo que la Lisboa pasada se había desintegrado y era irrecuperable, la que pisaba en ese justo instante debía desaparecer, seguir la suerte de ser confinada en el relicario inútil que son las nostalgias.

El abrigo azul marino de la señorita Ostmann se sustentaba sobre dos piernas elevadas y escuálidas que estaban clavadas en la grava con la firmeza de un trípode. Se saludaron, Esteban hizo un comentario meteorológico, emprendieron el camino. Escoltados por un rebaño de turistas nórdicos, atravesaron el arco de la Porta de São Jorge y doblaron hacia el mirador del castillo; media docena de cañones oxidados apuntaban al estuario. El día había despertado tan nublado como el anterior, de modo que una enorme mancha blanca impedía distinguir el mar más allá de la última línea en que hormigueaban los estibadores, donde se detenían los cargueros y las grúas para volverse juguetes diminutos y gaseosos. La Praça do Comercio parecía constituir el límite final de una maqueta desordenada, que se desparramaba en abanico bajo el peso irreal de la niebla. Esteban contó las iglesias, torres blancas rematadas por tiaras de pizarra, espió las plazas; a lo lejos, sobre el Elevador de Santa Justa, divisó el esqueleto petrificado de la Igreja do Carmo, un fósil multiplicado en sillares y contrafuertes. Edla Ostmann contempló el panorama al lado de Esteban un breve instante, mientras fumaba otro de sus pequeños puritos perfumados: luego, con una especie de cortés brusquedad, espetó que no estaban allí para hacer turismo y le condujo por el borde de la fortificación, hasta el vestigio desmoronado de un arco. Detrás se abría una coqueta placita circular que los jubilados nórdicos habían aprovechado para resollar y retratarse. En medio, sobre un austero pedestal de mármol, un San Miguel de bronce obligaba a un demonio a morderle la sandalia, armado de espada y jabalina. La prestancia del ángel resultó familiar a Esteban, o quizá el modo que la violencia del ataque tenía de desordenar su cabello y sus vestiduras; el escorzo de ese cuerpo sobrenatural, femenino y ondulante, imitaba el de otro cuerpo paralelo que él conocía. Se aproximaron; los jubilados intercambiaban risas en un enigmático idioma plagado de jotas aspiradas. El demonio era un animal nervudo y potente que no parecía aplacado por el pie del arcángel: una boca erizada de colmillos rugía una consigna de rebelión que el bronce no había recogido. Sus armas, aplastadas por el enemigo, yacían a su alrededor, desbandadas y maltrechas; una daga oriental, una lanza, un escudo redondo con un rinoceronte labrado: se trataba de una criatura monstruosa, blindada por una armadura que resultaba inverosímil.

—Inácio da Alpiarça —musitó Esteban, extrayendo un cigarrillo del paquete.

—Así es —dijo Edla Ostmann, que chupaba el tizón negro de su purito—. Una noche de tormenta un rayo destruyó la antigua estatua de San Jorge que adornaba esta placita. El rey José I encargo a Da Alpiarça que la sustituyera por otra figura del mismo motivo: el artista se tomó la libertad de suplantar al santo para poder retratar a su amo, Lucifer. Fíjese, el bien y el mal pelean rabiosamente en la imagen, sin darse cuartel. El rinoceronte de Da Alpiarça estaba consagrado al Diablo.

—¿Cómo llegaron los Coniurati a Lisboa? —inquirió Esteban, aceptando la lumbre de la señorita Ostmann.

—Caminemos —respondió ella.

Su voluntad volvía a diluirse en el elemento acuoso de los ojos de ella, alumbrados por un resplandor que parecía deshacer todo intento de disentir, de responder con una desobediencia. Aquella mirada penetrante y obligatoria perforaba de algún modo su frente para internarse más allá, más abajo, donde sucedía ese comercio de pensamientos y sensaciones que Esteban consideraba exclusivamente suyo. Al tiempo que descendían por las calles enrevesadas de Alfama, él reparó con un sobresalto en que ya había tenido esa impresión an-

tes, la de que una presencia indefinible descerraja-
ba su cerebro y lo saqueaba, apropiándose de una
información oculta: fue la tarde en que salió de la
tienda de Almeida con el ángel bajo el brazo y una
forma instintiva del pánico le hizo correr; un ojo
se había clavado en su mente. No había horror
en la pacífica inspección de Ostmann, pero Esteban percibía con un escalofrío que era para ella tan
transparente como aquellos pálidos ojos suyos, en
los que podía contemplarse un glaciar azul y mi-
núsculo. Trató de olvidar su inquietud alterando
el rumbo de sus reflexiones: pasaban frente a la Sé,
la catedral almenada de Lisboa, que tanto disgus-
taba a Eva; ella no toleraba que una catedral pudiese levantarse sin los debidos pináculos y arbotan-
tes góticos. A esa altura del camino, Edla Ostmann
abrió su paquete de tabaco, tomó otro cigarro que
acarició con dos dedos afilados y blancos.

—Para conocer el origen de la secta de los
Conjurados —dijo con voz impersonal—, seguramente el grupo más relevante y sofisticado de
cuantos nos ha ofrecido la historia del satanismo,
debe remontarse a Alejandría, en el siglo segundo o
tercero de nuestra era. Usted sabe que en aquella
época el Imperio Romano conoció una verdadera eclosión de religiones mistéricas, de sociedades
mágicas, de hechiceros, nigromantes, sacerdotes de
cultos atrasados y extraños. Fue en ese caldo de cul-
tivo donde se formaron las revelaciones sucesivas
de Basílides, de los gnósticos, de Nicolás de An-
tioquía y Valentino. En medio de aquel promis-
cuo comercio de material teológico y místico, no

era infrecuente la circulación de ensalmos, letanías, encantamientos y liturgias procedentes de las más diversas fuentes, dirigidos a las más exóticas divinidades con intenciones también de lo más variopinto: en esos siglos el Imperio adoraba con el mismo furor ecléctico, en latín, griego, egipcio y hebreo, a Júpiter, Isis, Mitra, Jehová, Perséfone. Cierto manuscrito griego con interpolaciones hebraicas, redactado en aquella época, fue transportado por un erudito bizantino a la Florencia de Ficino y los platónicos a mediados del siglo XV, inmediatamente después de la caída de Constantinopla: el erudito se ahogó luego en un naufragio, y la biblioteca que contenía el manuscrito ardió; aun así, Pico della Mirandola o Ermolao Barbaro lo habían tenido en las manos, y, como ellos, un anónimo copista que lo salvó de las llamas. A principios del XVI, el único ejemplar conocido de ese texto está en la Biblioteca Vaticana. Allí lo consultaría Rodrigo Borgia, descendiente de emigrantes valencianos, que ocuparía el solio pontificio con el nombre de Alejandro VI.

—¿Qué manuscrito era ése? —terció Esteban—. Cuál era su contenido, quiero decir.

—Contenía una invocación —respondió Edla Ostmann, mientras sus uñas violáceas rodeaban el cigarro sin encender—. En ella se amonestaba al antiguo demonio Asmodeo, mortificador de Job y Tobías, o Apolíon, ángel del Abismo, llamado en hebreo Abaddón, el Exterminador. Los títulos reservados a esa oscura deidad son innumerables: Beliar, Belcebú, Lucifer. El texto de la invocación trataba de obligar a Satanás a que se presentara ante el oficiante, con el fin de que éste le formulara una serie de peticiones que después el Demonio debía satisfacer previa firma de un pacto: el mito fáustico en sus diversas variantes, tal y como lo prometen los Grimorios. La secta de los Coniurati nació estrictamente cuando el papa Alejandro, para animar un poco las orgías y festines que celebraba en el Vaticano, propuso invitar al Diablo: entre los correligionarios se hallaban sus dos hijos, Lucrecia y César, y también otras relevantes personalidades políticas y artísticas de la época. Usted sabrá también, porque ha sido pasto de películas sin cuento, que el Apocalipsis pronostica la venida de un misterioso Anticristo, con quien debe inaugurarse el Imperio de los Últimos Días que antecederá a su vez al reinado de Lucifer, y que ese Anticristo debe ser engendrado a partir de la simiente del propio Satán. Los Coniurati pretendieron que el Diablo, materializado por medio del conjuro, se apareara con una hembra humana y la preñara del Anticristo: dicha hembra se convertiría en la sacerdotisa suprema del culto y llevaría el pomposo título de la Papisa. Lucrecia Borgia, mujer de una belleza sobrenatural, fue la Papisa. En su primera comparecencia, y siempre según las crónicas, Satanás, aparecido bajo una enigmática conjunción de carnero y príncipe, repartió cargos entre sus fieles y los selló con los famosos *stigmata diaboli* o Marcas del Diablo.

Atravesaban la Baixa a pie, en dirección norte; en la Rua da Assunçao un tranvía les adelantó y siguió calle arriba, hacinado de rostros que movían convulsivamente las bocas y los ojos. La niebla había comenzado a disiparse, y el cielo, encima de sus cabezas y los compactos bloques de pisos, parecía más azul y más alto.

—El Demonio dividió el grupo en cuatro Iglesias —Ostmann parpadeó—, gobernada cada una por un arzobispo que a la vez se hallaría bajo las órdenes de la Papisa. ¿Por qué cuatro? El cuatro suele ser un número que sugiere la totalidad: cuatro puntos cardinales, cuatro elementos, cuatro estaciones, cuatro temperamentos. El río que brotaba del jardín del Edén tenía cuatro brazos, en su visión Ezequiel vio cuatro querubines, cuatro castigos envía Dios sobre su pueblo en el libro de Jeremías: la espada, los perros, las aves, las bestias. Cada una de las Iglesias diabólicas fue colocada bajo los auspicios de uno de los príncipes de Lucifer, aquellos que le acompañaron en su sublevación contra el Altísimo: Samael, Azazël, Azael, Mahazael.

—Los ángeles —apostilló Esteban mirándose abstraídamente la punta de las botas.

El Elevador de Santa Justa era una elegante jaula de hierro que conectaba la Baixa con el Bairro Alto. Un individuo investido con un uniforme con alamares recibió las monedas que la señorita Ostmann le tendía e indicó un lugar en el sillón rojo que rodeaba la pared del ascensor; dos o tres japoneses cambiaban impresiones en una lengua que parecía propia de dibujos animados. El individuo del uniforme consultó su reloj de pulsera y accionó un resorte: apenas se cerró la puerta corredera, los edificios circundantes comenzaron a descender en los ventanales como las tramoyas de un escenario de ópera. Lentamente fue emergiendo ante los ojos de Esteban la colina de Alfama, un manto parcheado de remiendos ocres y grises, sobre el que se alzaba la mole extenuada del Castelo de São Jorge. Allá, a la derecha, el mar se había liberado de la molesta niebla de la mañana y relucía enorme y desierto como un circo lunar. La salida daba a la Praça do Carmo, junto a los restos óseos de la iglesia que Esteban había divisado desde el castillo. Recorrieron un extenso pasillo alfombrado y de nuevo la luz del sol les doró las cabezas.

—En 1501 —Edla Ostmann retomó su relato con una breve tos—, Lucrecia Borgia dio a luz a un desconocido «infante romano» cuya paternidad la leyenda negra atribuye al propio padre de ella, el papa Alejandro. Una hipótesis más audaz identifica al niño como vástago del Diablo, engendrado en alguna de las misas negras que con tanta asiduidad se celebraban por entonces en la sede apostólica. Sea como fuere, en 1502 Lucrecia se casó con Alfonso de Este para desplazarse a Ferrara y comenzar una nueva vida depurada de las maquinaciones de antaño: el niño fue degollado mientras dormía, y sus despojos sirvieron de alimento a los perros de caza de su tío César. Pero a pesar de la vida recatada que llevó en su nueva ciudad y el propósito de enmienda que la convirtió por un tiempo en la más devota de las criaturas, Lucrecia volvió a coquetear con la magia y volvió a quedar encinta de un hijo que la desangraría en un aborto ocurrido en 1519. La muerte de Lucrecia, anuncio del asesinato de su hermano y la caída de Alejandro, desató una furiosa persecución que borraría a los Coniurati de la faz de Italia. Pío III, el nuevo Papa, ordenó incendiar la biblioteca de los Borgia y destruyó los objetos litúrgicos. De no haber sido por un criado de Alejandro VI, seguramente bastardo suyo, que perdió la lengua, un ojo y una mano en las sesiones de tortura, el fatídico manuscrito con el encantamiento se hubiera perdido: este hombre, que no tenía idea de griego, copió aplicadamente los signos y huyó con ellos a Venecia.

Habían cruzado la diagonal de la Praça do Carmo y ascendían por la Rua da Trindade, sumidos en un repentino silencio. Las piernas de Edla Ostmann eran dos tijeras altas y blancas que recorrían una calle constelada de comercios, donde los escaparates exhibían la elegancia venal de unos maniquíes que no había tiempo para pararse a contemplar. Se detuvieron frente a un edificio en cuya fachada se despintaban ángeles y cornucopias, ella hizo una señal. El hombre que aguardaba aburridamente en el vestíbulo, tras una maciza mesa de caoba, recibió tres monedas y entregó dos tickets. Se abrieron paso hasta una estancia interior: el techo era una intersección de vigas rotundas y negras, que casi rozaba la cabeza de la señorita Ostmann; por una ventana se adivinaba un jardín. La casa era antigua: los muros de cal, el piso ajedrezado con baldosas rojas y ese olor a vejez y frescura hablaban de siglos anteriores. En la entrada a una sala rectangular que tenía aspecto de comedor, Esteban halló un títere incluido en una vitrina. Llevaba casaca, en-

torchados y peluca, como un pequeño Casanova
de palo. Los rasgos mal trazados del rostro transpa-
rentaban resignación o sueño; los encajes que sobre-
salían de las mangas habían sido alimento de polillas mucho tiempo atrás.

—Esta casa es una de las más antiguas de
Lisboa —informó la señorita Ostmann, con la voz
extrañamente cascada por el eco—. Fue de las pocas que sobrevivieron al terremoto del cincuenta y
cinco, aunque un ala cedió y el establo, al fondo
del patio, fue también destruido. Hoy es el museo
de marionetas de Lisboa. La llaman la Casa del Laberinto, por el hermoso laberinto de setos que
cubre el jardín. Mire los zócalos, señor Labastida.

Desviando la mirada del muñeco de la vitrina, Esteban reparó en un pequeño dibujo marrón que se repetía maniáticamente en la base de
las paredes: rinocerontes. La casa había pertenecí-
do a Da Alpiarça, era la casa en que guardaba su
rinoceronte; ese descubrimiento la volvió en la
imaginación de Esteban magnética y monstruosa
a un tiempo: se figuraba al animal tendido en su
lecho de seda, presidiendo escoltas de criados, reci-
biendo visitas de hombres eminentes cuerno en alto. Tuvo la impresión no demasiado despejada de
que el rinoceronte debía ser símbolo de algo, como
el águila, como la paloma, pero que su significado
era difícil de desvelar.

—Andrea Messauro —dijo Ostmann—,
más tarde conocido como Achille Feltrinelli, era un
joven prelado que servía de secretario en Venecia a
los Castrovalva, una de las familias más influyentes

de la Serenísima República. A él se le debe el honor de haber rescatado el documento, la copia del criado, de un legajo de actas comerciales donde se había traspapelado, en la Lonja de Venecia. Puesto al tanto de lo que el manuscrito prometía, se propuso resucitar la gloria antigua de los Coniurati: la guardia ducal abortó su intento, Messauro peregrinó por Suiza, Alemania, Francia y España tratando de extender el Evangelio del Diablo y chocando con la hostilidad de las autoridades. Fue en Lisboa, hacia 1753, donde el fugitivo italiano halló protección en el extravagante escultor del rey José I, Dom Inácio da Alpiarça, obsesionado por la enfermedad de un rinoceronte al que amaba más que a su vida y al que cuidaba como a un hijo en un establo de su jardín. Entre los dos reunieron un conventículo de nobles y cortesanos, individuos estólidos y aburridos necesitados de novedades, y fundaron la nueva generación de los Conjurados; su Papisa fue una aristócrata aventurera nacida en Inglaterra, una mujer de fogosa belleza, dotada de una violenta cabellera roja, Lady Hester Stanhope. Antes de ingresar en la secta, ya era polémica y suscitaba pasiones: se paseaba desnuda por los jardines de su palacio acompañada por un esclavo negro que la acariciaba a sus órdenes, practicaba la esgrima, era opiómana. Para ella Da Alpiarça fundió los cuatro ángeles, cada uno con una cuarta parte del conjuro, que debía conservar cada uno de los arzobispos de las cuatro Iglesias.

—Pero no sólo con el conjuro —replicó Esteban puntualmente.

—No, señor Labastida, usted lo sabe bien —y la mirada de Edla Ostmann se hizo vertiginosa y amenazante, y Esteban se extravió—. Cada ángel lleva inscrito en su pedestal un fragmento del texto del conjuro, fielmente reproducido a partir del manuscrito que Feltrinelli exhumó de Venecia. También hay cuatro letras hebreas, que, sumadas, nos dan nun-tet-shin-lamed, LSTN, el-Satán. Es el nombre del Enemigo en el Antiguo Testamento. Aparte de un homenaje, supone una pista: las inscripciones de los cuatro ángeles deben ser combinadas para descifrar su mensaje.

—Sí —dijo Esteban—. Además, tenemos el inicio de los versos que aparecen al final del *Mysterium* de Feltrinelli y unas líneas en un idioma desconocido. ¿Qué significa todo eso?

Edla Ostmann respiró ampliamente; iban dejando a los lados muchedumbres de marionetas, espectadores diminutos y atentos que los observaban con fijeza desde el silencio de sus ojos pintados. Pequeños dragones con lenguas de papel, princesas y caballeros entregados a la polilla y el óxido colgaban de las paredes como pequeños reos abandonados en sus horcas, olvidados por el verdugo. Esteban sospechó que no estaban solos, que todos aquellos espectadores agazapados se interesaban también por los hechos atroces y apasionantes de los que había sido teatro aquella misma casa que ahora habitaban. En la puerta de una nueva habitación que guardaba un arlequín manco, ella respondió:

—El manuscrito veneciano no contenía sólo un conjuro, sino instrucciones precisas sobre dónde y cómo ese conjuro debía ser recitado. Puesto que los pedestales no hacen ninguna alusión al respecto, debemos suponer que esos versos y el texto del idioma desconocido contienen la clave. Ignoro qué relación guardan unos y otro; ignoro qué lengua es ésa. Los libros de famosos demonólogos están plagados de lenguajes fantásticos con los que esos sabios pretendían comunicarse con los demonios: consulte a Trithemius, a John Dee. Por lo demás, el resto de la simbología de los ángeles no es difícil de descifrar. Habrá observado que junto al pie izquierdo de cada ángel hay un animalito en miniatura, que sucesivamente es león, águila, hombre, toro. El libro de Ezequiel, capítulo primero, versículos del cinco al trece, contiene la descripción de cuatro monstruos humanoides alados, con cuatro caras cada uno, la central humana, de león la de la derecha, la izquierda de buey y, sobre todas ellas, la de águila. En el Apocalipsis reaparecen los monstruos, pero ahora son un hombre, un león, un buey y un águila con alas cubiertas de ojos. Los exégetas no se han puesto de acuerdo sobre el significado de estas criaturas, pero las interpretaciones oscilan entre la presencia irrepresentable de Dios y la fuerza metamórfica del Diablo: en los ángeles de bronce figuran como contrapartida de los cuatro evangelistas, que, según sabrá, tomaron como anagrama a cada uno de estos animales. En cuanto a la cojera, la invalidez es en todas las culturas primitivas señal de perversión: el libro de los Reyes cuenta que los sacerdotes de Baal cojeaban al celebrar su danza ritual, y el Génesis que Jacob se rom-

pió la pierna en su combate con el ángel del Señor.
Satanás quedó tullido después de caer del Cielo
a la Tierra.

La habitación en que acababan de ingresar
era pequeña y cuadrada; ningún títere escalaba las
paredes, consteladas de esos azulejos azules típi-
camente lisboetas que suelen adornarse con grutescos y filigranas vegetales y que ocupan los din-
teles de las confiterías. Una ciudad se derramaba
en círculo a lo largo de los azulejos, una ciudad
azul y pálida que parecía irreal como un teatro de
marionetas. Los edificios azules iban apiñándose
unos sobre otros formando terrazas, largas ristras
de fachadas yuxtapuestas con ese aire fantástico de
los escenarios de ópera. Los peristilos de los palacios dejaban lugar a frontones de academias,
circos divididos en graderíos ocultaban tímidas
pérgolas azules que se asomaban apenas sobre las
balaustradas de las escuelas militares. Y en mitad
de cada una de las cuatro paredes, una plaza circular cobijaba una pequeña figura, un cuerpecillo casi
indescifrable en el que a pesar de todo eran reco-
nocibles las alas, el pacífico animal aguardando junto a un pie quebrado. Aquel anfiteatro que rodeaba a Esteban, aquel escenario azul y enigmático
era el mismo que se reproducía en el libro que había tratado de traducir a retazos, el mismo por el
que Alicia había deambulado, huyendo de la densidad sofocante de sus pesadillas: Nueva Babel pintada en los muros, arrancada de los sueños y las
bibliotecas para plantarse en el centro de una casa habitada por títeres. Por primera vez Esteban la

contemplaba tal como era, con sus propios ojos, y no a través de las descripciones titubeantes de Alicia: paseó extrañamente extasiado por cada pared, deteniéndose frente a cada dibujo. En aquel momento obtuvo, como en un estallido, la razón real de su viaje a Lisboa; había viajado hasta allí a conocer la ciudad interior, la ciudad imposible. Sevilla y Lisboa eran trasuntos, disfraces, excusas irrisorias de la ciudad arquetípica, la ciudad perfecta que Alicia había recorrido y que ahora se mostraba a Esteban en toda la fascinación de su fisonomía. Nueva Babel era tanto o más real que aquellas ciudades imprecisas en las que él había consumido su vida, ciudades en las que se había enamorado, por las que había paseado, ciudades que marcaban capítulos de su vida transitoria y sin énfasis, como el agua. Recordó aquel cuento de *Las mil y una noches* (literatura y más literatura) en que un hombre que duerme en un patio, bajo una palmera, sueña con un tesoro oculto en la casa de otra ciudad muy lejana; viaja a la otra ciudad, encuentra la casa, es expulsado por el inquilino; cuando el viajero le describe su sueño, el dueño de la casa se burla de él y le aconseja no dar crédito a los sueños: él sueña todas las noches con un patio bajo una palmera donde hay enterrado un tesoro. El tesoro estaba en la propia casa del viajero, pero tuvo que peregrinar para saberlo: Esteban había cubierto quinientos kilómetros para desentrañar las visiones de Alicia.

—Nueva Babel —dijo Edla Ostmann con un gesto de presentación que parecía abarcar la casa entera—. Justamente ésta es la sala donde los Coniurati celebraban sus reuniones en Lisboa. La primera piedra de la ciudad había sido colocada durante el patriciado de los Borgia. El recrudecimiento de la represión en Italia dejaba como única salida a los sectarios un encuentro secreto, en latitudes diametralmente opuestas a las que el sol ilumina un día y otro: alentados por especulaciones de Fludd y Bruno, que afirmaron que podían construirse con la mente geografías imaginarias para reforzar la memoria, los nuevos Coniurati fueron ensanchando, con el potencial conjunto de sus imaginaciones, la Nueva Babilonia que ve aquí. En ella trabajaban cada noche, aumentándola, aportando cada uno su pasión particular: estatuas, balaustradas, palacios, armaduras. La noche del uno de noviembre de 1755 se celebraba en casa de la marquesa Stanhope una reunión especial: los Coniurati asistían al parto de la Papisa, supuestamente preñada del mismísimo Diablo. El terremoto trituró al niño y a la madre y aplastó a todos los asistentes, salvo a dos. Inácio da Alpiarça corrió hasta aquí herido y descubrió que su rinoceronte había muerto.

El dedo ahusado de la señorita Ostmann señalaba la ventana de la habitación; bajo un sol desteñido se dibujaba el vasto laberinto del jardín, una caligrafía vegetal que trazaba garabatos y enroscaduras imposibles de seguir hasta la distancia de un lejano edificio chato con los muros remendados. Descendieron unas escaleras y se encontraron de nuevo al aire libre: el cielo era una carpa

turquesa y enorme sobre sus cabezas. Ostmann
quería mostrar a Esteban el establo que había co-
bijado al rinoceronte, de modo que se interna-
ron en el laberinto. Él la seguía de cerca, sin querer apartarse del sonido crujiente que hacían sus
tacones al triturar la grava: recorrían un infinito
pasillo de rododendros. Esteban no pudo calcular
cuánto tiempo pasó antes de que se perdiera. En
un recodo giró a la derecha y encontró que la espalda de Edla Ostmann, sostenida por sus dos piernas altas y rápidas, había desaparecido. Quiso deshacer el camino hasta la entrada, pero descubrió
que el corredor practicaba una leve curvatura que
no había detectado antes: desembocó en una glorieta con una fuente. Fumó un cigarrillo con paciencia, pensó en gritar el nombre de Ostmann, se
avergonzó. Le visitaron sucesivamente los pensamientos de que ya regresarían a por él, de que quizá
nadie pudiera rescatarle en aquel punto indefinido de una sucesión absurda de senderos y parte-
rres. Continuaría: daba igual qué ruta ensayase, la
solución no tenía por qué responder a un plantea-
miento lógico, estrictamente topográfico, de la arquitectura del jardín. El viento había comenzado
a silbar por las galerías, impactaba contra el rostro
de Esteban apretándole las pestañas. Anduvo im-
penitentemente durante cuatro cigarrillos conse-
cutivos; visitó tres glorietas, o tres veces la misma
glorieta. Razonó de nuevo que la clave para des-
hilvanar el laberinto no podía ofrecérsela la razón,
que no era capaz de elevarse más allá del estrecho
pasillo que iba explorando: la razón se pervertía en

los espejos, se extraviaba también y naufragaba en cuanto el camino se hacía más ambiguo, en cuanto no podía tener a mano los datos del enigma. Tenía que confiar cerrando los ojos en esa especie de impulso que tantas otras veces con anterioridad le había aconsejado, que había ordenado un gesto o una palabra o los había impedido sin otorgar explicaciones, simplemente porque parecía conveniente a la simetría, a la secreta matemática de las cosas. Si quería salir, si deseaba encontrar el establo, la verdad, el tesoro, su razón debía dejarse guiar por ese instinto, por la mano ciega que sabe sin despertarse a qué altura de la mesilla se hallan el despertador y la lámpara. Pisoteaba la última colilla cuando una mano le atrapó el hombro: Edla Ostmann había aparecido detrás de él como brotando de un seto.

Habían salido del estudio de Mamen cerca de las cinco, después de discutir interminablemente sobre la conveniencia o no de la visita, hasta que Alicia dio un suspiro para que se oyese bien en todo el piso y decidió marcharse sola con las manos en los bolsillos de la trenca. Mamen la alcanzó con apresuramiento en el segundo rellano, pidió disculpas sin demasiado énfasis, la verdad es que la jodida visita le seguía pareciendo una tontería como una casa, acabar obedeciendo a la chalada de Marisa, dentro de nada se verían desayunando hierbas y espulgando inquisitorialmente las cartas de los restaurantes, pero en fin, si aquello iba a tranquilizarla entonces bueno. Alicia ya sabía todo eso y le rogaba por favor que no se lo escupiese por cuarta o quinta vez; doblaban Torneo en dirección a la Alameda mientras ella le repetía que se trataba meramente de una tentativa, no tenía por qué confiar bobaliconamente en lo que la adivina tuviera que decirle por el módico importe de dos o tres mil pesetas, sólo quería una opinión más. Mamen tenía que estar de acuerdo con ella en que, al fin y al cabo, el caso de los sueños adulterados, públicos como un parque, tampoco era un asunto demasiado corriente como para confiarlo sin más a un hombre atónito que ocupaba una consulta: a extraños males, extraños remedios. Quizá Asia Ferrer, por extravagante y disparatada, pudiera poseer la clave de una intriga tan rocambolesca como la suya.

Girando negativamente la cabeza, Mamen la acompañaba en silencio por la calle Calatrava. Por supuesto que no aprobaba la enésima tontería de Alicia, lo que les faltaba era una adivina, pero no iba a dejarla sola para que interpretara a su manera, aconsejada por su ínfimo sentido de la realidad, lo que aquella mamarracha tuviera que espetarle: y mucho menos la entregaría en manos de Marisa, que podía terminar por amueblarle del todo la fantasía con alguna ocurrente explicación basada en la ambigüedad de la quinta dimensión. El mal de Alicia estaba claro si quería verse; una neurosis obsesiva que iba arrasando su mente a trancos agigantados, ganando una legua cada vez que ella decidía alimentar más la hoguera con una nueva visita a nosequién o hablaba por teléfono con el irresponsable de Esteban. Sí, sí, entendía que quisiese acostarse con ella, pero había métodos más legales para conseguirlo.

Cuatro hippies golpeaban un tambor de pita sobre un banco de la Alameda, compartiendo cervezas y porros; Alicia y Mamen atravesaron los aparcamientos hasta la calle Peris Mencheta, donde las cancelas de los bares comenzaban a despegarse. Dejaron a los lados colecciones de fachadas enfermas, algún individuo oscuro que fumaba algo que no se veía. El número que les había suministrado la tarjeta de Marisa coincidía con una casa de dos pisos con macetas en el balcón y una Virgen de azulejo incrustada en el recibidor: al lado languidecía una clínica veterinaria con el luminoso roto. Mamen repetía que todavía estaban a tiempo de dar la vuelta y evitarse un dolor de cabeza cuando Alicia ya subía las escaleras. La pared había sido encalada alguna vez, pero la humedad y las grietas se habían encargado de rascar la capa blanca para dibujar grandes archipiélagos sin color. Una mujer de edad indefinida les recibió arriba, al final de la escalera, tras una puerta; los cosméticos desfiguraban un rostro del que sobresalía la violenta nariz curva, un bazar de anillos cuajaba las manos retorcidas por la artritis. Lo más llamativo para Mamen fue, aparte de la túnica más o menos de rigor, la inverosímil melena de color violeta que le caía sobre los hombros. Invitadas cortésmente por la mujer, entraron en la casa: entonces les abofeteó por primera vez el hedor a meado de gato que apestaba los rincones. Circularon frente a un salón con televisor, la cocina: el estudio

de Asia Ferrer se hallaba al final de un breve pasillo ilustrado con láminas de los signos del zodíaco.

—Venimos de parte de Marisa Gordillo
—explicó Alicia como disculpándose.

—Ah, Marisa —respondió la mujer con
boca de maldecir—. Entonces les haré un precio
especial. El descuento sólo podría aplicarse si se
tratase de las cartas; por ser usted le haré lo mismo
con la mano.

El estudio cumplía las previsiones más pesi-
mistas de Mamen: un riguroso cortinaje morado
cubría las cuatro paredes, una mesa camilla recibía
la luz indirecta de una lámpara esférica en el centro
de la habitación, junto a un aparador grabado con
signos de libro de supermercado. El gato responsable de rociar la casa con sus inestimables fluidos sesteaba perezosamente sobre una silla: era
un monstruoso animal gris y blanco, gordo como un
saco. Asia Ferrer prendió unas barritas de incienso
y les rogó que tomasen asiento; la risa estaba a punto de suplantar al fastidio en los labios de Mamen.
La luz blanca, lateral, afilaba las sombras del rostro
de la adivina y casi la volvía una siniestra máscara de tragedia griega. Extendió sobre el tapete las
manos sembradas de anillos antes de decir:

—Asia Ferrer a su disposición. Consúlte-
me lo que desee.

La buena mujer iba enarcando cada vez más
las cejas a medida que Alicia le repetía que no deseaba consultar cartas, ni manos, ni siquiera borras
de café. Estaban allí por un sueño. Un sueño extraño, que tampoco merecía la pena repetir con dema-

siado detalle. Lo que Alicia quería saber era si existía posibilidad de que los sueños pudieran compar-
tirse, es decir, de que varias personas interviniesen
concertadamente en el escenario de un sueño, como si hubieran quedado en verse en un bar, en casa
de alguien. Quería saber si los sueños eran lugares
tan comunes y accesibles como cualquier museo,
como cualquier burdel. Al tiempo que Alicia iba
desgranando sus preguntas frente al rictus concentrado de Asia Ferrer, Mamen se dejaba hipnotizar
por su gato: el animal la observaba con fijeza amarilla desde la profundidad de sus pupilas.

—Mire usted —dijo Asia Ferrer con voz de
ir a explicar la física cuántica a un niño de cinco
años—, lo que le sucede es perfectamente normal. No diré que ordinario, aunque se hayan dado
muchos casos, pero sí perfectamente natural. Claro que para entenderlo usted debe tener en cuenta
una serie de puntos previos.

Los párpados de Mamen se arriaron con
estoicismo: venía la inevitable lección sobre la composición secreta de las cosas, todo ese conjunto de
verdades inefables que desmentían la increíble candidez de las ciencias empíricas. Asia Ferrer hablaba
con la solemnidad de quien se enfrenta a un millar de oyentes devotos.

—El Ser se divide en siete planos, señorita:
siete formas de existir, siete categorías superpues-
tas. En el escalafón más bajo se halla el Plano Físico
o *Sthula;* corresponde a la materia, en el ser humano equivale al cuerpo carnal, cabellos, huesos, piel,
etcétera. A continuación hallamos el Plano Astral,

Kama, del que enseguida le hablaré, y luego el mental o *Manas.* Este último coincide con la conciencia personal, es decir, el yo de cada uno: nuestras señas de identidad, aquello que reconocemos como propio en pleno uso de nuestras facultades. En cuanto al *Kama,* el Plano Astral, encierra todo aquel potencial de actos psíquicos que el individuo no llega a utilizar; coincide con lo que los psicólogos, gente irreverente y obtusa, llama despectivamente el subconsciente.

—Muy bien —replicó Alicia mirando de reojo a Mamen, que estaba a punto de explotar en carcajadas.

—El cuerpo astral es un cuerpo compuesto de una sustancia muy sutil que está adherida a la materia pero que se desprende de ella en determinados estados: ensoñación, duermevela, bajo el uso de estupefacientes y, sobre todo, durante el sueño. Liberado, el cuerpo astral puede visitar espacios y empuñar objetos. Claro que lo que este cuerpo visita no es el mundo material, el mundo por el que estamos acostumbrados a movernos, sino un mundo paralelo que no tiene por qué coincidir con él, el mundo astral.

—Luego hay dos mundos —Alicia trataba de aclararse.

—Hay muchos mundos, señorita —la contestación de Asia Ferrer quería ser lapidaria—, pero todos están en éste. Imagine dos habitaciones de hotel, una sobre otra, dotadas de los mismos muebles dispuestos de la misma forma. El cuerpo material sólo tiene acceso a la habitación inferior.

El astral, si es entrenado, puede visitar una y otra. Es visión astral a lo que llamamos clarividencia, y tacto astral la telequinesia.

Resultaba emocionante comprobar lo claro que estaba todo para aquella buena mujer; por un momento, la rabia y la risa de Mamen flaquearon para dejar lugar a una sincera envidia: ahora entendía las ventajas que Marisa extraía de esa clase de revelaciones. Todo en su sitio, cada cosa con su etiqueta, lo mismo en el cuarto de baño que en los siete planos del Ser, la entropía domesticada y el universo tan limpio de misterios como el jardín de la parte de atrás. Quién necesitaba la verdad si era una solución mutilada y parcial, que no ayudaba a entender la geometría de conjunto de las cosas.

—La geografía astral y la material no tienen por qué coincidir —añadió Asia Ferrer agarrando a su gato, al que adivinó la tentación de regar una cortina—. La réplica astral de un objeto no se halla, no es obligatorio que se halle, en el mismo punto en que se encuentra su modelo material. En el Plano Astral cosas, edificios, paisajes, pueden trasladarse y combinarse, creando ese mundo contradictorio y enigmático que vemos en los sueños. Lo que usted ha recorrido es una ciudad astral, una ciudad que está ahí, en alguna parte, como Roma o París están en sus puntos determinados.

—Pero bueno —la explicación convencía intuitivamente a Alicia—, para ir a Roma yo tomo un avión.

—El desplazamiento por la zona astral es más sencillo —la mano de la adivina nadaba en el pellejo de ceniza del gato—. Apenas el leve deseo de hallarse en otra parte basta.

—Yo nunca he deseado estar allí.

—Bien, quizá su caso sea más complicado —el gato brincó y regresó al suelo—. Hay personas excepcionales, dotadas de un cuerpo astral muy vigoroso, personas en las que desde la infancia se han detectado aptitudes para la telepatía y la telequinesia. Alguna de esas personas, muy próxima a usted hasta el punto de poder secuestrar su cuerpo astral, puede haberla llevado hasta allí sin que lo haya advertido.

—Señora —interrumpió Mamen, entusiasmada—. Me temo que su gato le va a echar a perder las cortinas.

Bajando la calle Feria, Mamen todavía se acordaba de la expresión de pánico que había desbaratado el rostro de la pobre Asia Ferrer, doctora en los siete planos del Ser, y su rápida bofetada al gato, que gritó con furia antes de estrellarse contra la consola grabada con hermosos pentáculos. Se entendía que la pobre mujer, a pesar de la vehemente publicidad de Marisa, tuviese escaso público, sobre todo gracias a la obsequiosidad de su animalito, que gustaba de agasajar a las visitas con muestras de sus más inequívocos fluidos. Alicia no había hablado desde que dejaron la consulta de la adivina, y bajaba la acera con las manos rígidas en los bolsillos, contemplando el suelo con los ojos ocupados en ver otras cosas; el cigarrillo se le abrasaba con lentitud entre labio y labio. Los enigmas que se cruzaban en su camino iban haciéndose progresivamente más transparentes, había hallado una entrada que podía conducirla al otro lado de la verja; claro que, por una especie de ironía juguetona, esa clave venía de fuentes que hubieran hecho reír al inspector Gálvez y lo hubieran obligado a desestimar los móviles con un movimiento de sus manazas de bistec. Mamen repetía, y tenía razón, que había que ser cándida por usar una palabra suave para prestar crédito a la Alaska del pelo morado y toda su sapiencia aprendida mensualmente en los quioscos; pero una adivinanza tan estrambótica como la que le atascaba la inteligencia exigía una explicación igualmente extravagante.

Se habían desviado por Feria porque Mamen quería pasarse un momento por el piso de Toñi para que le mecanografiara unos documentos del congreso antes del jueves: atravesaron Resolana hasta la zona de la Torre de los Perdigones, Mamen pulsó cuatro veces un portero automático sin resultado apreciable. De vuelta a Torneo, se detuvieron frente a un paso de peatones con un pequeño grupo de señoras con permanente que llevaban bolsas. Ningún presagio nubló la mente de Alicia hasta que pasó el primer autobús y se vio reflejada en el fugaz relámpago del cristal de una ventana: detectó una vaga sombra que se movía a sus espaldas, un abrigo, unas gafas de sol. Volvió la cabeza de perfil escocida por una sospecha y el rabillo del ojo ratificó la primera impresión; detrás de ella se había detenido, frente al paso de cebra, una mujer nebulosa envuelta en un holgado abrigo negro. Parpadeó, sin poder evitar que un miedo caprichoso empezase a erosionarle el espinazo; volvió unos ojos suplicantes a Mamen, que se distraía en contemplar el anuncio de máquinas de coser del edificio de enfrente. No podía concretar su sensación de peligro, darle un motivo tangible, pero Alicia intuía que un desenlace drástico se aproximaba con la velocidad de una locomotora y que aquella mujer de detrás, aquella sombra imprecisa como una imagen en un charco, tenía un papel en la representación. Sumó todos los hilos demasiado tarde para reaccionar con soltura: otro autobús sobrevolaba la avenida a apenas unos metros y un puño se hundió en los riñones de Alicia aflojándole las rodillas. Se tambaleó, cayó acera adelante, dispuso de un segundo ínfimo para volcar el cuerpo antes de que el autobús estuviera a punto de arrollarla con un mugido y un sonoro improperio del conductor. La vasija del corazón iba a partírsele en mil pedazos, pero no tuvo tiempo para refrenar su violencia: Mamen corría a su lado con las cejas gráficamente plantadas en mitad de la frente cuando sintió que la misma mano que había tratado de lanzarla al centro de la calzada aferraba su brazo. Pataleó, cegada por el pánico, intentó desasirse, comprobó que su tacón chocaba con algo que retrocedía y que la presión del brazo se relajaba simultáneamente; entonces salió a correr derribando a una señora aterrada por la falta de respeto de la juventud, a través de la calle que se había reducido a un túnel angosto y sin luces.

No podía verla, pero Mamen corría detrás sensiblemente molesta por la altura de sus tacones, que amenazaban con estamparla en la acera si los zapatos efectuaban una maniobra más acelerada de lo debido: gritaba el nombre de Alicia convencida de que el cortocircuito era definitivo y la pobre estaba loca de remate. La respiración de Alicia le abrasaba los pulmones pero los músculos de sus piernas no querían detenerse, no podían hacerlo: la mínima oportunidad de un salto podía sustraerla a esa aniquilación definitiva que el vidrio del autobús le había mostrado en un destello. Mamen no paraba de gritar y la garganta comenzaba también a rompérsele: no entendió a qué venía aquella estúpida carrera hasta que, al hacer un alto para desprenderse de los zapatos y seguir descalza, entrevió que un cuerpo gigantesco y negro, una especie de pájaro con las alas abiertas, trataba de echarse sobre ella. Hubo un fugaz forcejeo, Mamen sufrió el arañazo de unos dedos con demasiada prisa, emprendió la carrera con un vigor renovado, sin más vacilaciones. Vio que Alicia se había detenido casi frente al puente de la Barqueta, que subía a un autobús que estaba a punto de arrancar: esquivó el último ataque de la sombra negra aceptando el brazo que Alicia le proporcionaba, pateando los tres escalones metálicos con sus plantas desnudas. La puerta del autobús se cerró con una especie de bufido, las dos escrutaron ansiosamente el cristal; un abrigo negro retrocedía hacia la avenida sin dejar de vigilar el vehículo que se alejaba. Mamen sintió que la boca se le infectaba de un sabor amargo y denso: supo que era miedo.

—Alicia, por lo que más quieras —resopló—, ¿me vas a contar qué es todo esto?

—Ya lo has visto.

Estaban cerca, tan cerca que la mano podía quemarse al efectuar el siguiente movimiento.

La noche se desplomaba sobre la Praça de Rossio y el frontón ateniense del Teatro Nacional cuando regresaba paseando al hotel; el crepúsculo había vuelto a traer la niebla, y una fina gasa humedecía el rostro de Esteban y le impedía prender el cigarrillo por mucho que se cobijase en algún portal a pulsar el encendedor. Caminando a pasos largos volvió a pensar en la confusa conversación que había sostenido con Edla Ostmann, o la inteligencia remota que hablaba por sus labios: el cerebro se le volvía un bazar giratorio donde rotaban rinocerontes, títeres con casacas, frágiles ciudades azules pobladas de columnas. Su extravío en el laberinto de la casa de Da Alpiarça le había parecido una metáfora precisa de su situación presente, quizá incluso una señal que le enviaba el azar o el destino para que comprendiese cuál era el siguiente paso que debía acometer: porque la realidad es una especie de escritura cifrada, secreta, que está constantemente transmitiendo mensajes que podrían orientarnos si aprendiésemos el idioma preciso, la lengua perdida de las cosas. Para salir del laberinto era necesario el requisito previo de alcanzar el centro, la colina angular desde la que podía divisarse el trazado completo de los corredores y las galerías; para resolver el enigma del sueño de Alicia, era preciso desentrañar el misterio de la leyenda de los pedestales, el sello lacrado que les permitiría acceder al pliego de las respuestas: ese desvío provisional se volvía imprescindible.

La confitería en la que Esteban ingresó estaba ocupada por cuatro parroquianos de facciones arrugadas, escondidos bajo gorras a cuadros. Se situó en una mesa lateral, junto a una gran cristalera que dominaba el monumento de Dom Pedro IV y frente a la que circulaban parejas de hombres negros con cazadoras de cuero. Una muchacha de ojos tristes le sirvió en la mesa la *bica* que había pedido y un vaso de agua algo turbia que él retiró. De noche, Lisboa volvía a convertirse en la maqueta imposible del pasado, un escenario de otro tiempo que sólo podía pervivir en la geografía marchita de los recuerdos. Volvió a entrever el rostro de Eva tras la niebla y los tranvías que iban espaciándose, volvió a añorar aquella felicidad sucedánea que había arruinado una clarividencia demasiado corrosiva unos años atrás: lentamente ese rostro fue transformándose en otro más próximo, en la máscara de ojos verdes que le aguardaba al retorno del viaje y seguramente a la salida del laberinto, cuando todas las incógnitas fueran desfloradas. La mano le tembló al explorar el bolsillo del anorak y extraer la libreta en la que había esbozado sus notas periodísticas sobre la Fundación Adimanta. Arrancó dos hojas y las situó frente a frente sobre la mesa, junto al café que comenzaba a enfriarse y aquel vaso de agua desechada. En una copió las inscripciones de los cuatro ángeles tal y como el azar de los descubrimientos se las había ido proporcionando, en la otra los cuatro versos del libro de Feltrinelli.

DIRA.FAMES.VSVTSVC.EDRDD.ESADVDC...
HVMANAQVE.HOMINES.TESIDRV.AETAESME.IN.INSAENE.
[EVMPTE...
DENTE.DRACO.TGIVGERED.ROAGD.MGEGD.MVTEE...
MAGNA.PARTE.BISSCSV.VEISEI.PIIEISEIOETI.ISSIE...

Dira fames Polypos docuit sua rodere crura,
Humanaque homines se nutriisse dape.
Dente Draco caudam dum mordet et ingerit alvo,
Magna parte sui sit cibus ipse sibi.

Sintió que aquellas ocho líneas ocultaban, como una cáscara, el nudo del enigma. Por qué cada una de las leyendas remitía a cada uno de los versos; cuál era la interpretación que había que dar a aquel vago poema alquímico para que la clave le hiciera posible abrir el candado. Fuera cual fuese el contenido del mensaje secreto, debía suministrar información sobre un lugar: Ostmann le había asegurado que escondía el punto exacto en que el conjuro debía pronunciarse para surtir efecto. Quedaba, desde luego, la posibilidad de que las líneas de los pedestales correspondieran a un idioma antiguo, desconocido, o simplemente inventado; eso cerraría toda ocasión de avanzar. Pero en el sótano de la mente cartesiana de Esteban luchaba la certeza de que el acertijo era desmontable si aplicaba simplemente, de un modo escrupuloso, el bisturí de su inteligencia, la inteligencia analítica que hacía a monsieur Dupin reconstruir crímenes que habían sucedido a kilómetros de distancia de la casa en la que él conversaba con un amigo: esa misma inteligencia debía dar respuesta a interrogantes trazados a siglos de distancia de la cafetería en la que él evocaba un rostro de ojos verdes, dulce e hiriente como el recuerdo de un proyecto no consumado. El dragón que se mordía la cola poseía el secreto, el dragón que concluía en su inicio como el perverso laberinto que lo había confundido. Ensayó varias posibilidades alterando letras de posición, entreverando palabras latinas tras el denso galimatías de las inscripciones. Tachó, reescribió, acabó el café. El tedio y el dolor de cabeza le sugirieron que saliese a tomar el aire.

La niebla se colgaba de la luz de las farolas fabricando bolsas de algodón; Esteban compró una botella de whisky barato en un colmado y regresó al hotel con las manos muertas en los bolsillos del anorak: sus dedos jugaban con las hojas en que había garrapateado sus intentos de traducción. La señora de la verruga que dormitaba en recepción le recibió con un sobresalto; le entregó la llave de la habitación, la catorce, y volvió a enfras-

carse en la exhibición de gimnasia rítmica que sucedía en silencio en el televisor. El cuarto del hotel
le resultó a Esteban más apacible, más recogido,
más solitario que nunca. Pulsó el mando a distancia conducido por una estúpida inercia, se encontró con las mismas muchachas escuálidas que movían cintas y aros en la pantalla de la recepción. El
whisky era desgarrador, arañó su garganta con un
sabor a madera podrida. Cuando se tumbó en la
cama, junto a la mesilla, le atacó la idea peregrina
de telefonear a Alicia. La imaginó sobre su almohada, durmiendo desnuda bajo unas sábanas que
recorrían suavemente los médanos de sus caderas.
Vació los bolsillos del anorak, abandonó el tabaco en la colcha, las dos hojas escritas, una sobre
otra, encima de la pantalla de la lámpara encendida. Antes de volverse a derrumbar en la cama
con otro trago de aquel whisky venenoso, rezó
una oración: rezó a Edgar Poe para que su espíritu
le aportara la intuición necesaria para hallar el desenlace, como había alumbrado a Auguste Dupin
y William Legrand. Luego se durmió, o creyó que
dormía.

Abrió los ojos después, no supo cuánto. Se
sentía extrañamente refrescado, como si hubiera
emergido de una piscina en la que se hubiera pasado
buceando toda la noche. Ya no había muchachas
en el televisor, sólo un cortés señor con chaqueta
que señalaba un mapa de isobaras. Entonces, explorando perezosamente el techo de la habitación
con la vista, descubrió la mancha amarilla. La luz
de la lámpara se estrellaba sobre el rectángulo blan-

co que había sobre su cabeza y escribía unas letras gigantescas, unas letras picoteadas de tachaduras y rectificaciones que imitaban enormemente su caligrafía: eran sus notas al trasluz. Las dos hojas, una sobre la otra, coincidían en el techo, se mezclaban, creando cuatro líneas confusas que dieron la revelación a Esteban con la fuerza de un puñetazo. El corazón efectuó un redoble, Esteban tomó las hojas a toda prisa y las colocó sobre la cama. Sí, eso era, por supuesto que era eso, hacía falta ser estúpido para no haberlo visto antes. Con la mano en el pecho, se obligó a tranquilizarse mientras encendía un cigarro y volvía a golpearse el estómago con un nuevo trago de whisky. Arrancó otra hoja de la libreta y anotó dos líneas:

DIRA FAMES POLYPOS DOCVIT SVA RODERE CRVRA
ABCD EFGHI KLMNOPQ RSTVXY Z

El modo más sencillo que existía de cifrar un mensaje era permutar sus caracteres: cada uno correspondía a otro dentro de una clave previamente especificada. Una clave, qué si no podía ser el poema del libro de Feltrinelli; cuatro claves para las cuatro líneas de los pedestales, una distinta para cada leyenda. Bastaría confrontar cada verso con el abecedario latino para saber qué letra había que escribir en sustitución de qué otra. En la secuencia *Dira fames* que correspondía al primer ángel, la D sustituiría a la A, la I a la B, la R a la C y así sucesivamente. Con la circulación estallándole en las venas del cráneo, Esteban trazó el resultado: no aclaraba mucho.

VSVTSVC.EDRDD.ESADVDC
VOVYOVR.FRDAA.FODRVAR

Lo intentó con la segunda y tercera líneas,
pero volvía a estrellarse contra la misma jerigonza.
En un arrebato de desesperación, tomó las hojas y
las rasgó en pedazos; se fumó dos cigarros seguidos mientras paseaba histéricamente haciendo círculos por la habitación: torturó su estómago con
tragos largos de whisky, como si ese órgano indefenso tuviese culpa de su fracaso. Quiso llamar a
Alicia por teléfono, confesarle que todo estaba perdido, que su incompetencia como traductor había
acabado por vencerles, quiso decirle que la amaba.
Debía de ser muy tarde cuando volvió a desplomarse en la cama, agotado y borracho; su memoria le
mostró cinematográficamente el museo de la Fundación Adimanta, los puritos que Edla Ostmann
aspiraba en mitad de su relato lleno de demonios
y rinocerontes, el piso arrasado de Alicia, la ciudad, el dragón que se mordía la cola. Recordó su
conversación con Alicia en el parque, el Ouroboros, símbolo hermético del tiempo que eternamente se regurgita a sí mismo, donde el principio
y el fin son indistintos. Avanzando entre los vapo-
res espesos con que el whisky había nublado su cabeza, se adelantó esa constatación: el grabado del
dragón impreso encima de los cuatro versos significaba que el fin era el principio. Esta vez no quiso permitir que su pulso desbocado actuase por
él, dictándole unas decisiones que no venían de su

cerebro, sino de alguna sustancia achicharrante mezclada en su sangre con algo de agua del grifo. Se levantó despacio hasta el lavabo, miró sus ojos en el espejo: eran los ojos del desesperado que ha invertido toda una noche en llorar, en posponer una ejecución, en circunvalar un desengaño. Se mojó las sienes y las muñecas, encendió un cigarrillo. La ventana le mostró que la niebla sobre Lisboa era más compacta que nunca; sólo se adivinaban los globos blancos de las farolas en una calle borrada por un inquietante carbón espumoso. Tomó de nuevo la libreta, arrancó otra hoja, volvió a escribir la leyenda del primer ángel: pero ahora situó el abecedario latino en el otro extremo. El fin era el principio.

DIRA FAMES POLYPOS DOCVIT SVA RODERE CRVRA
ZYX VTSRQP ONM LKIHGF EDCBA

El dragón debía indicar que la clave tenía que ser desentrañada al revés, de la última letra a la primera, y no de la primera a la última, según había intentado antes. La línea que brotó a continuación le demostró que por fin no se había equivocado: la cancela de la verja estaba abierta.

VSVTSVC.EDRDD.ESADVDC
CORPORE.FILII.HOMINIS

El autor de la clave no había sido exigente con la correspondencia de las letras: era evidente que trataba de elevar todas las barreras que le fuesen posibles para espantar a aquellos profanos que pretendieran asaltar su secreto. La V podía leerse C en CRVRA o N en SVA, o también R en DOCVIT: había que aceptar la que más conviniese al contexto, dejarse guiar intuitivamente por la posición del resto de los caracteres. A continuación copió el segundo verso.

HVMANAQVE HOMINES SE NVTRIISSE DAPE
        Z YXVTSRQ PO NMLKIHGFE DCBA

La segunda línea descifrada hablaba de una piedra y del infierno.

TESIDRV.AETAESME.IN.INSAENE.EVMPTE
LAPIDEM.CALCAQVE.IN.INFERNA.AMBULA

Diez minutos más tarde ya poseía el cuarteto completo: la posición en que el conjuro debía pronunciarse para obligar a Satanás a visitar al oficiante. Ese conocimiento le espantó; sintió un escalofrío, le pareció que la niebla, afuera, estaba cubierta de ojos que escrutaban en silencio. Tuvo un presentimiento: supo que sus misteriosos perseguidores, los asesinos de Benlliure y Almeida, los asaltantes de la casa de Alicia, buscaban que él reconstruyese para ellos esos cuatro versos, esa combinación tetraédrica que mencionaba sin nombrarlo un lugar en que la Tierra se cruzaba con el infierno. Esteban leyó las cuatro líneas cuatro veces; no supo qué querían decir.

Corpore filii homini
Lapidem calcaque in inferna ambula
Hebreicis novem pedes tradi
Latinis septem, graecis quatuor adime.

No era demasiado tarde, el reloj que acababa de estamparse en el televisor daba las doce menos cuarto: el whisky y la fiebre habían dilatado el lapso de su exégesis hasta hacérselo inacabable como la noche de un reo que desea morir. Se calzó el anorak, emprendió el camino de la calle tropezando atolondradamente en las escaleras. Estaba ya en el mostrador de recepción cuando reparó en que sería conveniente telefonear a Alicia para transmitirle el descubrimiento y dedicarle quizá alguna palabra más, una palabra suave que pudiera acariciarla. La señora de la verruga le colocó el teléfono delante y apretó un interruptor: su mirada era la de un gato adormecido sobre el sofá del amo, que repele instintivamente los cariños de los extraños. La señal de la llamada onduló varias veces en el oído de Esteban; finalmente, la voz enlatada de Alicia le comunicó desde el contestador que en aquel momento no se hallaba en casa y le sugería que dejase su mensaje después de la señal. Mirando la verruga carnosa de la mujer, que había vuelto a cerrar los ojos, Esteban comunicó al aparato que había descifrado la clave de los cuatro pedestales, que no sabía lo que quería decir, que traducía su latín lacónico para ella: *En el cuerpo del Hijo del Hombre, pisa la piedra y camina hacia poniente, dedica nueve pies a los hebreos, siete a los lati-*

nos, quita cuatro pies a los griegos. Antes de colgar, su garganta adoptó un tono más confidencial, más tibio: Esteban pronunció una frase de dos palabras de la que inmediatamente se arrepintió. Luego salió a la calle.

Tomó el taxi en la misma Praça da Figueira y susurró la dirección al chófer: Largo das Portas do Sol, número cuatro. Sólo entonces, mientras las ventanillas iban mostrándole el pantano gelatinoso y negro en que la niebla había convertido Lisboa, se le ocurrió preguntarse dónde podía estar Alicia a las doce de la noche para no contestar su llamada. Intentó tranquilizarse diciéndose que quizá se hubiera dormido, que quizá se hubiera quedado sin tabaco y necesitara bajar al bar de la esquina: quiso fumar, pero un cumplido cartelito lo prohibía expresamente sobre el salpicadero del conductor. Su circulación se había apaciguado, la rabiosa electricidad que horas antes alteraba sus nervios había dejado paso a un remanso dócil en que Esteban se dejaba naufragar, sentado en el asiento trasero del coche. Notó que ascendían, la fachada parcial de una casa se adivinó a la derecha, manchada por la luz amarillenta de una farola. El conductor se detuvo en medio de un páramo negro, que parecía el centro de ninguna parte; Esteban entregó un billete y salió al exterior sin esperar la vuelta.

Había un resplandor al fondo del corredor, tras la puerta de cristal y madera que Esteban había franqueado el día antes, donde seguía suspendido el cartel que ofertaba las conferencias de la Funda-

ción Adimanta para el semestre en curso. Golpeó
el vidrio con los nudillos, dos, tres veces, hasta que
una sombra se insinuó al final del vestíbulo. El
cuerpo elevado de la señorita Ostmann le abrió la
puerta: sus piernas le parecieron a Esteban igual
de inacabables, pero más secas. La única farola que
relumbraba en la calle, junto al abismo de niebla
de la otra acera, se replicó diminutamente en su iris
azul.

—Disculpe que le moleste a estas horas
—balbució Esteban—. Pero creo que tengo algo
muy importante que preguntarle.

—No se preocupe —respondió Edla Ostmann con voz sibilante—. Entre, estábamos trabajando.

La siguió por el corredor, remontó tras ella
la docena de escalones hasta la primera planta; el sonido de sus tacones era más duro, más terminante
que nunca. La casa entera estaba a oscuras: Esteban
tuvo que guiarse por ese ritmo áspero para no perder el camino. Luego de un breve paseo, desembo-
caron en un gran despacho cuadrado blindado de
maderas nobles; frente a la chimenea encendida,
aguardaba vuelto hacia el fuego el cuerpo derruido
de Sebastião Adimanta. La sospecha de que le esperaban, de que habían estado esperándole toda la
noche, inquietó a Esteban. La hoguera dibujaba en
la madera negra de las paredes serpientes amarillas,
rápidos ofidios pálidos que se desintegraban con la
misma velocidad con que aparecían. Una prolija colección de fotografías ocupaba la habitación: tras sus
correspondientes vitrinas posaban grupos de diez

o doce personas ordenadas escolarmente frente al objetivo, como en fotos de promoción. Esteban las observó fugazmente, observó los pies de metal que especificaban los cursos de la Fundación que servían de modelos: de 1979 en adelante.

—Díganos, señor Labastida —dijo la voz de Edla Ostmann—. ¿Viene a cerrar su artículo con una última información?

La señorita Ostmann había vuelto la silla de Sebastião Adimanta y ahora aquellos ojos acerados le observaban desde la chimenea con un fuego azul que duplicaba el que serpenteaba en el hogar. Esteban sacó sus apuntes del anorak y se los entregó a Ostmann. Hubo un silencio pesado como el que precede al restallar de un trueno, sólo concomido por el mordisqueo de la madera en la lumbre. La mano blanca de Edla Ostmann, esa mano que parecía un pájaro o una tijera, colocó el papel frente al rostro de Adimanta: sus pupilas ascendieron y descendieron, los párpados se cerraron a medias para dejar entrever una mirada de azul desafío, la mirada de quien ha sido ofendido por una palabra que no esperaba. A Esteban esa mirada le provocó una vaga desazón: prefirió hacerse el distraído observando las fotos que constelaban las paredes.

—El texto de los ángeles de Da Alpiarça —reconoció Ostmann con un tono de calculada frialdad—. Le felicito, señor Labastida. Aunque seguramente el resultado no merecía su esfuerzo. De nada sirve ahora este secreto atrasado, que debió desvelarse muchos siglos atrás.

—¿Qué quieren decir esas cuatro líneas? —dijo Esteban sorprendido de su propia dureza, sin dejar de contemplar las fotografías.

—Averígüelo usted —Esteban no podía ver los ojos del viejo, pero sabía que respaldaban la ira tranquila de aquella respuesta de Ostmann—. Ya que ha demostrado que además de periodista es descifrador de criptogramas, atrévase con éste. El Hijo del Hombre es Jesucristo, como sabe. El Cuerpo de Cristo es la Iglesia. Debe ir a una iglesia.

Los rostros desconocidos de las fotografías no le decían nada, expuestos detrás de sus cumplidas vitrinas sobre la pared, como maniquíes de un escaparate que permitía asomarse al mundo abolido de hacía diez, quince años. Quiénes serían aquellas personas, pensó Esteban, tocadas con barbas y peinados obsoletos, camufladas en abrigos que debían ser pasto de polillas y ropavejeros, obligadas por el fotógrafo a ensayar una sonrisa que no debían sentir. Por supuesto que no conocía a nadie, por eso aquella cara familiar, en la segunda fila del retrato correspondiente a 1982, le llamó la atención e hizo que se aproximara al cristal hasta casi tocarlo con las narices. Durante unos instantes su memoria zozobró en una marea de máscaras, un basurero de rasgos abigarrados por el que tanteaba en busca de las marcas precisas: de repente, las tuvo delante. La alarma se disparó de inmediato, en cuanto su cerebro comprendió todo lo que aquella foto implicaba, el interminable caudal de consecuencias que se derivaban del rostro anodino de aquella mujer que respondía a la cámara con una mirada híbrida de maldad e ironía. El corazón volvió a batir bajo sus costillas con una rabia renovada, la explicación de todo el enigma, de todos los enigmas, de los ángeles, la ciudad, los sueños, Benlliure, Almeida, Feltrinelli, Lisboa y su laberinto se hicieron diáfanos.

—¿Se encuentra bien, señor Labastida? —dijo Edla Ostmann con una voz dulce hasta la repugnancia—. Parece haber descubierto algo que no le ha gustado.

Esteban no tuvo tiempo de despedirse de los dos cuerpos que aguardaban su contestación frente a la hoguera: un autobús salía para Sevilla antes de la una y media y él no podía perderlo.

11. Regresó a casa pasada la medianoche

Regresó a casa pasada la medianoche, porque un vago resto de miedo le impedía volver antes y parecía que ponerlo en común con Mamen podía servir para hacerlo menos denso. Se bebieron tres cafés en la cocina de diseño de Mamen, decorada con unos alarmantes picaportes colorados, y después de rematar el paquete de tabaco respectivo decidieron que estarían en contacto por si alguna otra aparición siniestra venía a ponerles la zancadilla. Alicia no quiso quedarse a dormir en el piso del paseo Colón a pesar de lo razonable de la oferta, no era mucho mejor dedicarse a pasear por las calles desiertas y la ciudad agigantada por la madrugada, encontrando amenazas veladas en cada lata que sonaba aplastada por un gato o en los pasos estentóreos de alguien que vuelve a casa demasiado tarde: pero ella tenía que esperar a Esteban, tenía que esperar la llamada de Esteban, porque intuía que allá a quinientos kilómetros, en ese decorado invisible que era Lisboa, se estaba librando la verdadera batalla, estaban tendiéndose los hilos minúsculos que por fin iban a entregarles la presa. Eso es, se dijo Alicia mientras caminaba con prisa frente a la cancela de un garaje, necesitaba la voz de Esteban ofreciendo garantías, ratificando que tenían la meta apenas a dos golpes de talón, dedicándole alguna otra palabra que no tuviera nada que ver con aquella adivinanza surcada de cadáveres que estaban a punto de desarmar, algo que la tocara más profundamente, una palabra como un dardo que le hiciera colgar el auricular con una sensación de algodón bajo las costillas. Por eso cuando llegó a casa y pulsó instintivamente el contestador automático —aparte de un rutinario saludo de su hermana y las preguntas de Marisa sobre su entrevista con Asia Ferrer—, sintió que la voz de Esteban, que le hablaba como desde dentro de una caja, apaciguaba algo que daba golpes dentro de ella, sonoros portazos que exigían una presencia. Apartó los restos de dos o tres cojines y se sentó en el sillón a escuchar: le pareció espantoso no poder replicar a aquella voz que hablaba para ella con una formalidad que era forzada y embustera, que traicionaba de cuando en cuando un imperceptible suspiro de ternura. Oyó la traducción del cuarteto, supo que Esteban lo había descifrado por sí solo después de una noche turbulenta de laberintos y whisky, después de haberse confiado al espíritu de Edgar Poe, patrón de los criptógrafos y las tramas truculentas. Luego, por último, tras un leve puente de silencio, la voz se hacía acuosa y caliente y arrojaba las palabras que Alicia deseaba oír, las que no sabía que quería oír, las que exigía oír desde hacía mucho tiempo sin que su miedo le permitiera asentir a esa certeza. Oyó que Esteban la quería, y sintió tanto horror de esa confesión pornográfica que apretó el botón del contestador y extrajo la cinta.

El timbre del teléfono la hizo brincar cuando aún no había escondido aquella vergonzosa prueba de amor en su bolso. Por un segundo temió que volviera a tratarse de Esteban, pero era la voz de Mamen la que ocupaba el auricular: quería cerciorarse de que había llegado bien a casa. Alicia explicó como una niña obediente que todo había ido bien y que acababa de recibir la llamada que esperaba, la llamada en la que Esteban demostraba que la cáscara del enigma había sido partida en dos. Después de algún consejo sobre pestillos y ventanas, Mamen se despidió; Alicia se quedó sola con su silencio, dando vueltas por el salón rociado de porcelanas crujientes sin saber cómo enfrentarse a las dos palabras incandescentes que habían cerrado la comunicación de Esteban. Seguían forcejeando en su interior dos sentimientos antagónicos, dos pensamientos en contramano sobre el tipo de futuro que a partir de ese momento estaba dispuesta a edificar sobre las dos palabras que había registrado la cinta. Se maldijo por su indecisión, por su torpeza; el amor de Esteban era el resguardo del que ella huía con la obstinación de una niña maleducada, simplemente porque no acababa de aceptar algún detalle nimio que podía considerarse defecto de forma: sobre todo, el hecho de que él fuese una réplica renovada de aquel muerto antiguo, Pablo, que nadaba en algún pantano de su memoria con el cadáver de una niña con trenzas que no cerraba los ojos. Le repugnó regresar a esas imágenes insoportables y supo, mientras encendía otro cigarro, que volvía a estar como al principio: rondaba y rondaba, en círculos y espirales, aquellas muertes ominosas de las que era imposible desprenderse.

Buscó otro reguero de pensamientos que paliase su angustia: lo encontró en el cuarteto que acababa de recibir junto con la terrible confidencia y quiso entretenerse tratando de desentrañar su significado. Se aburrió a los pocos minutos, pensó en dormir pero no tenía sueño, comprobó que se le habían acabado los cigarrillos. Apenas eran las doce y media, la tienda de la esquina dejaba fuera de la cancela la máquina de Coca-Cola y la de tabaco: tomó el abrigo y las llaves y emprendió el camino de las escaleras con una velocidad que no era necesaria. Había advertido que si actuaba con rapidez el pensamiento iría a remolque de sus decisiones y le resultaría imposible dinamitarlas: a veces su razón se convertía en esa piscina viscosa que le impedía nadar, alcanzar la otra orilla. Al salir a la calle comprobó que la madrugada era un recinto húmedo y oscuro, que punteaba la ocasional luz verde de algún taxi. Siguiendo el ritmo de sus pasos sobre la acera, el cerebro fue trayéndole a pálpitos otras conclusiones en las que hasta entonces no se había detenido. Gálvez acababa de comunicarle que una mujer joven había adquirido el ángel de Margalef, la misma mujer que pululaba por las esquinas del misterio que la atormentaba llamando por teléfono a Blas Acevedo y Benlliure, reflejándose imperfectamente en el ventanal de un autobús para que apenas pudiera reconocerla, una mujer que quizá guardaba otro ángel en su casa, escondido tras una muralla de botes y frascos. Mientras echaba las monedas en la máquina de tabaco miró distraídamente el escaparate de una tienda de muebles que los dependientes se debían de haber olvidado de apagar: había una lámpara muy parecida a la que Mamen se trajo de Barcelona, la muy estúpida, cargar con aquel armatoste en el avión pudiéndolo comprar a dos tiros de piedra de casa. Necesitaba decidirse, actuar de una jodida vez; toda su vida se había dedicado a claudicar en la resolución de otros, a permitir que Pablo, Mamá Luisa, Lourdes o Esteban resolvieran por ella los problemas que la acuciaban. Tenía que actuar, y rápido: si la sospecha le ordenaba ese acto, debía ejecutarlo antes de que la batería de las dudas se interpusiese y fuera demasiado tarde para desembocar en una conclusión.

Fumó dos cigarrillos en el portal del bloque antes de darse confianza con un último taconazo sobre el recibidor de mármol. Ascendió lentamente las escaleras hasta el tercer piso, se detuvo en el rellano sin querer encender la luz. El silencio era tan enorme que casi podía oír el sonido que producían sus pensamientos al confluir los unos en los otros. Tenía que cerciorarse de que Nuria no estaba despierta, de que su exploración no se vería interrumpida por una desagradable sorpresa como la que abortó la inspección del ángel, algunos días atrás; tenía que hallar alguna prueba, en algún cajón, cornisa o bolsillo, en forma de fotografía, resguardo de compra, tarjeta abandonada, de que Nuria era la mujer que buscaba, el espectro femenino que le mordía los talones. Pegó el oído a la hoja de la puerta: el silencio le pareció igual de abismal, de perfecto, de oscuro. Con el mismo sigilo gatuno con que había remontado un momento antes las escaleras alcanzó el cuarto piso, entró en casa. Una extraña superstición le aconsejó no pulsar ningún interruptor ni desprenderse del abrigo. Penetró en la cocina, se fumó un último cigarrillo en la oscuridad; quería anular el acoso de toda objeción improcedente apretando rabiosamente los párpados. La persiana chocó con el quicio cuando abrió del todo la ventana, acercó la mesa. El tendedero tenía que soportar su peso si resistía ese edredón corpulento que les había regalado Mamá Luisa las últimas navidades; por lo demás, estaba segura de que la ventana de la cocina de Nuria permanecía abierta, solía dejar maderas recién barnizadas en el zócalo para que se secasen. El pensamiento acababa de ser prohibido en su cerebro, de modo que no pudo presentarle los muy razonables peligros que se derivaban de tratar de descolgarse de un tendedero de hilos de plástico hasta un piso inferior, arriesgándose a probar los efectos de la gravedad a lo largo de cuatro pisos de altura. Se arrodilló en el alféizar, curiosamente desprovista de miedo, agarró los hilos con las dos manos: fue dejando resbalar los tacones por la pared exterior hasta que percibió que ingresaban en un hueco. Ahora venía la parte más difícil, que su estrategia no había previsto; tenía que impulsarse de algún modo para franquear la ventana, y tenía que hacerlo pronto si no quería que los hilos acabaran de abrasarle del todo las palmas de las manos. La ley del péndulo se le antojó el recurso más asequible: se balanceó dos veces, los hilos cedieron, se estrelló contra la mesa de la cocina de Nuria que por fortuna había dejado la ventana sin cerrar y notó cómo un frío charco de barniz empapaba apestosamente su abrigo.

Durante un instante inmenso esperó a que alguien abriese la puerta de la cocina, alertado por el ruido: ese contratiempo no se produjo. Descendió de la mesa haciendo percutir otro bote en el suelo, salió lentamente hacia el salón. Las persianas de la terraza estaban corridas, de modo que sus ojos sólo hallaron una compacta muralla negra. No había contado con aquel inconveniente; la luz de la farola del balcón de al lado debía permitirle descifrar la posición de los objetos, cuál era cuál en la confusa escombrera que habitualmente ocupaba el salón de Nuria. Ese obstáculo saboteó su decisión: se preguntó cómo podía ser tan estúpida como para invadir una casa ajena a la una de la mañana colándose por una ventana, pringándose todo el cuerpo de un barniz fétido que la abofeteaba cada vez que movía un brazo. Se preguntó si estaba tan segura de la culpabilidad de Nuria, y su cerebro, que había vuelto a la luz, trazó un rápido retrato robot de la presunta asesina: una mujer joven, que la conociese lo suficiente como para poder entrar a voluntad en su piso, que pudiese saquear sus sueños; una mujer a la que Almeida permitiese entrar en su tienda fuera de horas de venta, que pudiese llamar a don Blas para mezclarle en el crimen; una mujer dispuesta a vender su alma al Diablo para conseguir algo que el destino o el orden natural de las cosas le había negado. Tuvo la respuesta con un vértigo, accionó el interruptor de la luz del salón empujada por un temor que no pudo acallar: sus ojos observaron inertes el cuerpo derrumbado sobre los aparejos de restauración, el largo lago de sangre que afluía de la cabeza cruelmente contorsionada sobre la pared. Entonces sintió que un golpe le dormía la nuca y no vio nada más.

Lo primero que Esteban hizo al descender del autobús fue sacar el paquete de tabaco y fumarse un cigarrillo en la misma dársena de la estación, sin posponer por más tiempo esa perentoria necesidad: había viajado más de seis horas en el interior de aquella coctelera sin poder aspirar una mala bocanada de humo, sometido al suplicio sucesivo de dos películas sobre cáncer y problemas matrimoniales. El Portugal que había surcado su ventanilla no era más que una placa negra, indescifrable, rota a tramos por el brillo de algún cortijo lejano con las luces encendidas: el escenario ideal para que su mente prosiguiera el frenético funcionamiento de siempre, empalmando conclusiones con premisas, tratando de anteponerse al porvenir para estrecharlo por los cauces que le eran necesarios. Había llegado a Sevilla con el alba; un resplandor fragmentario y sucio se repartía sobre los techos de la ciudad mientras él consumía en el bar de la estación un café que sabía demasiado a cloro. Estaba tan cerca, había deseado con tanta desesperación durante toda aquella infinita madrugada hallarse a esa distancia de su objetivo, que ahora se concedió el placer masoquista de alargar el desenlace, bebiendo a sorbos cortos su repugnante taza de café. Abonó el importe sin prisa, salió caminando lentamente de la estación Plaza de Armas, descendió la farragosa escalinata. No merecía la pena tomar un taxi, el piso de Alicia y la solución se encontraban a apenas unos pasos, iría caminando. El amanecer parecía un parto difícil: las luces del día no acababan de romper sobre la masa de nubes que renegría el horizonte. La calle, despoblada, alumbrada inciertamente por alguna farola que ejercía de centinela, se le antojó un trasunto de otra calle de Lisboa, de otra calle de aquella otra ciudad imposible que se repartía a lo largo de la geografía secreta de los sueños. Quiso convencerse a sí mismo de que no estaba nervioso, de que la presión de una urgencia oscura sobre sus músculos no iba a precipitarle en ninguna temeridad; pero a medida que por fin iba doblando Reyes Católicos y se divisaba el enorme restaurante de comida rápida que ocupaba la esquina del bloque de Alicia, las preguntas se desbandaron por su cerebro como las mil piezas de un jarrón roto. Por qué la segunda vez que la llamó, justo antes de subir al autobús, ni siquiera respondió su contestador; dónde estaba la cinta que debería haberle recibido desde el auricular, la cinta que contenía la solución del enigma; dónde estaba ella antes, cuando el contestador sí le ofreció aquel sucedáneo mecánico y falso de su voz; qué le diría, si es que la encontraba, cuando le mirara a los ojos recordando las dos palabras traidoras que se habían infiltrado en el mensaje del contestador, sin que su garganta fuese demasiado consciente de haberlas pronunciado.

Había atravesado la noche de Portugal en unas siete horas, abrasado por la necesidad impostergable de salvar a Alicia, de rescatarla de un peligro inmediato que ella no podía sospechar, que la amenazaba invisiblemente como una maldición, como una enfermedad demasiado profunda para ser detectada. Ahora, delante de su portal, Esteban sólo pudo soltar de un golpe la bolsa de viaje en el suelo y encender un cigarrillo, tratando de que el miedo no desbocase sus pensamientos. Pulsó el portero automático del cuarto piso tres, cuatro veces: quiso agotar la colilla antes de aprovechar el resquicio que le había dejado un jubilado madrugador al salir a la calle y ascendió los tres escalones del rellano. De golpe, aquella emergencia que le había asfixiado en la estación de Lisboa, haciéndole fumar y morderse las uñas hasta herirse los dedos, volvió a conmocionar su corazón, y remontó los tres primeros pisos saltando los escalones de dos en dos. La puerta de Nuria le esperaba abierta: se aproximó lentamente, empujó la hoja sin querer entrar del todo, como si en el vestíbulo le aguardara la presencia que había estado temiendo toda la noche, la presencia a la que correspondía la planificación general del laberinto que le había extraviado. Agotado todavía por el ascenso, sólo pudo percibir un vago olor en la oscuridad, un olor híbrido a acrílico y azúcar que no pudo situar. Avanzó a oscuras, dando dos patadas a objetos metálicos, bordeó la pared hasta que su mano halló el interruptor; pulsó, se hizo la luz: entonces encontró el espectáculo que esperaba, o un sádico anticipo de lo que había presagiado.

El estudio de Nuria siempre había sido desordenado, pero nunca de aquella forma. Se había celebrado un combate, o un ballet frenético que había obligado a arrojar todos los instrumentos de restauración, los frascos y las tallas contra los papeles de periódico que cubrían el suelo: los mismos papeles que empapaba el enorme estanque de sangre que nacía en la pared, de la cabeza del cuerpo derribado. Esteban dio dos pasos, hasta que tuvo el cadáver frente a sus zapatos. Habían golpeado a Nuria en el cráneo hasta partírselo como una sandía, contra el muro: el cuello aparecía doblado, era el cuello de un maniquí en un basurero, roto en dos. El arma reposaba a un lado, bajo la mano inerte de la muerta, que seguramente había tratado de detener inútilmente un último envite: era el ángel, el ángel maldito, embadurnado con un brillante suero rojo. Sin permitir todavía que el espanto le hiciera estallar, Esteban paseó por la habitación buscando el rastro, la pista que obviamente el asesino había abandonado detrás de él; aquella jugada estaba calculada desde tanto tiempo atrás, Esteban simplemente cumplía los movimientos estipulados, obedecía al reclamo que habían tendido sobre el camino que debía recorrer. Querían que fuese a alguna parte, y ese lugar debía estar consignado en el cementerio de enseres que cubría el estudio. Un paquete de tabaco, fotografías rotas, una cinta de Lou Reed; y más allá un libro grueso como un diccionario, con una hoja doblada en cuatro entre las páginas centrales. La sangre casi manchaba la esquina de la portada que Esteban examinó al tiempo que se colocaba otro cigarrillo en los labios: *La simbología del templo cristiano.* En la página 348, la que marcaba el papel, había unas líneas subrayadas; hablaban de norte y sur, de orientaciones: «Como símbolo de totalidad, el obispo trazaba con ceniza un aspa que conectaba los extremos de la nave, marcando las letras primeras y últimas del alfabeto latino, griego y hebreo; dicha ceremonia poseía un simbolismo no sólo cósmico sino también hermético: aparte de entrañar una metáfora de Jesucristo, principio y fin del universo, las primeras y últimas letras de dichos alfabetos combinados componen la palabra hebrea Azoth, la Piedra Filosofal, inicio y conclusión de todo proceso». La hoja doblada en cuatro era un plano de Nuestra Señora de la Sangre, la capilla gótica que Nuria estaba restaurando; sobre la usual planta de cruz latina se entrecruzaban tres líneas en rotulador, señaladas en los extremos con signos latinos, griegos, hebreos. La línea roja, de norte a sur, estaba flanqueada por la a y la zeta; la verde, de este a oeste, por la alfa y la omega; una tercera línea azul recorría una diagonal de noroeste a sureste y la acompañaban la aleph y otra letra en forma de silla que Esteban no supo leer.

La cita estaba concertada, sabía dónde tenía que acudir si quería cerrar el círculo, franquear del todo la verja prohibida. Esteban arrojó el libro al suelo de un golpe y avanzó cuidadosamente hasta el teléfono: advirtió que alguien había extraído la cinta del contestador y había aporreado los botones como si tuviera mucha prisa por escuchar un mensaje que no debía dejar tras de sí. Pulsó los tres dígitos del número de la policía, esperó a oír la señal. Su miedo y su ansiedad fueron apaciguados por la certeza indirecta de que todo estaba concluido, de que no quedaba más que cursar un trámite final que daría el asunto por definitivamente sellado: sentía que estaba viviendo el día de mañana, el período posterior al epílogo de toda su aventura. Una voz soñolienta y rugosa le preguntó qué deseaba desde el auricular; no, el inspector Gálvez no se encontraba en la comisaría, su turno no comenzaba hasta las nueve. Esteban suministró una dirección al auricular y ordenó que el inspector se personase en ella en cuanto le fuese posible. Luego colgó sin escuchar las protestas de la voz que exigía saber quién le hablaba, y se marchó apresuradamente en la dirección de las escaleras, con el cigarrillo oscilándole en mitad de la boca. Ascender hasta el piso de Alicia habría constituido una pérdida de tiempo innecesaria: había quedado lo suficientemente claro dónde estaba, dónde le esperaba junto con el gran redoble de timbal que debía marcar el final de la sinfonía. El cielo que sobrevolaba Reyes Católicos era un enorme crisol en el que se derramaba la luz amarilla del amanecer, sin acabar de cuajar del todo. Tomó un taxi, se hundió en el asiento trasero, no quiso pensar nada más hasta que se encontrase frente a frente con la

persona que respondería a todas las preguntas y que
seguramente no se conformaría tan sólo con satisfacer ese protocolo interrogatorio. Viajaba hacia su
perdición, se internaba sumiso en la trampa que sabía que estaba preparada para destruirle, que habían
programado a distancia para él, para subyugarlo,
para que fuera aniquilado. Descendió del coche ante la puerta maciza de la capilla, una pequeña ren-
dija en el vano corroboró que le aguardaban; la
lámpara que pendía de la fachada continuaba encendida: un viento madrugador la hacía balancearse
y ensuciar la madera del portón con dibujos amarillos y sombras. Antes de cruzar la cancela del pequeño jardín, Esteban supo fugazmente que necesita-
ría un arma, que esa necesidad le era indiferente:
casi se resignaba al desastre si aquélla era la condi-
ción indispensable para resolver del todo la incógnita. Empujó despacio la hoja de la puerta, se
introdujo en la capilla sin alzar la mirada: sus huesos fueron los primeros en notar cómo la humedad
de la piedra se contagiaba a todo el espacio, volando hasta las altas nervaduras de la techumbre. El
primer golpe le rasgó la mejilla y le permitió retroceder un paso, para llevarse la mano a la cara y refrenar el hilo de sangre, el segundo le alcanzó en la
sien e hizo que sus tobillos se aflojaran: una noche
opaca le nubló los ojos, cayó.

Cuando giró la cabeza a la derecha, un rui-
doso terremoto le torturó el cráneo hasta obligarle
a apretar los párpados; percibía con dolorosa niti-

dez la desconchadura de su frente, la soga claván-
dose sañudamente en sus muñecas, el aroma a champú del pelo de Alicia acariciándole la cara. Siguió
moviendo la cabeza a un lado y a otro, a pesar de
ese dolor sísmico, para poder rozar sus mejillas con
las de ella. Los habían amarrado espalda contra espalda, habían anudado sus manos de un modo que
sólo podían jugar la una contra la otra, haciendo
movimientos de calamar que les servían para darse
ánimos o apaciguarse, o quizá para formular promesas; estaban abandonados en mitad del transepto, desde donde podía dominarse la modesta
elegancia de la capilla: una larga osamenta de andamios y barandales ocultaba los muros, despoja-
dos de tallas y pinturas, sábanas y plásticos cubrían
como un telón el altar mayor, un escenario retó-
rico lastrado de volutas y columnas salomónicas.
La cabeza de Esteban prosiguió su búsqueda gira-
toria, tratando de encontrar la de Alicia; pensó con
amargura que era una de las veces en que sus bocas habían estado más cerca de encontrarse. El frío
pétreo de la capilla, sólo rasgado por la diagonal
de luz que penetraba por una vidriera para cegar
las pupilas de Alicia, entorpecía las articulaciones
de Esteban y las volvía más retardadas, más costo-
sas. Hablaron en voz baja, casi camuflando las palabras en el oído del otro cuando podían volverse
hasta tocarlo, se cercioraron recíprocamente de que
estaban bien, después de todo. Aquel cuerpo lejano
seguía afanándose hacia la mitad de la nave central
en reunir pinturas y brochas, aparentemente desa-
tento a las maniobras de sus dos prisioneros; lo

cierto era que las manos de Esteban, a pesar de los pellizcos disuasorios de las de Alicia, intentaban desde hacía un rato, desollándose debidamente con la cuerda, soltar los nudos que las martirizaban a la altura de las muñecas. El pulmón le molestaba como si necesitase que lo deshollinaran, pero deseó un cigarrillo.

—Te descubrí en el despacho de Adimanta —gritó Esteban asustado de la enormidad de su propia voz, agigantada por el techo—. Allí estabas, con un montón de estudiantes más, bien vestidita y con tu sonrisa expresamente calculada para la foto. Un primor. A partir de ahí no me fue difícil reconstruirlo todo.

—No me digas.

—Por supuesto, tú lo sabes bien —el meñique casi podía liberar un tramo de la cuerda—. Tú confiabas en que podría resolverlo, de lo contrario no hubieras montado todo este teatro y nos hubieras dejado aburriéndonos mucho. Gracias, señora psicóloga. Muchas gracias.

—No hay por qué darlas —Mamen empapaba el pincel en un bote de acrílico negro y elegía un lugar en el suelo.

—Estuviste estudiando en Lisboa, sí, pero no Psicología, o no sólo Psicología. Dos cursos en la Fundación Adimanta, supongo que te dieron para bastante, para aprender a putear la mente de los demás por lo menos. Fuiste tú quien metió la jodida ciudad en la cabeza de Alicia desde el principio, tú quien la fuiste arrinconando con tus sombras y tus maniquíes hasta casi volverla loca. Luego recetabas un par de pastillas y tan contenta.

La espalda de Esteban percibía cómo la respiración de Alicia comenzaba a agitarse, azotada por la crudeza de las nuevas revelaciones; el rayo de luz que franqueaba la vidriera caía a bocajarro sobre los ojos verdes de ella, y apenas les permitía distinguir un molesto limbo amarillo donde debería haber existido la capilla gótica en que aprendía cómo habían vuelto a engañarla. Pobrecita, ilusa Alicia, no capacitada para adivinar los secretos de los demás: habría sentido compasión de sí misma si no hubiera estado tan furiosa, tan desesperada.

—Sí, querido filólogo —Mamen trataba de dibujar una especie de círculo sobre cuatro baldosas de mármol—. Aquella adivina tonta, Asia Ferrer, estaba cerca de la verdad, pero su jerga de supermercado lo estropeaba todo. Qué leches de cuerpos astrales y mamarrachadas. El sueño, todo sueño, es efecto de una determinada frecuencia psíquica: no hay más que obligar al otro a que sintonice la misma frecuencia para obligarle a soñar lo que uno desea. No diré que sea fácil, pero tampoco exige partirse la cabeza. Eso sí, consume energía. Alicia, rica, me tuviste dos semanas en cama después de fabricarte la ciudad y al trabajoso señor Benlliure, que tuve que reconstruir hasta cuatro veces.

—Vaya, lo siento —suspiró Alicia; las manos de Esteban seguían hormigueando sobre su pulgar.

—Los años con Adimanta fueron provechosos —continuó Mamen a la altura de la semicircunferencia—. Sí, Esteban, también estuve siguiendo un curso sobre neurología en la Universidad de Lisboa, pero nada excepcional, como podrás entender. Adimanta desarrolló en mí lo que desde mi infancia había estado luchando por imponerse: una transparencia total, una violencia descontrolada aquí dentro del cráneo que a veces me traía imágenes y pensamientos que no sé de dónde venían. Por lo visto es natural, hay gente que nace así. Pero es como el que sirve para tocar el violín, si uno no lo ejercita se pierde. Yo aproveché aquellos dos años en la Fundación, por supuesto que los aproveché. Estudié, me entrené, no me importó perder noches enteras en vela si aquello me servía para aumentar mi fuerza. Una tarde, entendí que si la naturaleza me había dotado de este poder, era porque yo estaba llamada a cumplir un papel, tenía un destino. No sé si vosotros, pobres seres contingentes, podréis entender esto que digo.

—Perfectamente, señora mesías —replicó Esteban a punto de deshacer el primer nudo.

—Descubrí el libro de Feltrinelli en la biblioteca de la Fundación, sólo mucho después me enteraría de que había otro ejemplar, aquí, en Sevilla. Yo no entendía latín, pero enseguida me fascinaron los grabados, aquellas hermosas ilustraciones llenas de palacios y estatuas, los ángeles. Miré la última página, la del dragón con el poema, y me intrigó mucho. Adimanta me puso al tanto de la historia de Da Alpiarça, de los Coniurati. En el museo de la Fundación estaba uno de los ángeles, Samael, el primero. Tampoco sé si me creeréis, pero en aquel mismo instante, mientras observaba el rostro de bronce de aquel príncipe de los demonios, comprendí que mi destino era convertirme en la Papisa, la esposa de Satanás: tenía que ocupar un lugar preeminente entre los mortales.

—Claro, faltaría más, con todos tus masters —los dedos de la mano izquierda de Esteban estaban ya fuera.

—Siempre habrá clases, hijo mío —el círculo negro estaba completo; Mamen emprendió otro interior de color rojo, empezando por el este—. Tenía que recuperar los cuatro ángeles, las cuatro inscripciones, tenía que reconstruir el mensaje cifrado de Feltrinelli. Comencé a buscar furiosamente las figuras por los anticuarios de toda Europa. Me pateé Londres, Berlín, París. Encontraba pistas indirectas, referencias sesgadas, bagatelas. Supe que el cuarto ángel, Mahazael, había sido destruido durante la guerra, pero en los anales de la colección Fankelhayn hallé el texto de su pedestal. Por entonces conocí a Rafael Almeida.

—Te lo presentó Marisa —dijo rápidamente Alicia.

—Sí, Marisa, claro —Mamen retrocedió unos pasos para comprobar cómo iba quedando su segundo círculo—. Para entonces ella ya se había acostado un par de veces con él: esto de ser psicólogo permite estar muy al tanto de la vida de la gente. Almeida era un sinvergüenza al que le gustaba mucho que le hiciesen ciertas guarradas; si una cumplía ese trámite, él podía ser bastante locuaz, y hasta generoso.

—También te acostabas con él —dijo Alicia, cegada por la luz.

—No sólo yo, mi niña —el segundo círculo estaba a punto de cerrarse—. Almeida se follaba a todo lo que se le pusiese por delante, lo malo es que la pobre Marisa, que a veces parece hasta más tonta que tú, lo creía perdidamente enamorado de su vegetarianismo y sus cuartas dimensiones. Nos solíamos ver un par de veces en semana, en mi casa, en algún hotel. Yo consultaba escrupulosamente todos los catálogos de antigüedades que llegaban a su tienda, llevaba un perfecto control de lo que él tenía en venta y de lo que se reservaba para transacciones sumergidas, hay mucha gente con dinero negro por ahí. Un día descubrí que, por defunción del propietario, se liquidaba la colección Margalef en Barcelona, y que una de las piezas subastadas era Azael, el tercer ángel; me fui para allá como loca, pujé hasta un precio que todavía me tiene entrampada, lo conseguí. Al terminar la subasta, se me acercó un hombrecito con bigote al que su mujer parecía haber acabado de pegar una paliza: llevaba una gabardina horrible, unos zapatos que no debían de protegerle demasiado de los charcos.

—Benlliure —adivinó Alicia; para entonces, una brusca convulsión de Esteban le avisó de que la mano izquierda de él era libre.

—Sí —Mamen se detuvo tras concluir el segundo círculo, abandonó el bote de pintura de un golpe en el suelo y avanzó hacia el transepto—. Esteban, querido mío, ¿qué estás haciendo?

—Nada, encanto —respondió Esteban con una sólida gota de sudor recorriéndole el espinazo—. Me acomodo. Esta postura no es la más idónea para mantener una conversación, entiéndeme.

Sólo ahora advertía que unos pulcros guantes de látex protegían las manos de Mamen, esas manos que escarbaban en el bolso que había dejado junto al muro y extraían un pequeño juguete plateado que colocaba junto a la nariz de él; Esteban reconoció su mirada: era la mirada inabarcable que figuraba en los rostros de Sebastião Adimanta y Edla Ostmann.

—¿Sabes lo que es esto? —le dijo ella.

—Una Walter PPK —respondió Esteban, luchando porque la voz no se le rompiera en mil pedazos—. El inspector Gálvez se volvería loco de contento si supiera que está aquí.

—Ya me supongo. Entiendo que estés incómodo, querido, pero esto no es un teatro. Ya tienes un aviso en la mejilla derecha, así que voy a darte otro en la izquierda para que no se te ocurra hacer tonterías. Una bala puede convencerte del todo, pero la culata también puede resultar elocuente.

En un relámpago, Esteban sintió que volvían a abrasarle la cara: fue esa rayadura tajante que hace el diamante al cortar un espejo. Blasfemó al tiempo que una nueva cascada de sangre le empapaba la barbilla; Mamen regresó a sus círculos para escribir letras que no podían divisarse desde el transepto.

—Muchas gracias —rugió Esteban—. Usted sabe tratar a sus invitados.

—Benlliure me llevó a tomar una copa —prosiguió Mamen haciendo oídos sordos—. Había visto lo que yo había pagado por el ángel en la subasta y tenía una oferta que hacerme. Era quincallero, compraba al peso trastos y chatarras; no sé de qué modo, pero había caído en su poder un ángel de bronce con el pie torcido. Atraído por el catálogo, en el que figuraba una pieza como la que poseía, había acudido a la subasta para comprobar su valor. Quise verlo, me lo mostró: era Azazël, el segundo ángel. El precio que exigía era prohibitivo, de modo que me resigné a copiar la inscripción y le dije que me lo pensaría. Tenía el texto completo, las cuatro inscripciones.

—Pero no podías descifrarlas —dijo Esteban con una media sonrisa.

—No, querido —un enjambre de caracteres rodeaba el espacio entre el primer y el segundo círculo, y a Mamen le restaban apenas dos golpes de pincel para finalizar la última palabra—. Me devané los sesos durante meses, pero he de reconocer que la criptografía no es lo mío. Sabía por Adimanta que el mensaje secreto debía de indicar un sitio, sabía que ese sitio debía hallarse en el interior de una iglesia: los Coniurati, enemigos de Cristo, celebraban su antimisa en un lugar sagrado. Consulté volúmenes y volúmenes de simbología cristiana.

—Y nada —Esteban sonreía con abierta complacencia—. Entonces pensaste en mí. Qué honor.

—Pensé en ti, querido mío. Tus conocimientos de paleografía y lenguas clásicas te hacían el candidato idóneo. Pero claro, no podía acudir a ti y pedirte que me descifrases una inscripción que debía convertirme en la esposa de Satanás así por las buenas, tú sabes, están las formas. Todo debía ser más oblicuo, debía probar un camino indirecto. El ritual exigía un sacrificio humano, y entonces tuve la clave. El plan se me aclaró como si siempre hubiese estado ahí, esperando que yo lo pusiera en práctica.

Concluido el último signo, Mamen se puso en pie para contemplar su obra; en ese momento advirtió, por una brusca percusión en el transepto, que una sombra se movía y corría hacia ella. Se giró a tiempo de ver avanzar a Esteban con los brazos desplegados, saltando baldosas para alcanzarla, con la soga desceñida cimbreándose en sus muñecas. El disparo reverberó en los techos como si un trueno hubiera machacado la estilizada arquitectura gótica; Alicia, cegada por la luz, chilló hasta apagar la detonación con su voz, Esteban se derrumbó en el suelo exhalando un gruñido de dolor o de rabia. Un charco rojo nacía a la altura de sus axilas.

—Hija de puta, hija de puta —gritó Alicia como rezando un ensalmo—. ¿Le has matado?

—No —Mamen se colocó junto al cuerpo derruido, con las piernas malamente trabucadas sobre el mármol—. Sólo le he alcanzado en un hombro, pero el pobre se ha desmayado del susto. Qué imbécil, le avisé de que se estuviera quietecito. Tampoco a mí me conviene matarlo, de momento.

—Hija de puta —volvió a sollozar Alicia, con la boca empantanada de saliva.

—Cállate, mi niña —por primera vez, Mamen se colocó frente a Alicia, e interrumpió el cruel foco de luz que le achicharraba los ojos—. No sé por qué te espanta tanto que él muera, si después de todo ni siquiera eres capaz de quererle como Dios manda.

—Qué sabes tú, miserable.

—Oh, sí, sí que sé —de alguna parte, Mamen extrajo un paquete de Nobel y se colocó un cigarrillo en los labios—. Pobrecita Alicia, Alicia indecisa, Alicia que no es capaz de resolver nada por sí solita. Se murió Pablo, al que no sabías si querías, y todavía tampoco sabes si quieres a este pobre tonto que se desangra en el suelo. Toda tu vida serás una inútil, mi vida. Por eso eras el instrumento perfecto para encauzar mis planes. Esteban locamente enamorado de ti, tú con una depresión y una confusión mental que permitirían saquear tus sueños sin un esfuerzo demasiado severo. La cosa consistía en hacerte creer que estabas rodeada por una conjura satánica, que en tu mismo bloque se escondía una secta al mejor estilo Polanski. Tenía reservado un perfecto mecanismo de relojería para la ocasión, para convenceros. Tenía que parecer que ibais descubriendo las cosas por vosotros mismos, que existía una serie de casualidades que se concertaban de un modo inexplicable. En París, en una tiendecita que hay junto al Sena, encargué a un grabador de mala muerte una copia de la ilustración del libro de Feltrinelli en la que aparecía una plaza con un ángel. Durante semanas preparé el escenario de tus sueños, luego te introduje en ellos. Recuerda aquellas cinco estúpidas sesiones de hipnosis, aquellas cinco aburridas tardes en que te pusiste a mi entera disposición para deshacerte de tus pesadillas: gracias a ellas Nueva Babel entró en tu cabeza. Tomé esa reproducción de que te acabo de hablar y la abandoné en la librería de viejo de la calle Feria que sé que visitabas asiduamente con Pablo. Fui yo quien consultó el ejemplar del *Mysterium* que hay en la Biblioteca General Universitaria, en donde trabajabas; fui yo quien destruyó la ficha del catálogo, quien abandonó el libro en un estante equivocado como para hacer creer que quería extraviarlo, pero bien a la vista. Telefoneé a Benlliure para que viniera a Sevilla, con la promesa de comprarle su ángel; le cité en un par de ocasiones frente a mi despacho, cuando sabía que tú vendrías para que pudieses cruzarte con él. Por último nos vimos junto a tu portal, y allí le espeté las tres balas que ya conoces. Llamé a tu portero automático, tú bajaste y lo encontraste muerto.

—¿Y la marca? —dijo Alicia—. Benlliure llevaba un *stigma diaboli* en el antebrazo.

—La conjura satánica —respondió Mamen con suficiencia—. Tenías que suponer que Benlliure formaba parte de la secta, que había viajado hasta Sevilla para entregarte el ángel, quizá arrepentido de su pertenencia a esa siniestra banda. Banda en la que también figuraban Nuria y Blas Acevedo, por supuesto. El ángel de Nuria era el que

yo compré a Margalef; le encargué que lo restau-
rara en estricto secreto, era para darte una sorpresa por tu cumpleaños, le dije. De lo del zumo de
Lourdes me enteré por casualidad, y te cambié las
pastillas por somníferos por si se te ocurría buscar
una relación. Lo de los chanchullos de Blas lo supe por Almeida: fue tan fácil llamarle y pringarle
en su muerte que todavía me parece hasta pueril.

—Pero también te hiciste pasar por Marisa.

—Sí —Mamen comenzó a arrastrar el cuerpo de Esteban hasta el borde de los círculos que
había trazado sobre las baldosas: en el mármol iba
dibujándose una aparatosa estela colorada—. Por
todo lo que me ibas contando, entreví que Esteban
empezaba a sospechar que había alguien detrás del
asunto, una mujer para ser exactos. Marisa conocía a Blas y Almeida, resultaba la persona ideal.
Entonces me colé en tu piso y lo puse patas arriba,
entonces me presenté en casa de Lourdes diciendo
que era ella.

—Pero tú estabas en Barcelona —resopló
Alicia doliéndose de inmediato de la tontería que
acababa de pronunciar.

—No, hija mía, no —las manos profilácticas
de Mamen volvieron a anudar con la soga las muñecas de Esteban—. Me atrincheré en una habitación
de hotel, desde allí te llamé. Tú creías que yo estaba
en Barcelona, pero estaba aquí, en Sevilla, concer-
tándolo todo. El día en que te dije que volvía cogí
un taxi hasta el aeropuerto cargada con dos maletas
y una horrible lámpara que había comprado cerca
de tu piso. Tú me devolviste a casa y como si nada.

Era tan cierto todo, entonces. Tan evidente su incapacidad para vivir con una solvencia mínima, para desenvolverse sin temor de ser partida
en mil pedazos como un jarrón demasiado frágil en
este mundo plagado de manos irrespetuosas, de gente insensata que te mudaba del centro de la mesa a
la consola sin cuidado de no tropezar en los pliegues de la alfombra. Entendió sin querer abrir los
párpados que su vida era falsa, que la rutina que
había estatuido para fortificarse contra esos otros
recuerdos afilados que la laceraban no era el coqueto jardincito acotado tan aburrido como amable tras cuya verja quiso consolarse; la inocente
naturalidad de los objetos domésticos se revelaba
como una cortina tras la que sucedían atrocidades
secretas, el inocuo aspecto de los ceniceros, el espejo del baño, la lenta singladura del despertador a
través de su esfera de números enmascaraba otra
realidad más densa y letal, más perfecta e hiriente,
con toda esa insoportable solidez que las cosas sólo
tienen en los sueños. Alicia ya no figuraba tras las
pupilas verdes ni en el interior del torturado corazón que quería a cada golpetazo destrabar su jaula
de músculos y costillas; un espanto sin fondo la había borrado, vertiéndose como alquitrán desde algún agujero en lo alto que colocaba una pantalla
negra entre lo que ella era, o creía ser, y ese mundo
feroz y laberíntico que afuera seguía celebrando su
tráfico, sus televisores, su cielo salpicado de astros.

—Anoche alguien intentó matarme —dijo
con los dientes apretados—. Quisieron arrojarme
delante de un autobús.

—Ah, sí —respondió Mamen, como acordándose de algo—. Te sorprendería descubrir lo que la gente es capaz de hacer por veinte mil cochinas pesetas. Era una tipa que contraté en la Alameda, me la recomendó alguien que no es de buen gusto nombrar, una tiene que tener amigos en todas partes. La muy burra se propasó: le dije que se vistiera de negro y todo eso, por efecto escénico, pero el empujón no entraba en mis planes. Yo era plenamente consciente de que todo estaba ya para acabarse, Esteban allí con Adimanta, tú esperando su información. Estaba al filo de lo que quería. Por eso no podía permitir que sospechases de mí, y el ataque de aquella loca me exculparía. Cuando me comunicaste por teléfono que Esteban había descifrado la clave, corrí a casa de Nuria; necesitaba las llaves de una iglesia, de esta iglesia. La maté, claro: dos golpes apenas, no sufrió. A continuación pensaba subir a tu piso y sacarte la cinta del contestador, pero apareciste tú tan loca como de costumbre haciendo acrobacias por la ventana; trabajo que me evitaste. Ahora el mensaje era diáfano, no en vano me había pasado horas y horas releyendo plúmbeas monografías sobre simbolismo cristiano. Nuria era licenciada en Bellas Artes, tenía en su biblioteca uno de los libros que yo había consultado: *La simbología de templo cristiano,* de Strindberg. *En el cuerpo del Hijo del Hombre, pisa la piedra y camina hacia poniente, dedica nueve pies a los hebreos, siete a los latinos, quita cuatro pies a los griegos.* El cuerpo del Hijo del Hombre es el cuerpo de Cristo, la Iglesia, cualquier iglesia. La piedra es el altar, en toda iglesia hay una piedra Betel, la Piedra Angular, que santifica el recinto. Antiguamente el sacerdote trazaba por la nave principal tres líneas, cada una con las primeras y últimas letras de los alfabetos latino, griego y hebreo, respectivamente. Eran tres direcciones, tres ejes de coordenadas. Caminando hacia poniente, esto es, hacia la salida, debía dar nueve pasos en una orientación, siete en otra, retroceder cuatro en la tercera. Obtendría entonces un punto, este mismo donde he trazado los dos círculos concéntricos y donde voy a ofrendar el sacrificio humano antes de recitar el conjuro.

Sin desprenderse de sus guantes blanquecinos, Mamen indagó en el bolso y empuñó un amenazador cuchillo de carne que Alicia había entrevisto en la cocina de Nuria; lo sostuvo férreamente en el puño, avanzó hasta el círculo interior, donde el cuerpo desplomado de Esteban no dejaba de sangrar: había escrito sobre las baldosas de mármol un enorme jeroglífico escarlata. Las extremidades de Alicia se sacudieron, electrocutadas por el miedo o la rabia; intentó reptar hasta el fondo de la nave, pero desistió con un resoplido. Quería ganar tiempo, no sabía para qué.

—¿Por qué?, Mamen, ¿por qué? —resolló.

—Era necesario, tesoro —contestó Mamen tomando la cabeza de Esteban por los cabellos—. Cumpliré el rito pero no seré yo quien pague los platos rotos, entiende que quiera librarme de todo eso. El inspector Gálvez sospecha que eres tú la mujer joven que compró el ángel a Margalef, sabe que los cadáveres están relacionados de un modo u otro contigo. La historia del satanismo ha sido suficiente para convencerle de que eres una maniática peligrosa, de que no te temblaría el pulso a la hora de degollar a cualquiera. Típico caso de psicopatía que registran los noticiarios amarillos. Ahora le cortaré la garganta a Esteban y luego, cuando termine con todo, te meteré una linda bala en mitad de la sien. Perdona mi franqueza, pero quiero ser sincera contigo, a estas alturas ya me dirás. Explicación policial: loca obsesionada con el Diablo que mata a su amante y se suicida. Así de sencillo.

Todo lo que Alicia podía hacer con las muñecas y los tobillos estrangulados por una soga demasiado cerrada era arrastrarse de costado, gritar. Su voz retumbó por toda la nave, igual que un pájaro de metal que chocaba contra los pilares borracho y desesperado: gritó como si su sola garganta pudiera restañar el cumplimiento espantoso del futuro más inmediato. La mano izquierda de Mamen sostenía la cabeza de Esteban en alto, desnudando el cuello que garabateaban algunos arabescos de sangre; la derecha alzaba el cuchillo, el rayo torcido que penetraba por la vidriera prestó a la hoja un resplandor tornasolado. Alicia no dejaba de chillar, por eso no advirtió el primer golpe de timbal que sacudió los muros como una pedrada; sí oyó el segundo, el tercero y la caída simultánea de Mamen sobre el cuerpo de Esteban con un gorgoteo de agua perdida en una tubería: el cuchillo graznó desagradablemente al caer algunos pasos adelante. Desde la puerta de la capilla, con el rostro lívido, el inspector Gálvez empuñaba una pistola muda; en la bocamanga de su gabardina, su otra mano apretaba el plano arrugado de una iglesia, atravesado por tres líneas de colores.

Durante toda la tarde había estado engordando maletas, vaciando los armarios sin reparar demasiado en qué cosa situaba en cada compartimento; se cansaba deprisa, elegía sentarse sobre la colcha o el sillón derribado del salón y fumar infinitos cigarrillos que le traían con el humo imágenes que quería anular moviendo rápidamente el aire con las manos. Marisa había dejado ya cinco mensajes desesperados en el contestador, mensajes que por supuesto no pensaba contestar, porque el teléfono era una criatura repugnante de la que se deshizo rápidamente arrancando el enchufe. Casi caía la noche de un día brillante y dorado, como hacía semanas que las conibras no conocían. Le dolía sobre todo separarse de ellas, abandonarlas a la irresponsabilidad del porvenir, cercenar de un tajo el cordón umbilical que las había unido a ella durante todo aquel tiempo de zozobras y extravíos: pero no le quedaba más cariño que ofrecer, el corazón se le había vuelto un fruto seco y avejentado que ocupaba oscuramente algún lugar bajo su caja torácica. No quería pensar, no quería figuras ni recuerdos que obstruyeran el abrasado cinematógrafo de su memoria. Esteban apareció a la hora convenida, con la mano izquierda luchando trabajosamente por acomodarse el cigarrillo entre los labios; la derecha seguía suspendida, con el resto del brazo, del cabestrillo blanco que le habían calzado en el hospital, y que le iba a obligar, por lo menos un par de meses, a ejercer de ambidiestro irremediable. Tenía el aspecto endeble y despreocupado de siempre, el del invitado a una fiesta que no se ha atrevido a golpear la puerta cerrada y se ha quedado la noche entera en la calle, mojándose bajo la lluvia. El equipaje apenas llegó a un par de maletas y una escuálida bolsa de viaje que introdujeron sin esfuerzo en el ascensor: la mano izquierda de Esteban no necesitó ayuda para arrastrar la valija elegida. Bajaron codo con codo, dando la espalda al espejo, rascándose o silbando de vez en cuando, sin intentar ninguna palabra que pudiera apearles de aquel fastidioso bloque de silencio. Afuera, en la calle, un suave sol del color del polen amarilleaba los parabrisas de los automóviles. Dejaron las maletas en la acera, Alicia se sacudió las manos como intentando librarse de alguna sustancia que se las hubiera ensuciado, buscó el tabaco en el bolso con precipitación. La mirada de Esteban era penetrante y dura, era la mirada eterna de Esteban, la mirada que la colocaba en el precipicio de sus dudas, la que exigía una decisión, seguramente la misma que cubría sus ojos cuando pronunció aquellas fatídicas palabras por teléfono desde Lisboa. La primera intención de Alicia fue desentenderse de esa mirada, pero después reparó con rabia en que debía asumirla: el estúpido ejercicio adolescente de esconder la cabeza bajo la almohada tocaba a su fin; no más pesas a cada lado de los platillos de la balanza, la elección estaba hecha y debía enterrar su reticencia de niña mal educada. Debía hablar, ahora sí, después de tomar el mechero, acercárselo a las mejillas, prender el cigarrillo. Debía iniciar su testimonio final, el protocolo que diera paso al nuevo orden que había sancionado. Su boca se abrió, pero sólo pudo mascullar:

—Pídeme un taxi, por favor.

Él no pareció inmutarse, sus ojos no se desilusionaron, aceptaba su huida como un capítulo necesario del trayecto que debía llevarles a la confrontación última, al desenlace. Llegó el taxi, colocaron el equipaje en el maletero, ocuparon los dos asientos de detrás, tocándose las rodillas. Mientras las avenidas se sucedían giratoriamente en los cristales Alicia quiso ir dándose fuerzas: el organismo se negaba, su garganta desertaba de esa confesión necesaria que iba a salvar su vida, que la haría menos despoblada y áspera. Sí, era lo mismo, su memoria perenne escrita con otros nombres, la burocracia sentimental con Pablo corregida y aumentada, pero no había opción, porque la alternativa era tan terrible que su dolor apenas podía suponerla. Cuando se detuvieron frente a la estación Plaza de Armas, ella escarbó nerviosamente en el bolso, sin ser capaz de encontrar el monedero; Esteban puso un billete en la mano del chófer y le rogó que sacase las maletas. El autobús para Málaga salía dentro de un cuarto de hora, Alicia no se atrevía a un café; de modo que dejaron el equipaje en el compartimento correspondiente y decidieron fumarse un último cigarrillo junto a la dársena.

—Dale recuerdos a tu hermana —dijo Esteban con una cortesía repelente.

Después de todo, no sabía cómo había llegado hasta allí, cómo había dejado correr los nudos para que acabasen estrangulando su voluntad de aquel modo. Tenía que decidirse, tenía que hablar. Con una crudeza de la que ella misma se resintió, se dijo que no amaba a Esteban, que jamás lo había amado, pero que lo necesitaba: necesitaba su amor parasitario si quería sobrevivir en el largo insomnio que el futuro le deparaba. Así que aparcó sus objeciones, aspiró con fuerza el humo del cigarrillo y exhaló:

—Te dije que cuando volvieras de Lisboa teníamos que hablar.

Los ojos de él sonrieron, pero no era felicidad lo que relumbraba en sus pupilas; era el brillo malicioso de quien descubre el farol del adversario en una interminable partida de naipes. La mano izquierda de Esteban, la que sostenía el cigarrillo, acarició fugazmente el pelo de Alicia.

—No hay nada de que hablar —dijo él muy despacio—. Que tengas buen viaje.

Con horror, ella comprobó cómo Esteban la besaba púdicamente en las mejillas, como un buen hermano. Sin poder decir nada más, subió al autobús, con la sensación de tener una barra de plomo atravesada en el esófago. Mientras el vehículo se ponía en marcha sintió una infinita desolación y un alivio infinito. La figura de Esteban sobre la dársena se empequeñeció en la lejanía; ella no pudo llorar, no pudo retractarse de nada, una amargura de color de alquitrán obturaba en su alma cualquier clase de sentimiento espontáneo. Quizá la distancia, quizá Málaga y una hermana por la que nunca había sentido un afecto demasiado vinculante pudieran acercarse remotamente a la aniquilación que ella buscaba, o a ese silencio deshabitado que ningún fantasma pudiera de nuevo volver a bombardear. No lo sabía. El veneno no la sumergió hasta que rodaba en el autocar, a la altura de una avenida vigilada por palmeras. Añoró con tanta, tantísima sed aquel otro lado que había entrevisto, deseó la parte opuesta de la tostada, la superficie de las aguas, la zona trasera del espejo. El sol se infiltraba perezosamente por la ventanilla, dejando una electricidad amarilla en su pelo. Aquella noche, luego del comisario Gálvez y las interminables preguntas y los atestados, todavía no habían intentado levantarse, pero volvían a figurar a una distancia amenazadora, en el final del sueño, cumplidamente incluidos en sus cajas untadas de barniz. A partir de entonces la serpiente volvería a enroscarse, el laberinto finalizaría en la senda donde se había comenzado, la novela iba a terminar con la misma frase incandescente que rubricaba la primera página. Pablo y Rosa, sus cuerpos redundantes y podridos, su presencia a aquella altura de la madrugada, serían apéndices tan ubicuos e inevitables como las puntas de las uñas, como el cabello que había que diezmar cada quince días, como esa inútil muela del juicio, como el café. Dio un resoplido y apretó el bolso que sostenía entre las rodillas. Pensó y supo que toda aspiración es imposible, porque jamás concluye; que la meta última del deseo está fuera del alcance del corredor, que jamás rematará su carrera; supo que para liberarse debería ingresar en otro cuerpo, explorar otra ciudad, cambiar de marca de cigarrillos: el olvido era un trofeo que sólo recibían meritoriamente los desquiciados y los muertos.

—Aquí tiene —le dijo el viejo poniéndole en la mano una cosa brillante y fría, como un pez.

—¿Qué le debo? —suspiró Esteban.

La cara del viejo se arrugó, alojando una grieta que podía ser lejanamente identificada con una sonrisa.

—Dejémoslo —dijo—. Debería habérselo reparado hace dos semanas, como usted se ha encargado cumplidamente de recordarme. Por esta vez, lléveselo. La próxima ocasión en que le haga falta, ya veremos.

Esteban refugió en el bolsillo del anorak el reloj de papá, el reloj de Pablo, aquel objeto escandaloso y diminuto que le recordaba el pasado como la palpitante herida que ocupaba su hombro. Aguardaba en el interior de una sofocante catacumba hacinada de relojes: la lámpara de cristal dividía desde el techo el zaguán en zonas verdes, rojas y amarillas, volviendo todavía más inverosímiles los exóticos aparatos que cuajaban los estantes y las mesas o se apiñaban en rincones poco higiénicos solidarizándose con las telarañas, periódicos caducos, cascos de cerveza. Escalando las paredes se alineaban altos ataúdes con damasquinados, en cuyos vientres oscilaban péndulos; cosas cúbicas sur-

cadas de hélices y agujas observaban desde las profundidades de las repisas, desteñidos pastorcitos de
latón salían a celebrar cada cuarto de hora con pasos de baile que delataban el funcionamiento poco
escrupuloso de los engranajes. Antes de salir a la
noche y la soledad, Esteban tuvo la tentación de
preguntar algo.

—Dígame —le dijo al viejo—, ¿usted cree
en el Diablo?

—No le entiendo —las manos apolilladas
se situaron sobre el mostrador.

—El Diablo, Satanás, esas cosas. ¿Cree que
haya gente todavía que se dedique por ahí a invocar al Diablo?

Más encorvado y exhausto de repente, el
señor Berruel renqueó por la tienda y se escabulló
en el mostrador como tras un burladero, intentando
desentenderse de alguna imprecisa amenaza. Sus
ojos, acorralados ahora, se deslizaron con nostalgia
por las herramientas instaladas en la pared y desci-
fraron los pequeños relojes que incluía la vitrina.
La voz comenzó a fluir de aquella boca rota con
una sinceridad que revelaba resignación.

—La gente no entiende que el Diablo también necesite jubilarse. Yo creo que es un funcionario, como cualquier otro, un empleado al que tocó
en suerte el papel antipático, el del malo de la película. Pero seguramente es un funcionario cansado. Esté donde esté, debe dedicarse a otras cosas,
minucias sin importancia, distracciones que le ha-
gan olvidarse de los ruidos del mundo. Creo que
por mucho que le reclamasen, el Diablo no estaría

dispuesto a regresar: sea cual sea el lugar donde se encuentre, quizá es hasta modestamente feliz.

—Si usted lo dice.

Esteban sintió que una violenta vaharada de azufre le dormía la nariz.

Mairena del Aljarafe,
enero de 1998 - agosto de 1999

Este libro
se terminó de imprimir
en los Talleres Gráficos
de Palgraphic, S. A.
Humanes, Madrid (España)
en el mes de octubre de 2000